U0083896

古典詩歌研究彙刊

第十二輯

龔鵬程 主編

第19冊

南宋乾淳詞壇研究

李 靜 著

國家圖書館出版品預行編目資料

南宋乾淳詞壇研究／李靜 著 -- 初版 -- 新北市：花木蘭文化出版社，2012〔民 101〕

序 4+ 目 2+208 面；17×24 公分

（古典詩歌研究彙刊 第十二輯；第 19 冊）

ISBN 978-986-254-915-5（精裝）

1. 宋詞 2. 詞論

820.91 101014517

ISBN-978-986-254-915-5

古典詩歌研究彙刊

第十二輯 第十九冊 ISBN：978-986-254-915-5

南宋乾淳詞壇研究

作 者 李 靜

主 編 龔鵬程

總 編 輯 杜潔祥

出 版 花木蘭文化出版社

發 行 所 花木蘭文化出版社

發 行 人 高小娟

聯絡地址 新北市永和區中正路五九五號七樓

電話：02-2923-1455／傳眞：02-2923-1452

網 址 http://www.huamulan.tw 信箱 sut81518@gmail.com

印 刷 普羅文化出版廣告事業

初 版 2012 年 9 月

定 價 第十二輯 24 冊（精裝）新台幣 33,600 元

南宋乾淳詞壇研究

李 靜 著

作者簡介

李靜，安徽泗縣人，一九七一年生，北京大學中文系文學博士，現任吉林大學文學院教授，博士生導師。主要從事中國古代文學研究，尤其專注於詞學研究，曾在《文學評論》等刊物發表學術論文三十餘篇，出版學術專著 1 種（《金詞生成史研究》，中國社會科學出版社，2010 年），獨立主持國家社科基金項目 1 項，參加教育部人文社科基金項目 1 項，主持完成民政部、長春市、吉林大學等各類項目 4 項。

提　　要

本書以南宋乾淳詞壇為研究對象，著重考察了詞學和詞的創作在南宋宋孝宗時期近 30 年時間內的發生、發展狀況，力求歷史地還原和展現作為有一代文學之勝的詞在南宋乾淳時期所取得的成就和演進規律。

首先，從「詩詞」、「詞人」等概念的使用，以及向詩學批評方式靠攏的詞學批評方式等入手，探討了此時的詞學觀念和詞學批評，認為，詞的觀念和批評在南宋乾淳時期發生了較為深刻的變化，在乾淳時人的觀念和理論認識上，詞的地位得到了很大的提升，詞在文學地位上和詩走上了同一。而通過對「以文為詞」概念的產生、涵義和創作實踐等問題的分析，認為，「以文為詞」在寫作方式和表現功能等方面都對前人實現了突破，標誌著詞作為文學的一種體式在乾淳時期的基本成熟。

其次，以詞人交遊和詞的創作的關係為基本的著眼點，從社會學和文化學等角度，選取了張孝祥、陸游、辛棄疾等一些有代表性的詞人作為考察對象，認為張孝祥、陸游等人之間彼此交遊唱和，聲氣相通，相互影響，促進了詞壇創作風氣的形成，奠定了稼軒詞派的先聲；而辛棄疾與陳亮、劉過等人的交往與彼此唱酬，則實質性地促成了稼軒詞派的形成，壯大了稼軒詞派的聲勢，是乾淳詞壇的最高成就的重要代表之一。

再次，選取了潛邸舊人曾覿、張掄，宗室詞人趙彥端、趙師俠、趙長卿，隱士型詞人毛幵、韓淲等三類為研究者所常常忽略的詞人類型作為研究對象，力求在更廣泛的層面展現乾淳詞壇詞的創作的本來面貌。通過對這幾類比之辛棄疾、姜夔等更為普通的詞人群體的詞的創作的深入分析，發現，在題材、規模、表現功能和風格趨尚等方面，詞在更為廣泛的創作群體那裏取得了向文學形態的全面進步，體現了乾淳詞壇總體創作水平的提升。

復次，以乾淳詞壇的傑出代表辛棄疾和姜夔作為重點研究對象，通過對二人的比較研究，文章指出，辛棄疾和姜夔詞的創作中英雄與雅士人格形象的自我設計反映了詞的創作在乾淳詞壇的基本成熟，豪氣詞和雅詞為後世詞的創作確立了兩種基本的寫作範式，在詞史上具有著典範意義。

本書最後認為，在南宋乾淳時期詞作為文人化的文學逐步成熟，詞的文學性特徵凸現出來，詞壇的多樣化創作局面基本形成，詞在這一時期完成了它作為文學的一種體式的定型，是宋詞歷史上乃至整個詞史上承前啟後的一個新高峰。

序

程郁綴

詞，或曰曲子詞，昉於隋唐，成熟於晚唐五代，繁榮於兩宋。而宋詞之盛，方家所論，尤爲蔚然；稱之顯學，亦不爲過。於今，治宋詞者，若欲有所新創，已非易事。儘管如此，今日宋詞之研治，亦非無途轍可尋，仍有可開墾之地。僅以詞史之研究而言，宏闊的詞史描述固然必不可少，而斷代的，甚至斷代中某一時段的詞史的精細探索，亦大有餘地；所謂刮發幽翳，抉微而知著，亦不失爲治宋詞之一途徑也。尤其是在當今宋詞之研究日趨精細的情況下，在大多數的研究者把研究的重點聚焦於一流詞家的時候，將研究的觸角伸向更爲細微之處，以最大的可能將二三流乃至以前多不入流的詞作者，聯繫起來集中納入研究的視野，或許更能夠眞實、全面地展現詞壇的本初面目。這正是李靜君《南宋乾淳詞壇研究》一書的學術意義所在。

李靜君，皖人也，於辛巳之歲，負笈北大燕園，讀博深造。入學之初，我即建議，學詞須從詞學源頭入，從詞集文本入，從精研原典入，不將根基打得寬厚牢固，來日難建巍巍之塔。遵余所囑，李靜君從詞籍史料的原始典籍入手，先是研讀《唐五代詞》，繼而研讀《全宋詞》，在不到兩年的時間內，即將唐宋詞籍原典細細爬梳一過，並且寫成了兩篇頗有自己心得的論文，一爲《南唐詞抒情模式的位移》，一爲《柳永詞的視野和視角論略》。二文發表後，均爲學術界所認可：

高峰在所著《唐五代詞研究史稿》（齊魯書社，2006年）一書中，以數百字的篇幅對前文的主要觀點詳加引述；後文在《北京大學學報》發表後，亦爲中國人民大學書報資料中心《中國古代、近代文學研究》全文轉載。風雨春秋，寒暑兩過，在比較深厚的學術積累的基礎上，李靜君擇取了南宋孝宗一朝的詞壇，作爲他的博士論文研究對象；我意以爲選題可行，蓋因乾淳詞壇之於宋代詞壇乃至整個詞史，具有十分重要的地位。

孝宗一朝，文物彬彬，所謂「乾道、淳熙間，三朝授受，兩宮奉親，古昔所無。一時聲名文物之盛，號『小元祐』」（周密《武林舊事序》），洵非過譽。以詞而言，詞壇人物之盛、作品存量之夥、詞作質量之高，可謂前此難匹。吳熊和先生有言：「南宋孝宗一朝，人物之盛，不下於北宋的元祐時期。以這時期的愛國詞派來說，如以辛棄疾爲盟主，那麼張孝祥、韓元吉、陸游、陳亮等與之揖讓，聲氣相通，或爲友軍，或爲羽翼，陣營是夠壯大的。」（《唐宋詞通論》，浙江古籍出版社 1989 年）的確，僅就辛棄疾爲首的稼軒詞派而言，其時的創作成就即足以聲振詞林；短短的二十八年中，180 餘位詞作者有 5000 餘首詞作留存於世，這個數目亦可謂相當驚人。然就已有的研究狀況而言，對於此期詞壇之辛稼軒、姜白石諸人研究或已甚夥，而於二三流之詞作者，大多少有觸及，甚而於其名姓仕履等亦多語焉不詳。故李靜君以孝宗乾淳詞壇爲研究對象，力圖在更爲廣闊的範圍內，通過深入探索，比較全面而又眞實地揭示這一時期詞壇的眞實面貌。觀其書稿，我以爲這一學術目標已基本實現。

綜覽李靜君此著，以我之見，有以下特色：

首先是研究視角的獨特性。李靜君此著，雖曰有斷代詞史之意味，然在寫作方式上卻不流於泛泛的詞史的描述，而是選取了幾個不同的視角對乾淳詞壇予以觀照。以大的方面而言，此著擇取了南宋乾淳詞壇的詞學觀念與詞學理論、詞人交遊與詞風詞派之形成、潛邸舊人等幾類更爲普泛的詞人群體的創作，以及辛棄疾、姜夔的典範意義等幾個問題來進行研究，我以爲，基本抓住了南宋乾淳詞壇的核心內容。這幾個問題和角度的選取，頗有學術眼光，如就此期的詞學觀念與詞學理論來說，詞體地位提升，進而與詩走向同一是這一時期的主要特徵。但詞體地位提升的具體體現，或有數端，李靜君以「詩詞」「詞人」概念的使用、向詩學靠攏的詞學批評方式等爲切入點，具體分析詞體地位之於此前的變化，思路甚爲可取，所得結論亦甚爲可信。而就此期詞壇詞風與詞派之形成而言，李靜君選取了詞人交遊這一獨特視角，亦有創見，道人之所未道。

其次是研究內容的深入性。孝宗詞壇名家輩出，辛棄疾、姜夔等一流大家不容迴避，但既有的研究業已比較充分，如何推陳出新，另闢蹊徑，這對作者學術功力乃是一個嚴峻考驗。李靜君此文將辛棄疾與姜夔二人置於一章，對照而論，分析了辛姜二人作爲英雄詞人和雅士詞人兩種範型的典範意義，歸納出了豪氣詞和清雅詞兩種範型的寫作方式，進而探討了兩種範型的文化成因。所論時出新見，從中可見作者對辛姜二人研究的用力之勤。至若對於「以文爲詞」這一重要詞學概念的梳理，作者將其具體細化爲以文法爲詞、以文氣爲詞等諸內容，並具體分析了「以文爲詞」的創作實踐，其中亦多前人所未發。

再次是研究範圍的廣泛性。除了辛姜，此期詞壇還存有大量的詞作者未能進入研究者的視野，不少作者存詞在百首以上，然迄今幾乎無人過問，不能不讓人有遺珠蒙塵之歎。對於這一群體的忽視必然導致詞壇面貌描述的不完整、不全面。李靜君此著以一章的篇幅詳細梳理了潛邸詞人、宗室詞人、隱士詞人等三類不同的詞人群體的寫作，從更爲普泛的詞人創作群體展示此期詞壇創作的豐富性與廣泛性，亦可爲詞壇高峰提供豐富之佐證，故其學術之價值亦不言而喻。

李靜君爲人樸誠，襟懷磊落，聰而不黠，慧而能學，口雖訥於言，而身卻敏於行。燕園三載，孜孜不輟，春華秋實，多有所獲。三年學滿，應聘執教於吉林大學，不逾數歲，而喜訊頻至。先是於丁亥之歲喜得千金，俊俏伶俐，討人喜愛，有過左思嬌女；繼而於庚寅之歲過關奪城，脫穎而出，晉升爲教授；再而於辛卯年選聘爲博士生導師；家庭事業可謂紅紅火火蒸蒸日上矣。而其《南宋乾淳詞壇研究》一書又將於寶島付梓，錦上添花，斯乃又一可賀之事也。

今李靜君丐序於余，余快然而允，聊敘數語，弁於書首，一以抒欣喜，二以表賀意。李靜君年値壯歲，學當旺時，前面有望不盡的春光燦爛！屈子自矢其志曰：「路曼曼其修遠兮，吾將上下而求索」；余熱望李君曰：「海茫茫且浩瀚兮，汝須日夜而揚帆！」言不盡意，勉之勉之。

是爲序。

辛卯歲冬至後五日於北大燕園

目 次

第一章　緒　論

一、「乾淳」的名稱由來

「乾淳」是南宋皇帝孝宗的年號乾道（1165～1173）、淳熙（1174～1189）的合稱。從宋高宗紹興三十二年（1162）六月受禪，到淳熙十六年（1189）遜位於光宗皇帝，孝宗在位共 28 年，其中乾道、淳熙即有 25 年，故此可以用「乾淳」代稱孝宗一朝。以「乾淳」作爲孝宗朝的代稱，最早見於南宋當世。《鶴林玉露》卷二稱：「周益公參大政，朱文公與劉子澄書云：『如今是大承氣證，渠卻下四君子湯，雖不爲害，恐無益於病爾。』嗚呼！以乾淳之盛，文公猶恨當國者不用大承氣湯，況下於乾淳者乎！」〔註 1〕類似的稱呼法在宋人的筆記中並不少見。周密的《武林舊事》卷七《乾淳奉親》前有段題序之類的文字：「此書叢脞無足言，然閒有典章一二可觀，故好事者或取之，然遺闕故不少也。近見陳源家所藏《德壽宮起居注》，及吳居父甘昇所編《逢辰》等錄，雖皆瑣釀（陳刻「碎」）散漫，參考旁證，自可互相發揮，又皆乾淳奉親之事，其一時承顏養志之娛，燕閒文物之盛，使觀之者，錫類之心，油然而生，其於世教民彝，豈小補哉。因輯爲

〔註 1〕〔宋〕羅大經：《鶴林玉露》（北京：中華書局，1983 年）甲編卷二，頁 22。

一卷，以爲此書之重。然余所得而聞者，不過此數事耳。若二十八年之久，余雖不得盡知而盡紀之，然即其所知，其所不知，蓋亦可以想見矣。因益所未備，通爲十卷，雜然書之。既不能有所次第，亦不暇文其言詞。貴乎紀實，且使世俗易知云爾。」〔註2〕從這段文字可知，周密這裏是以「乾淳」代孝宗朝28年。不僅如此，周密還以「乾淳」名書，如《乾淳歲時記》、《乾淳起居注》、《乾淳御教記》等，都是以「乾淳」代指孝宗一朝，言孝宗朝事。自宋代以後，「乾淳」成了一個熟用的名稱，用來代指南宋孝宗一朝，爲後世所沿用。

二、乾淳時段劃分的理論依據

（一）宋詞分時段的研究成果及意義

分時段是宋詞研究中的一個重要方法，近年來頗受學界重視，也取得了不少可喜的研究成果，從大的時段看，有楊海明《唐宋詞史》，陶爾夫、諸葛憶兵的《北宋詞史》和陶爾夫、劉敬圻《南宋詞史》等，這幾本書都是斷代詞史專著。而從更細的時段劃分來看，國內較早使用這種研究方法的是王兆鵬的《南渡詞人群體研究》，此書以南渡詞人群體爲觀照點，實則是一部以南渡這一時段爲研究對象的斷代詞史。其後，諸葛憶兵的《徽宗詞壇研究》和彭國忠的《元祐詞壇研究》等，分別以北宋徽宗時期和元祐時期的詞的創作爲研究對象的斷代詞學研究，是近年來詞學研究中比較突出的研究專著。

從研究方法的意義上看，分時段的詞學研究爲宋詞研究開拓了新的研究領域和視角。以分時段的研究方法對詞的創作進行研究，一個顯見的優點是有利於問題研究的深入和細化。從一個橫斷面去探視某一時段的文學的發展，更能夠見到此期文學發展的更深層面的東西，更能夠注意到一些時常爲人們所忽視的更爲細緻的東西，從而使得研究更能夠及於細部而不失之於泛化。

〔註2〕〔宋〕周密：《武林舊事》（《叢書集成初編》本，北京：中華書局，1991年）卷七，頁159。

其次是有利於突出時段性特徵。文學的發展有著自身的規律，在不同的歷史時段或是呈現爲高峰，或是出現低谷，而在一個相對獨立的歷史時期中，呈現爲一種相似的獨立性的特徵，譬如唐詩之有初、盛、中、晚，在每個時段中，都能歸納出一個相似性的共同特徵來。而分時段的研究，對於突出文學發展的時段性特徵無疑是十分有益的。

（二）乾淳之世是南宋的盛世

乾淳一朝，在南宋歷史上乃至整個宋代歷史都可以說是一個盛世。「乾道、淳熙間，三朝授受，兩宮奉親，古昔所無。一時聲名文物之盛，號『小元祐』。豐亨豫大，至寶祐、景定，則幾於政（和）、宣（和）矣。」〔註3〕以乾淳比元祐，並非過譽之詞，在南宋後期世人的眼中，特別是當宋代末世之時，孝宗朝的清明和繁盛時常成爲時人津津樂道的一個話題，乾淳之治也幾乎成了一個難以企及的目標，成爲宋末君臣追求和跂望的典範。理宗皇帝《賜許應龍辭吏部兼侍讀不允詔》曰：「以卿履行純淑，色氣和平，勸講路門，敕繹詩訓。其於朕進德修省，抑有助矣！昔劉拱以供奉翰林攝，周必大以掌選部升，乾淳之風，比迹三代，卿欲固辭，則是不以乾淳望朕也。所辭宜不允。」〔註4〕而孝宗的一言一行也幾乎成了後世臣民規諫君主時必引的論據，吳泳《論郡縣人心疏》謂：「孝宗皇帝嘗諭輔臣曰：『朕念寇讎未復，宵旰不遑暇，如苑中臺殿，未嘗有所增益，率用竹沓，以護風雨。』何其儉也。至議張師顏之罰，則曰：『師顏有一道之寄，卻公然以魚鱐作苞苴，可特降一官。如或不悛，重寘典憲。』又何其嚴也。夫竹沓，庶民之所常用者也，而上不嫌於簡陋；魚鱐，海物之至微者也，而下必寘之重憲，蓋謂約己者所以阜安四海，而清罰者所以照臨百官，乾淳之風高矣哉！臣願陛下始終以孝宗爲法，天下幸甚。」〔註5〕

〔註3〕〔宋〕周密《武林舊事·序》，《叢書集成初編》本，頁1。

〔註4〕〔宋〕吳泳《鶴林集》卷十二，《文淵閣四庫全書》（臺北：臺灣商務印書館，1986年）第1176冊，頁113。

〔註5〕〔宋〕吳泳《鶴林集》卷十七，《文淵閣四庫全書》第1176冊，頁160。

理宗君臣所關注的焦點在於先朝的政治清明，而「乾淳之盛」的「盛」字並不止表現爲此一種，文化的全面繁盛則是這個時代最爲突出的特徵。以學術爲例，堪與「漢學」相頡頏的「宋學」在這一時期迎來了它的新的高峰，宋人黃震謂：「乾淳之盛，晦庵、南軒、東萊稱『三先生』，獨晦庵先生得年最高，講學最久，尤爲集大成。」〔註 6〕以朱熹爲集大成的新儒學——理學的成熟，是宋學成熟的標誌。作爲文學最爲重要的一個組成部分的詩歌，在這一時期也迎來了它繼元祐之後的又一個高潮，「以陸游、范成大、楊萬里三大家爲代表的詩壇，猶如漫緩頽波中的中流砥柱，振起宋詩史上第二座藝術高峰」。〔註 7〕以文而論，「乾淳之間，東南之文相望而起者，何啻十數！若益公（趙世逢）之溫雅，近出於廬陵、永嘉諸賢；若（薛）季宣之奇博，而有得於經；正則（葉適）之明麗，而不失其正。彼功利之說，馳騁縱橫其間者，其鋒亦未易嬰也。文運隨時，而中興概可見焉」。〔註 8〕此一時期雖未有如唐宋八大家那樣的散文大家，但是爲文者如陳亮、辛棄疾、陸游、范成大、朱熹、陸九淵、呂祖謙等，亦可謂各具特色，顯示了南宋散文的中興。宋室的中興這一話題能否成立，從歷史學的角度看或許還値得商榷，但是從文化的方面來看，說此時是宋代歷史上的中興或者說是再度繁榮，應該是一個沒有太大爭議的基本事實。宋代文化在乾淳一朝的大興盛當然也包括詞的創作的興盛。

（三）乾淳詞壇的成就決定了這一時期的詞的創作能夠作為一個自足的相對完整的歷史時段進行研究

以實際的創作群體的數量和創作成果而言，乾淳 28 年理所應當能夠成爲一個自足的歷史時段。放眼作爲一代文學之勝的詞壇，「南宋孝宗一朝，人物之盛，不下於北宋的元祐時期。以這時期的愛國詞派來

〔註 6〕〔宋〕黃震《黃氏日抄》卷四十，《文淵閣四庫全書》第 708 冊，頁 180。

〔註 7〕許總《宋詩史》（重慶：重慶出版社，1992 年），頁 7。

〔註 8〕〔元〕虞集《桂隱文集原序》，《文淵閣四庫全書》第 1195 冊，頁 117。

說，如以辛棄疾爲盟主，那麼張孝祥、韓元吉、陸游、陳亮等與之揖讓，聲氣相通，或爲友軍，或爲羽翼，陣營是夠壯大的」。〔註 9〕孝宗一朝詞作之多，詞人之盛，堪稱繼元祐、徽宗詞壇之後的又一新的高峰。〔註 10〕以主要活動於這一時間範圍內爲基本的劃分標準，可以攬入的詞作者和作品之多，前所未有。僅就數量而言，這一時期共存詞作 5303 首，涉及詞作者 189 位，〔註 11〕從當朝宰相王公巨卿，到寒門布衣，無所不有。其中存詞 100 首以上的詞作者就有 14 人，50～99 首者爲 19 人，20～49 首者爲 19 人，10～19 首者爲 11 人。〔註 12〕僅就存詞 50 首以上的 33 人而言，除了吳熊和所說的「愛國詞派」外，尚有難盡以「愛國詞派」所包容涵蓋的曾覿、趙長卿、趙彥端、范成大、張掄、姜夔等諸人諸作。這幾類詞人詞作亦不在少數。

數量和成果的突出顯示了這一階段詞的創作的豐收，是使得乾淳詞壇成爲一個自足的時代的重要成因。而從宋詞發展的歷時性特徵來看，乾淳詞壇成爲一個自足的歷史時段有著充分的理論和現實依據。唐宋詞的發展大致以歷史的發展爲依託，形成幾個比較明顯的相對自足完整的創作階段，比如晚唐五代詞壇、北宋前期詞壇、北宋後期詞壇、北宋末年詞壇和南渡詞壇等，在一個相似的歷史文化背景下，每個時期大致都形成了具有該時段所共有的特徵，比如晚唐五代的狹豔，北宋末年的俗詞大盛等。乾淳詞壇在繼承前人成就的基礎之上，

〔註 9〕吳熊和《唐宋詞通論》（杭州：浙江古籍出版社，1989 年），頁 241。

〔註 10〕元祐和徽宗詞壇的盛況有專人論著《元祐詞壇研究》（彭國忠著，上海：華東師範大學出版社，2002 年）和《徽宗詞壇研究》（諸葛憶兵著，北京：北京出版社，2001 年），可參看。

〔註 11〕統計依據唐圭璋《全宋詞》（北京：中華書局，1965 年）作爲底本，參以孔凡禮《全宋詞補輯》（北京：中華書局，1981 年）。詞人始於毛幵而終於韓淲（曾覿雖身歷徽、欽、高、孝四朝，但其主要活動則在孝宗一朝，故亦予以列入）。

〔註 12〕幾者相加的結果是，存詞 10 首以上的共 63 人，存詞總數 5043 首，占這一時期總數 5303 首的絕大多數，占全宋詞總數 21055 的近 1/4，而 63 人，更是占全部 234 人的 1/4 要強。（資料統計部分參照王兆鵬《唐宋詞史論》。）

在群體性、文人化、多樣化等方面建立起了自身的特色，使得乾淳成為詞史上一個極具特色的歷史時段，是唐宋詞史上的一個高峰。

三、本書所涉及詞人的研究現狀

辛棄疾、姜夔等乾淳詞壇的重要詞人，歷來是文學史或詞學史必然關注的對象，幾部影響較大的文學史對此多有論述。主要有游國恩等主編的《中國文學史》（北京：人民文學出版社，1963 年）、郭預衡主編的《中國古代文學史長編．宋遼金卷》（北京：北京師範學院出版社，1993 年）、章培恒、駱玉明主編的《中國文學史》（上海：復旦大學出版社，1996 年）等。袁行霈主編的《中國文學史》汲取了近年來古代文學研究的最新成果，是頗具創見的文學通史。其中第三卷第五編第九章《辛棄疾和辛派詞人》以一章的篇幅重點論述了辛棄疾等詞人的創作，認為，「以辛棄疾、陸游、張孝祥、陳亮、劉過和姜夔等詞壇主將為代表的『中興』詞人群把詞的創作推到高峰。辛棄疾詞的內容博大精深，風格雄深雅健，確立並發展了蘇軾所開創的『豪放』一派，而與蘇軾並稱為『蘇辛』」；而在該編第十章《姜夔、吳文英及宋末詞壇》亦以一章的篇幅重點梳理了姜夔和吳文英等人詞的成就，認為，「姜夔和史達祖、高觀國、盧祖皋、張輯等人，另成一派，從而形成雙峰對峙的局面」，〔註 13〕對辛棄疾、姜夔等人的詞作都有獨到的評述。

除了文學通史之外，斷代的宋代文學史也有幾部，如程千帆、吳新雷的《兩宋文學史》（上海：上海古籍出版社，1991 年），孫望、常國武主編的《宋代文學史》（北京：人民文學出版社，1996 年）等，其中關於乾淳詞人的研究，較通史相對細緻，但在觀點上並無出其右者，多是將辛棄疾、姜夔等一分為二，以「豪放派愛國詞」統領辛詞及辛派詞人，以「婉約詞」定義姜夔及姜派詞人。

〔註 13〕袁行霈主編《中國文學史》（北京：高等教育出版社，1999 年），頁 155。

相對於文學通史和斷代史的研究，專門的詞史對此一時期詞人的研究則更加深入，也更見一些特色。從上個世紀初劉毓盤的《詞史》（上海：上海古今圖書店，1924 年），到後來王易的《詞曲史》（上海：中國文化服務社，1948 年），許宗元的《中國詞史》（合肥：黃山書社，1990 年），楊海明的《唐宋詞史》（天津：天津古籍出版社，1998 年），陶爾夫、劉敬圻的《南宋詞史》（哈爾濱：黑龍江人民出版社，1992 年），劉揚忠先生的《唐宋詞流派史》（福州：福建人民出版社，1999）等。諸家詞史對此期詞人多有論列，就中，《唐宋詞史》以美學、風格來論唐宋詞，認爲，詞到了辛棄疾，「苦悶的時代，呼喚著『野性』，呼喚著『力』，呼喚著『男子漢』的風格和『粗獷』的美感」，由此，辛派詞人形成了「一種新型的詞風和美感」；〔註 14〕而姜夔的詞中所反映的是「傷痕」心理，白石詞是「『柳品』和『梅品』統一起來的白石詞品」。〔註 15〕《唐宋詞流派史》則以派係人，以派係詞，將辛棄疾視作是「稼軒詞派的主帥和靈魂」，〔註 16〕其第一、第二健將爲陳亮、劉過，同盟軍分別爲韓元吉、陸游，而姜夔則是姜張詞派中「獨樹風雅大旗」者。〔註 17〕

一般說來，在文學研究中，史的寫作多有一種集大成的意味，在體系的完整性上常能顯現出它的優長，但在理論的先鋒性上往往呈現爲一種相對滯後的態勢，而不像關於作家、詞人的專門論著在理論上更具有開拓性。詞學的研究也是如此，據統計，1912～1992 間，對南宋乾淳詞人的研究涉及詞人 14 人，共有論著 1709 篇（部），〔註 18〕涉及到此期詞學研究的各個領域。

詞籍的整理和作品的校箋是詞學研究的基礎，於此，唐圭璋、夏

〔註 14〕楊海明《唐宋詞史》（天津：天津古籍出版社，1998 年），頁 505。
〔註 15〕楊海明《唐宋詞史》，頁 581。
〔註 16〕劉揚忠《唐宋詞流派史》（福州：福建人民出版社，1999 年），頁 398。
〔註 17〕劉揚忠《唐宋詞流派史》，頁 486。
〔註 18〕王兆鵬《唐宋詞史論》（北京：人民文學出版社，2000 年），頁 84～91。

承燾、鄧廣銘等老一輩學人用力甚勤，取得了許多豐碩的成果，爲乾淳詞壇詞學的研究鋪就了堅實的道路。唐圭璋的《全宋詞》搜羅抉掘，〔註19〕是迄今爲止宋詞全集整理之集大成，其澤被後人之功，絕無僅有。就個人的別集整理而言，宛敏灝的《張孝祥詞箋校》（合肥：黃山書社，1993 年），夏承燾、吳熊和的《放翁詞編年箋注》（上海：上海古籍出版社，1981 年），黃畬的《石湖詞校注》（濟南：齊魯書社，1989 年），鄧廣銘的《稼軒詞編年箋注》（上海：上海古籍出版社，1993 年），夏承燾的《姜白石詞編年箋校》（上海：上海古籍出版社，1998 年），姜書閣的《陳亮龍川詞箋注》（北京：人民文學出版社，1980 年），夏承燾校箋、牟家寬注的《龍川詞校箋》（北京：中華書局，1961 年），馬興榮的《龍洲詞校箋》（南昌：江西人民出版社，1999 年）等，是此一時期詞人詞集校箋中的精品，彰顯了老一代學人厚實的學術功力。而在此基礎之上，隨著時代的推移，對具體作家、作品的研究，逐漸引向深入。依據研究論著數量的次序，此一時期爲研究者所重視的詞人依次爲辛棄疾、姜夔、陸游、朱淑眞、陳亮、張孝祥、范成大、劉過等。

辛棄疾是宋代首屈一指的大詞人，以所存 629 首詞作位居宋代詞人榜首，在研究的數量上也祇是僅次於蘇軾，位居第二。對辛棄疾及其作品的研究顯示了宋詞研究的繁榮。從生平事蹟的考辨、詞集版本、作品的甄別，到辛棄疾的仕履生活、思想人格，再到其詞的內容、風格、手法、藝術特色以及具體作品的評析、鑒賞，對辛詞的研究可謂遍地開花，無所不及。僅就詞人年譜而言，上個世紀就有龍榆生、辛梅臣、梁啓超、鄭騫、鄧廣銘、蔡義江等 6 人編著。自建國以來到 70 年代末期的研究狀況，馬興榮的《建國三十年來的詞學研究》（《詞學》第一輯）和劉揚忠先生的《宋詞研究之路》之第三章《對於宋詞一些代表作家的研究和爭論》中以一節的篇幅作了總結和綜述，茲不

〔註19〕中華書局 1965 年版。本論文中所引宋人詞作原文均依據此版本，下文不再注明出處。

贅述。78 年以後以至 80 年代前半期是詞學研究的恢復期，對稼軒及其詞的探討，研究的論著較爲明顯地呈現爲三多三少，即，就詞的題材、類別而言，豪放詞、農村詞、懷古詞研究多，而其他類型的詞作研究少；就辛棄疾其人其詞的研究來說，思想性探討多，藝術性探討少；就詞研究的廣度和深度而言，對辛棄疾本人創作關注的多，而同他人創作作比較研究的少。總結說來，詞人的愛國思想、辛棄疾與韓侂冑的關係、辛詞的用典、辛詞的豪放詞風以及他的農村詞等，仍是這一時期研究者比較關注的幾個中心問題，但在認識的深度上已明顯比前人有了提高。80 年代中期以來，比較研究、文化研究更多地被用於文學研究的領域，拓展了文學研究的空間，對辛棄疾其人其詞的研究也有了可喜的突破。在比較研究上，袁行霈的《辛詞與陶詩》（《文學遺產》，1992 年第 1 期），馬積高的《論党懷英與辛棄疾》（《求索》，1993 年第 1 期），鄧紅梅的《辛棄疾與陶淵明》（《蘇州大學學報：哲社版》，1998 年第 2 期），吳曉亮的《論陳維崧詞對稼軒詞的繼承與創新》（《文學遺產》，1998 年第 3 期）等，從多個角度對辛棄疾及其詞作了縱向橫向的比較，更能見出稼軒詞作的特徵。文化研究方面，謝桃坊的《辛棄疾以文爲詞的社會文化背景》（《學術月刊》，1987 年第 6 期），王華光的《南北文化交融的結晶：「稼軒體」成因及特點初探》（《齊魯學刊》，1989 年第 2 期），傅承洲的《稼軒詞風與南北文化》（《煙臺大學學報》，1992 年第 4 期），程自信的《試論辛棄疾詞的文化淵源》（《江淮論壇》，1995 年第 1 期），趙維江的《從十二世紀下半葉歷史文化背景看稼軒詞的愛國精神》（《中國韻文學刊》，1998 年第 1 期），和《稼軒詞與金源文化》（《江海學刊》，1998 年第 4 期）等，以文化背景爲立足點，探討稼軒詞作產生的文化淵源，更易於切近稼軒詞的本來面目。除此而外，「以文爲詞」、辛詞的多樣性美學風格、思想成因中的儒、道、釋成分等也逐漸進入人們的研究視野，成爲人們研究辛棄疾的重要議題，人們對辛詞題材的研究也不再只局限於愛國詞、農村詞等狹窄的範圍之內，而是不斷拓寬，如詠物詞、戀情詞、詼諧詞、隱逸詞、酬唱詞、記夢詞、詠花詞等都有所涉及。

辛棄疾而下，姜夔是乾淳詞壇又一顆耀眼的明星，也是乾淳詞壇詞學研究中的一個熱點。成文於上個世紀 40 年代，後被收入《詞學論叢》的唐圭璋的《姜白石評傳》對姜夔的評價較高，該文認爲，「姜白石爲南宋傑出之大詞家，與辛稼軒、吳夢窗，分鼎詞壇，各有千古。而世之知稼軒者多，知白石與夢窗者少；則以稼軒逞才使氣，精光外鑠，故人易知。而白石傳神於虛，夢窗氣潛於內，故人不易知。」〔註 20〕該文既有對白石行實的考論，也有對其詞作的評析，是一篇史論結合的論著。建國後，成書於 50 年代的夏承燾的《姜白石詞編年箋校》是一部頗具集大成意味的著作。該書雖曰「箋校」，但從詞風的論述，詞集的箋校，詞話的輯評，各本序跋的搜羅，到歌曲的校勘，詞集的版本、詞人的行實考辨，姜白石詞作所關涉的方方面面，夏先生都作了深入的探辨。此書爲白石詞的研究奠定了堅實的基底。但是，因爲過度強調思想性，因此對姜夔的評價並不甚高，認爲「姜白石是一個封建社會的文人，他大半生生活在南宋小朝廷委曲求全的時代，他依人過活的身世，使他不敢表示鮮明的愛憎，狹小的生活圈子，又不可能深透地認識社會現實，於是『仗酒祓清愁，花銷英氣』（白石《翠樓吟》句），就成爲他排遣苦悶的唯一方法；表現在文學上的努力，也只會有藝術技巧的追求」。「由於階級意識和實際生活的局限，使他的文學在當時不可能屬於代表社會反抗勢力的一面」。〔註 21〕夏先生此作的觀點在建國後近三十年中白石詞的研究方面，有一定的代表性。80 年代以後，對白石詞的研究漸趨升溫，有幾個比較突出的特徵，一是詞的藝術性逐漸被認可，詞人的生活逐漸得到正面的肯定。一些以「藝術化人生」、「文化人格」爲著眼點的研究文章，見於學術刊物，而關於白石詞的美

〔註 20〕唐圭璋《詞學論叢》（上海：上海古籍出版社，1986 年），頁 963。
〔註 21〕夏承燾《姜白石詞編年箋校》（上海：上海古籍出版社，1981 年），頁 13。

學風格（貌）、審美趣尙等的研究也逐漸成爲研究者關注的焦點。二是同辛詞研究極爲相似的是，比較研究也成了白石詞研究的重要方法：姜夔與陸龜蒙詩歌師承關係，姜夔與蘇軾詞學審美理想的歷史考察、周邦彥與姜夔、張炎與姜夔詞風的異同，「白石脫胎稼軒」的論證，以及姜夔詩詞的相互影響等，無不顯示了姜詞研究的多角度特徵，體現了研究朝深度和廣度方向發展。

辛棄疾、姜夔而外，陸游、張孝祥、陳亮、劉過等，因爲詞作抒發了愛國思想和「辛派詞人」等原因，也一直受到研究者的注意。關於陸游的詞，全面論析的文章及具體詞作的研究都不少見，較早的如劉遺賢的《論陸放翁和他的詞》（《文學遺產》，1961 年增刊八輯）和夏承燾的《陸游的詞》（《文學評論》，1963 年第 2 期）是兩篇較爲全面的論文。80 年代，葉嘉瑩的《論陸游詞》（《四川大學學報》，1985 年第 4 期）等也是角度新穎的全面性論述。近年來，對陸詞的研究，在原來的基礎之上有所突破，歐明俊的《論放翁詞的風格類型》指出了在放翁詞豪放之外（《寶雞文理學院學報》，1994 年第 4 期），還呈現出纖麗清婉、恬淡飄逸等幾種不同的風貌；鄧喬彬的《驛騎蘇秦間——陸游詞風格及成因淺議》（《杭州大學學報（哲學社會科學版）》，1998 年第 3 期）以「纖麗處似淮海，雄快處似東坡」爲立論的基本出發點，論述了陸詞風格及其成因。兩篇文章對陸詞風格的探討，反映了 90 年代以來對陸詞認識的深入。此外，對陸詞單個作品的評析探辨也是陸詞研究的熱點，如《卜算子·詠梅》、《夜遊宮》、《釵頭鳳》等，尤其是《釵頭鳳》的賞析和及相關本事的考辨，僅此一目，自上個世紀初以來就有文章近 40 篇。

對於張孝祥，研究者歷來多以愛國詞人視之，而其一曲《念奴嬌·過洞庭》更是爲後人所激賞。宛敏灝堪稱張孝祥研究的專家，從 20 世紀 30 年代起即對張的生平事蹟等作了系統的研究，其主要成果見於他的《張于湖評傳》和他箋校的《張孝祥詞箋校》。近年來對於湖詞的風格和美學特徵有了深入的探討，其中繆鉞《靈谿詞說》中的專文《論張孝祥詞》之論述，黃佩玉的《張孝祥研究》中對于湖詞的專章評析，都是論述比較全面的文章。此外房日晰的《張元幹、張孝祥詞之比較》（《西北大學學報》，2001 年第 2 期），將兩豪放詞家放在一起進行比較，是《于湖詞》研究的一個新的角度。

陳亮、劉過二人向來被視爲辛派詞人中的幹將。對其豪放詞風及其詞中所抒發的愛國豪情，也一向是研究文章的重點。近年來對於兩位詞人的研究也有深化的趨勢。如胡浙平的《試論陳亮壽朱熹詞》（《浙江學刊》，1994 年第 1 期）從分析陳亮爲朱熹所作的三首壽詞入手，從中見出陳亮詞的風格特徵；鄭裕敏的《略論劉過詞創作心理的三個層面》（《湖南教育學院學報》，1997 年第 4 期）以一統江山的愛國熱情、壯志未酬的憂憤之情以及沈迷酒色的無奈之情，來把握劉過詞的創作心理。錢建狀的《花間詞情，民間風味——劉過情詞初探》（《中國韻文學刊》，2001 年第 2 期）探討劉過詞豪放之外的另一個世界，對一般研究者所忽略的一個重要組成部分給予了分析。這些都是對兩位辛派詞人研究深入的體現。

總結起來，迄今爲止關於南宋乾淳詞人研究的成果不可以不謂豐碩，所取得的成就之大也是有目共睹的。然而，相對於乾淳詞壇 189 位詞作者、5303 首詞作這樣一種創作盛況而言，詞學的研究又明顯存在著一些不足之處，主要表現爲詞學研究的冷熱不太均衡、以點代面，以及研究的方法相對單一等幾個方面。這其實也是整個詞學研究的一個共同的不足。

四、本書的研究思路與方法

南宋孝宗朝 28 年間詞與詞學的發生與發展，是本書所關注的核心所在，就孝宗朝 28 年（1162～1189）這樣一個基本的時間範圍來看，從寫作方式上看，本書頗有一點斷代詞史的意味。而實際的情況則是，在研究的上下時間斷限上則有著一定的上下延伸。對這一時期所涉及到的詞的創作和詞學的發生、發展的各個方面所進行的探討，其中既包括詞學觀念與詞學理論的分析，「以文爲詞」概念的梳理，也有以詞人交遊爲出發點所進行的詞風與詞派特徵的考辨，更有對此期詞壇基本創作面貌的深入剖析。

詞學觀念和詞學理論是我們首先關注的的一個點。文學觀念和文學批評是伴隨著文學作品的出現而產生的。一般來講，觀念與創作同步，而理論批評則相對滯後於作品的出現。在對既往詞學觀念和詞學理論梳理的基礎之上，對乾淳詞壇的詞學觀念和理論發展狀況作以準確的把握，這是乾淳詞壇研究首先關注的內容。儘管南宋乾淳時期沒有專門的詞學理論著作出現，但是大量的詞集序跋的存在，卻可以說是具有理論形態的詞學批評著作。此一時期共有詞集序跋 10 餘篇，這些是我們研究此時詞學理論狀況的最好的資料。除此而外，宋人的史料筆記中也記載有大量的時人的詞話之類的文字資料，詞集的編選，以及詞學創作的多寡等等，其中都反映著乾淳詞壇人們的詞學觀念，也是研究此時詞學理論的重要資料和途徑。

在詞學觀念上，尊體意識的明顯增強是南宋前期的重要特徵。而到了乾淳詞壇，詞的地位問題已經不是一個多麼重要的話題，在人們的觀念中，詞已經被當作是和詩具有同等地位的一種文學樣式接受下來。凡是可以用詩來表達的，詩歌所能表現的領域，詞都能涉足。此時大量的祝壽詞、送別詞、詠物詞、飲酒詞、紀遊詞、抒懷言志詞、愛國詞等的出現，表明在領域和功能上，詩詞之差異已經幾乎不存在了。詞的功用的擴大，是這一時期詞學觀念中詞的地位提升的一個顯性的標志。就理論批評的狀況而言，乾淳詞壇詞學理論的一個突出特徵是雅化理論的深入。乾淳詞壇在繼承前人批評理論的基礎之上，繼續將雅化的理論引向深入。這種雅化理論的深入一方面很直觀地體現在詞集的序跋中，一方面也間接地反映在詞的創作中。

在對南宋乾淳詞壇進行觀照的時候，還有一個重要的批評概念，那就是「以文爲詞」。「以文爲詞」概念的提出雖然並不在南宋乾淳詞壇的當世，但是作爲對以辛棄疾爲首的辛派詞人詞學創作的理論總結，也是需要進行重點審視的。通過對「以文爲詞」這一概念及其具體含義等的梳理，我們可以發現，「以文爲詞」在詞的創作中體現爲「以文法爲詞」、「以文氣爲詞」等形式和內容上的創新，在具體的創作實踐上也不僅僅局限在以辛棄疾爲代表的稼軒詞派中，它的影響波及到了整個乾淳詞壇，是當時整個詞壇共有的一種寫作方式，從辛派先聲張孝祥到辛棄疾，從辛棄疾擴大到辛派詞人，再擴大到姜夔等其他詞人，以至成了南宋乾淳詞壇詞人們的共同選擇。

交遊之於詞壇和詞的創作，其重要性是不言而喻的。一個很明顯的和直接的結果是，交遊促進了詞作的產生，而另一個更爲深遠和具有重要意義的結果則是，交遊爲詞人和詞派的成長和成熟提供了一個創作場。通過對乾淳詞壇詞人之間交往和詞藝切磋過程的梳理，發現其與詞人詞風形成、風格趨尚之間的內在關係，進而對這一時期詞壇的整體特徵作一下切近眞實的把握，這也是對乾淳詞壇進行研究所關注的重要內容。當然，對詞人的考辨不可能面面俱到，遍及到這一時期的每一位詞人。由此論述中選取了張孝祥、陸游、辛棄疾等幾個重點，以詞人的唱和交往爲中心，對其交遊事蹟作一番考辨，並由此探索詞人交往和詞派、詞風之間的內在關係，進而窺探整個乾淳詞壇的創作態勢。

雅化是乾淳時期詞學理論中的一個突出特徵，也是其時創作實踐的重要特色。既有的研究成果中對乾淳時期雅化創作的肯定更多地集中在姜夔等少數作家作品上。實則，就詞壇創作的眞實情況而言，詞的創作主體逐漸向更廣泛的群體擴散，上至高層官僚，下至販夫走卒、歌兒舞女，都參加到了詞的創作當中。此時的詞的創作，逐漸出現一種普泛化、大眾化的創作傾向。相比較而言，詞的創作主體朝著更爲廣泛的群體擴散，雅化的創作傾向也隨著主體的推移滲透到更廣層面的創作群體中。書中擷取了幾組不同身份的創作群體和他們的創作加以觀照，其中既有潛邸舊人如曾覿、張掄者，有宗室詞人如趙彥端、趙長卿、趙師俠者，也有隱士型詞人如毛幵、韓淲等，從這些比之辛棄疾、姜夔等更爲普通的代表著不同階層的詞人群體的創作中，或許更能夠展現詞壇眞實的創作面貌。

辛棄疾和姜夔詞的創作代表著乾淳詞壇的最高成就，儘管迄今爲止關於兩人的個案研究已經比較充分，成果也相對更爲豐富，但是，仍然是我們無法忽視的重要存在，依然存在著一些可以挖掘的地方。將辛棄疾與姜夔二人置放在乾淳詞壇，乃至整個宋代詞壇的大的背景之下進行觀照，我們可以發現，辛、姜二人實則是創立了兩種寫作範式，確立了以後詞壇兩種主流創作的基本模式，即英雄詞和雅士詞的寫作基本範型，這是辛、姜兩人的典範意義所在。

從文本出發是本書的立腳點和出發點，是本文立論的基礎所在。180 餘位詞作者的 5300 多首詞作是本書的根本所在。不但在梳理具體作家的詞的創作時以文本爲出發點，如書中《雅化創作的別一種呈現》一章，即便是討論作家的交遊與詞風、詞派之關係，分析人物形象設定之典型意義時，亦緊緊依靠詞人具體的詞的創作，從作品中來，力爭做到有理有據，有本有源，而不是脫離文本的一種空洞論述。

「知人論世」從古到今就是文學研究中一條屢試不爽的研究思路。其實，所謂的「知人論世」也就是現在人們所常說的社會學、歷史學與文化學的研究方法，這也是本文論述過程中必不可少的途徑之一。每個人都生活在具體的歷史時代中，時代的大文化背景必然對詞人的人格與詞格產生重要的影響，因此，在對文學創作成因進行剖析時，我們所依據的是其當時的具體的歷史文化背景。

綜合和比較的方法是本文所採用的主要方法之一。將同一時代的具有相近特徵的作家作品放在一起進行歸納、綜合與比較，更能夠凸現作品的共性，從而更利於我們把握其中所顯現的特徵。

第二章　乾淳詞壇的詞學觀念與詞學理論

詞昉於隋唐之際，發展於晚唐五代，大成於兩宋，這是詞學界普遍認可的一個基本事實。與詞的創作實踐並不同步的是，詞學理論的發展相對滯後、緩慢。從中唐劉禹錫的「依曲拍爲句」，〔註 1〕到北宋末年第一篇比較系統的理論著作——李清照《詞論》的產生，其間經歷了近 300 年的漫長時間。此後，經由王灼的《碧雞漫志》等，直到南宋末年，張炎的《詞源》與沈義父的《樂府指迷》的出現，才標誌著詞學理論的初步成熟。〔註 2〕這個時期又有 150 年左右的時間。與詞學理論緊密相連的還有詞學觀念的衍生與轉變，它也是構成詞學批評的一個重要組成。如對晚唐詞人溫庭筠「逐弦吹之音，爲側豔之詞」的定評，〔註 3〕不是一種理論的總結和提升，卻是其時詞學觀念的一

〔註 1〕劉禹錫在《憶江南》詞的題序中說：「和樂天春詞，依《憶江南》曲拍爲句。」

〔註 2〕《中國詞學批評史》將唐宋時期的詞論發展分爲三個時間段，即唐五代——發軔期，北宋——確立期，南宋——完成期。參見方智範、鄧喬彬、周聖偉、高建中：《中國詞學批評史》（中國社會科學出版社，1994 年）。

〔註 3〕〔後晉〕劉昫《舊唐書》（北京：中華書局，1975 年），卷一百九十下《文苑傳下．溫庭筠傳》，頁 5079。

個反映。同詞學理論相比，詞學觀念所涵蓋的內容無疑有著更大的廣泛性。它既可以體現於詞學理論之中，也可以附著於理論之外的其他形態中，如詞的創作以及詞集的編選等，都可以反映出創作者和編選者的詞學觀念，因而也可以納入詞學批評的範疇中來進行考察。伴隨著詞的產生和詞的創作的一個個高峰的形成，詞學觀念也在不斷地發生著變化。從晚唐五代的詞爲「豔科」，到有宋一代詞成爲一代文學之代表，其中觀念的變化起著至關重要的作用。從某種程度上說，觀念的變化對詞體文學的影響甚至遠大於理論本身。

在對南宋乾淳詞壇詞學進行觀照的時候，還有一個重要的批評概念，那就是「以文爲詞」。「以文爲詞」概念的提出雖然並不在南宋乾淳詞壇的當世，但是作爲對南宋乾淳詞壇以辛棄疾爲首的辛派詞人等詞的創作的理論總結，也是需要進行重點審視的。因而這裡提出來進行專節探討。

第一節　乾淳詞壇的詞學觀念與批評

一、詞學觀念的演變與理論的積累：乾淳以前的詞學批評

中唐時期，白居易、劉禹錫等人的嘗試首開文人參與詞的創作之先河。劉禹錫的兩篇題序可以看作是文人詞的創作者詞學觀念的最初體現。〔註4〕「依曲拍爲句」和「作《竹枝》九篇，俾善歌者揚之」反映出劉禹錫對詩詞分野已經有了初步的認識，在詞與音樂的關係上是「倚聲塡詞」的開始。溫庭筠堪稱晚唐時期詞的創作的魁首，其全

〔註4〕《憶江南》題序謂：「和樂天春詞，依《憶江南》曲拍爲句。」《竹枝詞》題序曰：「四方之歌，異音而同樂。歲正月，余來建平，里中兒聯歌《竹枝》，吹短笛，擊鼓以赴節。歌者揚袂睢舞，以曲多爲賢。聆其音，中黃鍾之羽；卒章激訐如吳聲。雖傖佇不可分，而含思婉轉，有《淇澳》之豔音。昔屈原居沅、湘間，其民迎神，詞多鄙陋，乃爲作《九歌》。到於今，荊楚歌舞之。故余亦作《竹枝》九篇，俾善歌者揚之，附於末。後之聆巴歈，知變風之自焉。」

部 71 首詞作，在創作實踐上反映出這位「花間鼻祖」對於詞這種新興文學樣式在觀念上的重視。五代時期是詞的創作的一個高峰，西蜀和南唐兩個詞的創作中心的形成以及《花間集》的結集可以看作是這個時期代表性的成果體現。歐陽炯的《花間集序》作爲「有詞以來的第一篇詞論」，雖乏體系的建構和理論的總結，卻也在「歌辭一體與詩不同」、「文人詞不同於民間詞」，以及「詞之源流」等方面提出了「諸多難能可貴的詞學觀點」。〔註 5〕不惟如此，由《花間集序》所提煉出的「花間範式」之影響甚爲巨大，在其後以迄北宋前期的相當長的歷史時段內，「花間範式」一直主導著詞壇和詞的創作。而在詞學觀念上所確立的「遞葉葉之花箋，文抽麗錦；舉纖纖之玉指，拍按香檀；不無清絕之辭，用助妖嬈之態」的綺麗內容，以及「庶使西園英哲，用資羽蓋之歡；南國嬋娟，休唱蓮舟之引」的佐歡功能，〔註 6〕奠定了詞爲「豔科」這一觀念的基礎，也成爲後人效法的基本範式。至少在元祐詞壇以前，這種觀念一直主導著詞壇和詞的創作。而在以後更爲久遠的時間裏，這種觀念也沒有完全從人們的頭腦中離去。

北宋前期相當長的歷史時間內，詞的創作和詞人的詞學觀念基本上停留在五代詞人所確立的樊籬之內，在內容和風格上繼續朝著詞爲豔科狹深一路繼續發展。在詞學理論和觀念上也秉承著「花間範式」。作於仁宗嘉祐三年（1158）的《陽春集序》在對詞的特質及功能等方面，所謂「爲樂府新詞，俾歌者倚絲竹而歌之，所以娛賓而遣興」的認識，〔註 7〕與《花間集序》如出一轍，是現今僅能見到的這一時期的詞論性質的理論表述。與此同時的歐陽修，也持有相似的詞學觀：「錢思公（惟演）雖生長富貴，而少所嗜好。在西洛時，嘗語僚屬言：『平生惟好讀書，坐則讀經史，臥則讀小說，上廁則閱小辭，蓋未嘗

〔註 5〕賀中復《〈花間集序〉的詞學觀點及〈花間集〉詞》，《文學遺產》1994 年第 5 期。

〔註 6〕〔五代〕歐陽炯《花間集序》，施蟄存主編《詞籍序跋萃編》（北京：中國社會科學出版社，1994 年），頁 631。

〔註 7〕〔宋〕陳世修《陽春集序》，施蟄存主編《詞籍序跋萃編》，頁 15。

頃刻釋卷也。』」〔註 8〕「敢陳薄技，聊佐清歡」，〔註 9〕不管是轉述錢惟演的觀點，還是陳說自己的態度，在歐陽修看來，詞無過是低於經史，甚至是比「小說」還等而下之的末流文學樣式，是無法和詩相提並論的「小道」和「末技」。歐陽修的這種觀點代表了當時文人詞作者的絕大多數。但是，與其詞學觀點相背離的是，他們於詞的實際創作卻樂此不疲，且作品豐富繁多，〔註 10〕所謂「文章豪放之士，鮮不寄意於此者，隨亦自掃其跡，曰謔浪遊戲而已也」。〔註 11〕作爲一代文壇宗主的歐陽修，詞的創作和觀念上的矛盾反映了這一時期詞在文學中的地位，可見小詞的觀念在當時是一種流行的看法。

元祐詞壇是晚唐五代以來詞的發展的又一個新的高峰，在這一時期裏，就整體情況來說，詞爲「小詞」的傳統觀念仍是一種流行的看法。在概念的使用上，蘇軾等人仍時有「小詞」的稱法，蘇軾有：「近卻頗作小詞，雖無柳七郎風味，亦自是一家。」〔註 12〕「蘇門六君子」之一的陳師道有：「邇來絕不爲詩文，然不廢書，時作小詞以自娛，用以卒歲。」〔註 13〕懼於詩禍的壓力，詩文是絕不可以輕易作的，小詞卻無妨，由此可以探見時人對於詞的態度，其中的緣由在於詞的功能衹是「自娛」，並不會干預時政，而詩文則不然，「烏臺詩案」就是刻骨銘心的教訓。〔註 14〕儘管元祐詞人群體在某些觀念上仍然蹈襲前人成見，但對詞的文學特徵的認識卻比前人大有進步，已經開始有了爲詞自覺正名的意

〔註 8〕〔宋〕歐陽修《歸田錄》（北京：中華書局，1981 年）卷二，頁 24。

〔註 9〕〔宋〕歐陽修《采桑子．詠西湖》小引。

〔註 10〕據《全宋詞》統計，歐陽修存詞 242 首，爲北宋前期詞人之首。

〔註 11〕〔宋〕胡寅《酒邊集序》，施蟄存主編《詞籍序跋萃編》，頁 168。

〔註 12〕〔宋〕蘇軾《與鮮于子駿書》，《蘇軾文集》（北京：中華書局，1986 年）卷五十三，頁 1560。

〔註 13〕〔宋〕陳師道《與魯直書》，《後山居士文集》（上海：上海古籍出版社，1984 年）卷十，頁 576。

〔註 14〕蘇軾和黃庭堅也有與陳師道相似的表述，蘇曰：「比雖不作詩，小詞不礙。」（《與陳大夫八首》之三）黃亦曰：「閒居絕不作文字，有樂府長短句數篇。」（《與宋子茂書》六首之一）

識。晏幾道在《小山詞自序》說道：「『補亡』一編，補樂府之亡也。叔原往者浮沈酒中，病世之歌詞不足以析酲解慍，試續南部諸賢緒餘，作五七字語，期以自娛，不獨敘其所懷，兼寫一時杯酒間聞見及同遊意中事。嘗思感物之情，古今不易，竊以爲篇中之意，昔人所不遺，第於今無傳耳。故今所製，通以『補亡』名之。……考其篇中所記悲歡離合之事，如幻如電，如昨夢前塵，但能掩卷憮然，感光陰之易遷，歎境緣之無實也。」〔註15〕如果說晏幾道於詞體的認識多及於詞的功能和內容，那麼黃庭堅爲小晏詞所作的序則更注意到了詞的句法：「及獨嬉弄於樂府之餘，而寓以詩人之句法。清壯頓挫，能動搖人心，士大夫傳之，以爲有臨淄之風耳，罕能味其言也。」〔註16〕黃庭堅不但徑將晏幾道的詞稱爲「樂府」，顯示了其於詞的觀念的更新；而且移「詩法」入「詞法」，以詩論詞，認識到了小山詞的清壯頓挫之姿和常人難以品出的言外之意。將詞提升到和詩同樣的地位來進行論述，這應該是詞論史上的第一次。這一時期具有明確的理論標示的當爲相傳爲陳師道的《後山詩話》。雖曰「詩話」，卻羼入了10餘條詞話，其中最具有理論價值的是其「本色論」的提出：「退之以文爲詩，子瞻以詩爲詞，如教坊雷大使之舞，雖極天下之工，要非本色。今代詞手，惟秦七、黃九爾，唐諸人不迨也」，「世語云：蘇明允不能詩，歐陽永叔不能賦。曾子固短於韻語，黃魯直短於散語。蘇子瞻詞如詩，秦少游詩如詞。」〔註17〕詩詞畛域的劃分雖不盡合理，但是把詞作爲一種新興的文學樣式單獨標舉出來，表明在論者的心目中，詞已遠非「小道」和「末技」，而是一種可以和詩並論的文學。

蘇軾是元祐詞壇當之無愧的先鋒。他不但以362首詞作名列元祐詞人榜首，以實踐表明自己對這種文學樣式的重視，而且多次直言其

〔註15〕〔宋〕晏幾道《小山詞自序》，施蟄存主編《詞籍序跋萃編》，頁52。
〔註16〕〔宋〕黃庭堅《小山詞序》，施蟄存主編《詞籍序跋萃編》，頁51。
〔註17〕〔宋〕陳師道《後山詩話》，〔清〕何文煥《歷代詩話》（北京：中華書局，1981年），頁309、312。

於詞的不同體認，如：「世言柳耆卿曲俗，非也。如《八聲甘州》云：『霜風淒緊，關河冷落，殘照當樓。』此語於詩句，不減唐人高處。」〔註 18〕「不減唐人高處」之論，同黃庭堅和張耒等以詩論詞的批評方式如出一轍，在理念上顯示了對詞體的尊重；再如「清詩絕俗，甚典而麗。搜研物情，刮發幽翳。微詞宛轉，蓋詩之裔」〔註 19〕、「又惠新詞，句句警拔，詩人之雄，非小詞也。但豪放太過，恐造物者不容人如此快活」〔註 20〕、「頒示新詞，此古人長短句詩也」等，〔註 21〕也都是以詩論詞，非但認爲詞是詩之苗裔，而且更進一步認爲詩詞並無二致，說其詞並非「小詞」，就是詩。而其「自是一家」理論的提出，在「柳七郎風味」之外別樹一幟，開豪放一宗，體現了明顯的創新性和詞學理念上的前瞻性。而不管是蘇軾的詞爲「詩之裔」、「自是一家」，還是陳師道、晁補之等的「以詩爲詞」，這一時期詞學理論和觀念的一個很大的突破是，尊體意識的明顯凸現。這也是元祐詞人群體凸顯於詞史的一個重要因素。

若論北宋末年詞學理論上的建樹，當首推李清照的《詞論》。這篇僅有 550 餘字的詞論，就理論的系統性和成熟程度而言，具有「前無古人」之意義。《詞論》不但清楚地勾勒出詞體演變的源流，而且以「別是一家」爲基本的理論基礎，歷數了唐五代以來以迄北宋後期數百年歷史時段中各家詞之短長，在詞的內部特質上，李清照嚴分詩詞畛域，給出了自己的規定，對詞的理解十分深刻，體現出明顯的尊體意識。儘管在某些方面缺少一種發展的眼光，未必可取，但就理論的總結性而言，李清照《詞論》的意義在詞學批評史上十分突出。這一時期尊體論調頗爲明顯的，我們還可以從另一篇詞序《演山居士新詞序》中見出。黃裳在這篇自序中將閒居無事時用於自適的長短句上

〔註 18〕〔宋〕趙令畤《侯鯖錄》（北京：中華書局，2002 年）卷七，頁 183。
〔註 19〕〔宋〕蘇軾《祭張子野文》，《蘇軾文集》卷六十三，頁 1943。
〔註 20〕〔宋〕蘇軾《與陳季常》，《蘇軾文集》卷五十三，頁 1569。
〔註 21〕〔宋〕蘇軾《與蔡景繁書》，《蘇軾文集》卷五十五，頁 1662。

接於《詩》之六義，在套路上明顯地承襲了儒家的「詩教觀」，或許並無太多新異之處，然而其意義卻在於，它第一次把詞和儒家的「詩教」聯繫起來，把詞提到了和詩相等的地位，從更深的層面上顯示了在時人觀念中詞的地位的提升。

對於北宋後期詞的創作的反思，成了南宋前期詞壇詞學理論的一個重點，詞學批評在這樣一個特殊時期裏出現了一個高潮，這個高潮的中心內容是對「雅」的復歸，就其本質而言，則是對詞作爲一種純藝術品類的認可。

北宋末年俗詞的大行其道，是南宋前期詞學倡言復雅的一個直接誘因。而「復雅」風潮的一個直觀顯現便是，以「雅」冠名的詞的選集的出現，其中之一爲曾慥編輯的《樂府雅詞》。與此書相先後的還有一部以「雅」名篇的詞的選集《復雅歌詞》，乾脆冠之以「復雅」，更表明了選編者詞學觀念上對於「雅」的復歸趨尚。惜乎其內容已經失傳，我們無以見其眞貌，不過留下的一篇序文《復雅歌詞序略》，卻可以讓我們瞭解其中的大概。序文將詞上接於《詩經》三百零五篇，從源頭上承認了詞的文學地位，尊體意識顯而易見。南宋前期，第一部專力論詞的詞學批評著作的產生，爲王灼的《碧雞漫志》。從史料的價值和理論的系統性來說，這部著作都可以稱得上詞學批評史上的第一部。這一時期體現出明顯尊體意識的還有胡寅的《酒邊集序》，在這篇詞序中，胡寅認爲詞曲是「古樂府之末造」，而「古樂府者，詩之旁流也」，〔註22〕由此，詞曲便和詩聯結上了，在理念上與東坡的詞爲「詩之裔」的觀點相認同；而且在詞境的開拓上，胡氏也同王灼一樣極力標舉蘇軾，蘇軾「以詩爲詞」在其同時多遭「長短句之詩」的譏彈，在南宋前期終於得到世人的認可，這不能不說明詞學觀念上的進步。

綜而論之，從中晚唐以迄南宋前期，詞學理論經歷了一個由產生到漸趨成熟的發展過程，詞學觀念也經歷了一個詞由被輕視到逐漸被

〔註22〕胡寅《酒邊集序》，施蟄存主編《詞集序跋萃編》，頁168。

重視的發展過程，伴隨著詞成長爲一種成熟的文學樣式，詞學觀念中，詞逐漸脫離了初始時期被鄙夷爲「小道」的文學型態，而是作爲一種主流的文學樣式爲人們所認可和接受，詞和詩一樣是能夠用來自由表情達意的文學工具。縱觀這一個歷史時段的詞學理論和詞學觀念的演變，我們可以總結出以下幾個主要特徵：首先是從歷史發展來看，明顯分爲三個主要階段，即唐五代到北宋前期，北宋中後期，南宋前期。第一階段爲理論的初步萌芽和詞學觀念的初步形成，晚唐五代之時，詞剛剛興起，理論認識相對膚淺，對詞的功能的界定也相對單一，基本上不出「花間範式」，北宋前期相當長的歷史時期內，也未能有多少新的突破，基本上是五代詞論和詞學觀念的延續。北宋中後期是詞學理論發展的一個自覺階段，理論的認識隨著詞境的開拓也有所深入，此一時期對詞之爲體的特質開始有了自覺和深入的思考，不論是「自是一家」、「以詩爲詞」，還是「別是一家」，其本質上都是在探討詞之所以爲詞的特性。作爲第三階段的南宋前期，理論的發展已經有成熟的意味，以《碧雞漫志》爲代表的一批詞學理論著作，在對詞的理論總結上，已經開始呈現系統性和全面化的特徵，對詞作爲一種文學體式的各個方面，如詞的起源、體徵、風格、詞與樂的關係等，都有所觸及。

其次，從詞學批評的歷程分析，明顯可以看到一條清晰的對詞的文學性特徵認識漸趨成熟的演變軌跡。這種文學性特徵表現在幾個方面，如詞作爲文學的本質特徵「虛構性」、「想像性」和「創造性」，〔註23〕詞的格律、節奏，以及詞作的意象等。在觀念的認識和理論的探討上，基於這幾個方面的詞學批評也有演進和深入的遞變規律。中唐劉禹錫的「依曲拍爲句」，可以視爲當時的文人詞作者對詞的格律的一個先驅性認識，而晚唐五代的《花間集序》所確立的「花間範式」主要在意象等一些方面對詞作了一種理論上的總結。

〔註23〕關於文學的本質，韋勒克、沃倫《文學理論》（北京：生活·讀書·新知三聯書店，1984年版）有專章論述，可詳參。

二、從「詩詞」、「詞人」概念的使用等看乾淳詞壇的詞學觀

在以蘇軾等爲領軍人物的元祐詞壇之後，詩尊詞卑的詞學觀念逐漸得以改觀，詞爲「豔科」、「小道」的觀念逐漸爲人們所摒棄，取而代之的是詞作爲一種和詩具有同樣地位的詩詞同一的觀念的出現。一個顯而易見的例子就是「詩詞」並用在這一時期已經成爲一種普遍的使用方法。

詞雖肇興於唐五代，「詩」「詞」並稱卻不起於此時。在詞產生後的很長一個歷史時期裏，雖然也有「詩詞」一語的出現，但是並不是「詩」和「詞」作爲兩種文學體裁的並列搭配。梅堯臣《張淳叟獻詩永叔同永叔和之》：「張君獻詩詩詞巧，美女插花嬌醉春。」這裡的「詩詞」一語的意義所指偏重於「詩」，「詩詞」的意思是詩中的詞語。同樣地，魏泰的《東軒筆錄》中有「詩詞」並用的例子：「慶曆中，西師未解，晏元獻公殊爲樞密使，會大雪，歐陽文忠公與陸學士經同往候之，遂置酒於西園。歐陽公即席賦《晏太尉西園賀雪歌》，其斷章曰：『主人與國共休戚，不惟喜悅將豐登。須憐鐵甲冷徹骨，四十餘萬屯邊兵。』晏深不平之，嘗語人曰：昔日韓愈亦能作詩詞，每赴裴度會，但云『園林窮勝事，鐘鼓樂清時』，卻不曾如此作鬧。」〔註 24〕此中「詩詞」的用例亦是偏指於「詩」，而不及於作爲一種文體的「詞」。此後，蘇軾《答李邦直》：「知我久慵倦，起我以新詩。詩詞如醇酒，盎然熏四支」，以及蘇轍的《和子瞻記夢二首》：「探懷出詩卷，卷卷盈君把。詩詞古人似，弟則吾弟也」等詩中的用例，亦是偏指詩，而非兼及與詩相似的「詞」。整個北宋詞壇乃至南宋前期，世人多以「小」稱詞，「詩詞」並稱者寥寥。

到了乾淳詞壇，「詩詞」並稱、同論開始出現。周煇《清波雜誌》中稱：「蔡卞之妻七夫人，頗知書，能**詩詞**。」〔註 25〕《中吳紀聞》

〔註 24〕〔宋〕魏泰《東軒筆錄》（北京：中華書局，1983 年）卷十一，頁 127。
〔註 25〕〔宋〕周煇《清波雜志》（北京：中華書局，1994 年）卷三，頁 130。

卷五中說：「閭丘孝終，字公顯。東坡謫黃州時，公爲太守，與之往來甚密。未幾，掛其冠而歸，與諸名人爲九老之會。東坡過蘇必見之，今《蘇集》有詩詞各二篇，皆爲公作也。公後房有懿卿者，頗具才色，詩詞俱及之。東坡嘗云：『蘇州有二丘，不到虎丘，即到閭丘。』」又，「范周，字無外，文正公之侄孫，贊善大夫純古之子。少負不羈之才，工於詩詞，不求聞達，士林甚推之。」〔註26〕王稱的《書舟詞序》中亦云：「程正伯以詩詞名，鄉之人所知也。余頃歲遊都下，數見朝士，往往亦稱道正伯佳句，獨尚書尤公以爲不然，曰正伯之文，過於詩詞。」〔註27〕陳模《懷古錄》中也載有乾淳時人「詩詞」並用、並論的用例：「蔡光工於詞，靖康間陷於虜中。辛幼安常以詩詞參請之。蔡曰：『子之詩則未也，他日當以詞名家。』」〔註28〕更爲普遍的是，洪邁的《容齋隨筆》中「詩詞」並稱、同論的用例竟有近10處。

詩詞的並稱和並論並不只出現在乾淳之世的宋人筆記中，在當朝名公巨卿的眼中，詞也取得了和詩一樣的「合法」地位，爲他們所認可。辛棄疾《木蘭花慢》詞前小序謂：「中秋飲酒，將旦，客謂前人詩詞，有賦待月，無送月者，因用《天問》體賦。」周必大《跋黃魯直蜀中詩詞》云：「杜少陵、劉夢得詩，自夔州後頓異前作，世皆言文人流落不偶，乃刻意著述，而不知巫峽峻峰激流之勢有以助之也。山谷自戎徙黔，身行夔路，故詞章翰墨日益超妙。觀此三帖，蓋可知也。淳熙五年十月十三日。」跋文題下有小序謂：「王公權《荔枝綠頌》，姚君玉《安樂泉頌》，茶詞《滿庭芳》、《阮郎歸》。」〔註29〕這裡，周必大不但將黃庭堅的兩篇茶詞同他的兩篇頌詩放在一起進行討

〔註26〕〔宋〕龔明之《中吳紀聞》（上海：上海古籍出版社，1986年）卷五，頁108，110。

〔註27〕〔宋〕王稱《書舟詞序》，施蟄存主編《詞籍序跋萃編》，頁278。

〔註28〕〔宋〕陳模《懷古錄》卷中，《辛棄疾研究資料彙編》（北京：中華書局，2005年），頁109。

〔註29〕〔宋〕周必大《文忠集》卷十七，《文淵閣四庫全書》，第1147冊，頁166。

論，而且將黃庭堅的蜀中詩詞同杜甫和劉禹錫的詩作比較，這種詩詞並重的比較方法，顯示了在批評者眼中，詞已經走出了被鄙棄、小視的卑微地位，成長爲一種和詩並駕齊驅的文學體類。與此相類似的是，陸游的《跋東坡七夕詞後》也有相似的比較方式：「昔人作七夕詩，率不免珠櫳綺疏惜別之意。惟東坡此篇，居然是星漢上語。歌之終覺天風海雨逼人，學詩者當以是求之。慶元元年元日，笠澤陸某書。」〔註30〕陸游的此篇跋文將東坡的《鵲橋仙・七夕》詞當作詩來解讀，且要求作詩者以此爲範例，由此表明，在陸游看來，詩詞之間的分野與畛域已經並不那麼的涇渭分明，而且在七夕這一題材上，東坡的詞已經超越了前人的詩。

同樣地，朱熹的一篇跋文《書張伯和詩詞後》在對待詞的態度上也和周必大、陸游是相似的：「右紫微舍人張伯和父所書。其父子詩詞以見屬者，讀之使人奮然有擒滅仇虜、掃清中原之意。淳熙庚子，刻置南康軍之武觀，以示文武吏士。」〔註31〕作爲道學家的朱熹詩詞並論，非但沒有對詞有絲毫的鄙視，而且被當作是激勵士氣的戰鬥檄文，刻置軍中，這本身或許就已經說明詞在理學家朱熹眼中的位置。詞不但和詩同等對待，而且起到了比詩更高的文的作用。

由上觀之，詩詞並用所反映的並不僅是一個簡單的詞語搭配的問題，其中蘊藏的更是詞的地位的提升和時人詞學觀念的變化。其時，詞不再作爲「小道」或「末技」而被看作是一種難登大雅之堂的東西，而是作爲一種可以和詩一樣平起平坐、等量齊觀的文學體裁爲人們所接受。

與詩詞並稱、並重的概念使用相似的，還有「詞人」這一概念的使用。至少在唐宋以前，「辭人」和「詞人」在概念的內涵上有著很大

〔註30〕金啓華等編《唐宋詞集序跋彙編》（南京：江蘇教育出版社，1990年），頁30。

〔註31〕〔宋〕朱熹《書張伯和詩詞後》，金啓華等編《唐宋詞集序跋彙編》，頁165。

的重合性，都是指擅長辭賦或文辭的人。揚雄曰：「詩人之賦麗以則，辭人之賦麗以淫。」〔註32〕揚雄的這句話旨在比較楚辭和漢賦，這裡的辭人指的是辭賦作家。這是詞（辭）人一詞最早的使用記錄。南朝梁劉勰謂：「漢初詞人，順流而作，陸賈扣其端，賈誼振其緒。」〔註33〕沈約在《宋書．謝靈運傳》中也說：「自漢至魏，四百餘年，辭人才子，文體三變。相如巧爲形似之言，班固長於情理之說，子建、仲宣以氣質爲體，並標能擅美，獨映當時。是以一世之士，各相慕習，原其飆流所始，莫不同祖《風》、《騷》。徒以賞好異情，故意制相詭。」〔註34〕此後代代相與沿襲，常常與「才子」「墨客」搭配使用，所謂「才子詞人」「詞人墨客」之類是也。然而其基本的意義概不出於「有才華、能詩文的才子」這樣一個語義範疇。北周宇文逌謂：「自梁朝筮仕周世，驅馳至今，歲在屠維，龍居淵獻，春秋六十有七。齒雖耆宿，文更新奇。才子詞人，莫不師教；王公名貴，盡爲虛襟。」〔註35〕唐顧雲也說：「造化之功，東南之勝，獨會稽知名，前代詞人才子，謝公之倫多所吟賞，湖山清秀，超絕上國；群峰接連，萬水都會。」〔註36〕即使是到了北宋，柳永《鶴沖天》詞中的名句「才子詞人，自是白衣卿相」，其中「詞人」的意義也並沒有指向專門的以作詞名家的人這樣一種專稱。

到了乾淳詞壇，「詞人」一詞的語意發生了變化。王銍《默記》：「賀方回遍讀唐人遺集，取其意以爲詩詞。然所得在善取唐人遺意也，不如晏叔原盡見升平氣象，所得者人情物態。叔原妙在得於婦人，方回妙在得詞人遺意。非特兩人而已，如少游臨死作讖詞云『醉臥古

〔註32〕〔漢〕揚雄《法言．吾子》，《法言義疏》三（北京：中華書局，1987年），頁49。

〔註33〕〔南朝〕劉勰《文心雕龍．詮賦》，《增訂文心雕龍校注》（北京：中華書局，2000年），頁96。

〔註34〕〔梁〕沈約《宋書》（北京：中華書局，1974年）卷六十七，頁1778。

〔註35〕〔北朝〕宇文逌《庾子山集序》，《庾子山集注》（北京：中華書局，1980年），頁64。

〔註36〕〔唐〕顧雲《在會稽與京邑遊好詩序》，《全唐文》（北京：中華書局，1983年）卷八一五，頁8586。

藤陰下，了不知南北』，必不至於西方淨土。若王荊公、司馬溫公、趙閱道必不如此道也。非特賀、晏而已，凡古今之詞人盡然如此而已矣。」〔註 37〕王銍此處「詞人」一例的使用，雖不可盡指為「塡詞的作者」這一意義，但是從文中的意義所指上看，分明已經十分靠近今天所說的詞人，即塡詞的作家這樣一個意義的指向。最為明確的當為乾淳詞人汪莘在其詞集自序中詞人一詞的使用：「唐宋以來，詞人多矣，其詞主乎淫，謂不淫非詞也。余謂詞何必淫，顧所寓何如耳。余於詞，所愛喜者三人焉：蓋至東坡而一變，其豪妙之氣，隱隱然流出言外，天然絕世，不假振作。二變而為朱希眞，多塵外之想，雖雜以微塵，而其清氣自不可沒。三變而為辛稼軒，乃寫其胸中事，尤好稱淵明。此詞之三變也。」〔註 38〕序中臚列了從北宋到南宋的三位著名詞人蘇軾、朱敦儒、辛棄疾，並將他們視為唐宋詞轉變中的三個關鍵，判斷正確與否，姑且不論，以「詞人」這樣一個定義來指稱專門塡詞的詞家，在這裡卻是十分的明確。可見，在南宋乾淳之世，作為專門的塡詞作者的「詞人」之名已經出現。

通過以上的關於「詞人」這一概念衍變情況的梳理，我們發現，「詞人」一詞從一般的泛稱擅長文辭的人向專門的指稱塡詞的作者的擴展，也就是詞人作為專門的名詞指代塡詞家的出現，當在乾淳詞壇前後。這種擴展並不是一般意義上的詞義本身的內容方面的延展，其更具價值的還是它所代表的意義。「詞人」作為一個特殊群體專稱的出現，顯示這一群體地位的提高，顯示了詞的地位的提高，顯示了時人詞學觀念的變化。這同宋初的時候連閱讀詞作都要在廁上進行相比，顯然已經有了天壤之別。〔註 39〕

「詩詞」、「詞人」等意義的流變反映出了乾淳詞壇時人詞學觀念的進步，而這種進步同樣也體現在詞集的編刻和詞人的實際創作中。

〔註 37〕〔宋〕王銍《默記》（北京：中華書局，1981 年）卷下，頁 46。
〔註 38〕〔宋〕汪莘《方壺詩餘自序》，施蟄存主編《詞籍序跋萃編》，頁 270。
〔註 39〕見本節前面所引歐陽修《歸田錄》中一段軼事。

從南宋陳振孫《直齋書錄解題》卷二十一「歌詞類」中所錄宋人別集104種中可以發現，乾淳詞壇不到30年時間內詞人的別集數量有近40種，幾乎是前此200年的總和。這其中有的是在詞人尚還在世的時候就有了詞集的刻板流行，如京鏜的《松坡居士樂府》和王炎的《雙溪詩餘》等，都是在詞人尚還健在的時候就已經行世。更爲著名的如辛棄疾，在他四十八歲的時候就有了近百首的《稼軒詞》的問世，而在此之前「流布於海內」的「贗本」已多有出現。〔註40〕詞集的刊刻傳播雖然與宋代印刷技術的成熟和宋代刻書業的興盛不無關係，但是從深層的原因上看，當時世人對詞的喜好和詞學觀念的轉變起了更爲關鍵的作用，正是時人對詞的態度的轉變，使得詞的刊刻流行成爲現實。

詞集的編刻而外，詞的創作的實績，更能反映詞人詞學觀念的實際情況。180餘位詞作者和5300餘首存詞本身已經證明了乾淳時人對詞的偏愛。〔註41〕詞的創作群體的廣泛是空前的，上自王公巨卿，下至寒門布衣，甚而販夫走卒、樂工歌伎，都參與到了詞的創作當中，如陸游所納的妾某驛卒女和自蜀中攜歸的妓女，都有詞作流傳至今。最爲著名的如天台妓嚴蕊，還在詞壇留下了一段佳話：「天台營妓嚴蕊，字幼芳。善琴弈歌舞、絲竹書畫，色藝冠一時。間作詩詞有新語，頗通古今。善逢迎，四方聞其名，有不遠千里而登門者。唐與正守臺日，酒邊，嘗命賦紅白桃花，即成《如夢令》云：『道是梨花不是，道是杏花不是，白白與紅紅，別是東風情味。曾記、曾記，人在武陵微醉。』與正賞之雙縑。又七夕，郡齋開宴，坐有謝元卿者，豪士也，夙聞其名，因命之賦詞，以己之姓爲韻。酒方行，而已成《鵲橋仙》云：『碧梧初出，桂花才吐，池上水花微謝，穿針人在合歡樓，正月露、玉盤高瀉。　蛛忙鵲懶，耕慵織倦，空做古今佳話。人間剛道隔年期，指天上、方才隔夜。』元卿爲之心醉，留其家半載，盡客囊

〔註40〕〔宋〕范開《稼軒詞序》，施蟄存主編《詞籍序跋萃編》，頁199。

〔註41〕由於時間的久遠和詞作的散佚，我們今天所見到的已經遠非當時的原貌了，實際的創作情況應該比這個數字更大。

橐饋贈之而歸。」〔註 42〕嚴蕊即席作詞，酒方行而詞已成，顯示了其較高的詞藝，反映出了詞的普及程度之大，這其中恐怕也蘊含著時人對詞的觀念上的進步，同人們飲酒賦詩一樣，詞的創作也成爲人們日常生活一個組成部分。

與此相類似的還有，從詞的功能的擴大和詞藝的深化中，我們也能發現乾淳時人觀念上的新的變化。就詞的功能的擴大而言，東坡首發其端，在此後的相當長的一段時間裏卻應者寥寥，衹是到了乾淳詞壇，才有了眾多的響應者。此時的詞的創作不妨和成熟的唐詩作一比較，詩發展到了唐代，詩的創作遍及生活的每一個角落，大量的贈別詩、祝壽詩、奉和詩的出現，顯示了詩的實際功用的增強，五萬餘首唐詩中，以「別」爲題的有 1600 多首，以「贈」字爲題的有近 3000 首，以「送」字爲題的有 5000 餘首，此外，大量的寫九日、七夕、中秋的詩歌亦比比皆是，在唐詩中佔有了相當大的比重，更有的以詩代簡，用詩作爲家書，言事傳情，這在唐詩中亦有相當的數量。乾淳詞壇的詞的創作，僅從詞功能的拓展而言，可以比作是成熟的唐詩。此一時期，交遊詞、贈別詞、詠物詞、記遊詞、祝壽詞以及寫九日、七夕、中秋等的詞作的大量湧現，彷彿是唐詩功能之於詞的挪移。僅以「七夕」爲詞題的宋詞有 85 闋，其中乾淳詞壇的詞人了占了近一半。最有特色的如郭應祥，6 首七夕詞不但數量爲多，而且其中 5 首是相連的，五年每年一首，詞題分別爲「甲子七夕」「乙丑七夕」「丙寅七夕」「丁卯七夕」「戊辰七夕」等。

詞到了乾淳之時，詞藝的深化是詞成熟的重要標志之一。前此之時，詞的創作從藝術品類上說，除東坡而外，相對單一。而到了乾淳詞壇，這樣情況發生了改變。詞藝朝著深化的方向發展開去。以前只有在詩中出現的隱括、迴文、聯句等，到了這個時候，也不再鮮見。以朱熹爲例，在 20 首存詞中，卻有迴文兩首、隱括一首、聯句一首。

〔註 42〕〔宋〕周密《齊東野語》（北京：中華書局，1983 年）卷二十，頁 374～375。

《詞苑萃編》卷一引俞少卿語：「詞有隱括體，有迴文體。迴文之就句回者，自東坡、晦庵始也。」〔註 43〕不僅如此，詞藝的深化還表現在大規模的組詞的出現等上，張掄現存詞作 122 首，其中有組詞 10 組，每組 10 首，分別詠春、夏、秋、冬、山居、漁父、酒、閑、修養、神仙，從構成方式上看，每組詞都按照一定的規律進行結構，如寫春，10 首詞從「柳條花蕊，迤邐爭明媚」（《點絳唇・詠春十首》之一）的初春，一直寫到「夜來風雨，已送韶華暮」（《點絳唇・詠春十首》之十）的暮春，這種以一組詞寫一個主題，很像詩中的聯章體，以如此大的規模寫作連章體似的組詞，這在詞史上是沒有過的。由此亦可以見出，這時候詞的寫作分明已經進入了詞藝的切磋與琢磨，而非一種即興的、隨意性的寫作方式。還有如陳三聘的和石湖詞近百闋，幾乎是首首必和，僅僅如和者陳三聘所云，是爲范成大「望重百僚，名滿四海」的人格魅力所傾倒，〔註 44〕才有了這近百首的和詞？恐怕並不盡然。個中原因可能主要是因爲范成大詞本身的藝術魅力。

詞的功能的擴大和詞藝的深化，從功能相對單一的侑酒佐歡的工具，到詞藝的琢磨與追求，這些情況的發生表明，詞向文學形態的轉型在乾淳之世基本上趨於成熟。儘管這種轉型始於中唐時期文人參與的那一刻，但相對的成熟卻應該是發生在乾淳之時。而這種轉型，或許可以說明時人在觀念上對詞的認識的深入。

三、向詩學批評方式靠攏的詞學批評

如果說北宋中後期的詞學理論重點強調的是詩詞分野，在爲詞正名的驅動下，李清照提出「別是一家」的理論，陳師道提出「本色」的概念，那麼從南宋開始，詞學批評領域裏，「尙雅」的聲音逐漸成爲主調。從王灼的《碧雞漫志》、鮦陽居士的《復雅歌詞序略》等援正統的儒家詩教觀以入當時的詞學批評開始，這種聲音愈來愈響，漸漸匯爲乾

〔註 43〕唐圭璋編《詞話叢編》（北京：中華書局，1986 年），頁 1782。
〔註 44〕〔宋〕陳三聘《和石湖詞後記》，施蟄存主編《詞籍序跋萃編》，頁 276。

淳詞壇詞學批評的主旋律。祇是此時的情形和南宋前期已經有了很大的不同。南宋前期的尚雅之論是針對當時「少年妄謂東坡移詩律作長短句，十有八九，不學柳耆卿，則學曹元寵」俚俗化傾向所作的一種撥正。〔註45〕此時的絕大多數詞作者已經擺脫了「流於淫豔猥褻不可聞之語」的作詞風格，〔註46〕整個詞壇呈現爲「尚雅」的總體寫作態勢。與此相關聯的是，此時詞學批評中的「尚雅」之風在意義上也和前此時期有所區別，這不是源於糾正淫哇之聲的一種需要，也不是此時批評者觀念的倒退，而是標志著此時批評者對詞的認識走向深入，標志著詞在內容、功能等方面和詩走向同一，是詞的文學性加強的一種外在顯現。

（一）秉持雅正，歸於禮義

「雅正」一詞是同義復指，其起源當上推至漢人對《詩經》的以正訓雅的解釋：「雅者，正也，言王政之所由廢興也。」〔註47〕依據漢人的解釋，「雅」的作用當是說明王道政治興廢的緣由，在於「正得失」，「雅同風在性質上是相同的，『一國之事，繫於一人，謂之風；言天下之事，形四方之風，謂之雅。』這指出了用以『正得失』的雅在根本上是相同於風的，祇是範圍的大（天下）小（一國）有所不同罷了。」〔註48〕從詩的功能上當然可以作這樣的理解，而從音樂和內容的角度講，「雅」則是和「鄭」相對而言的。孔子曰：「惡紫之奪朱也，惡鄭聲之亂雅樂也，惡利口之覆邦家者。」〔註49〕又曰：「行夏之時，乘殷之輅，服周之冕，樂則韶舞。放鄭聲，遠佞人；鄭聲淫，佞人殆。」〔註50〕

〔註45〕〔宋〕王灼《碧雞漫志》卷二，唐圭璋編《詞話叢編》，頁85。

〔註46〕〔宋〕鮦陽居士《復雅歌詞序略》，施蟄存主編《詞集序跋萃編》，頁658。

〔註47〕〔漢〕毛萇《毛詩序》，朱導榮主編《中國古代文論名篇講讀》（北京：北京大學出版社，2006年），頁1。

〔註48〕李澤厚、劉綱紀《中國美學史．先秦兩漢編》（合肥：安徽文藝出版社，1999年），頁554。

〔註49〕《論語．陽貨第十七》，《論語正義》（上海：上海古籍出版社，1993年），頁253～254。

〔註50〕《論語．衛靈公第十五》，《論語正義》，頁226～227。

以雅樂和鄭聲相對，由此「雅」的含義不難得出，即以中正、中和為標準的盡善盡美的樂曲，也可以和孔子所說的「樂而不淫，哀而不傷」對照起來理解：「淫者，樂之過而失其正者也；傷者，哀之過而害於和者也。」〔註51〕高興而不失之於過度淫樂，哀痛而不傷其內在的和美，孔子為「雅」所作的規定即是本於其中和之美、中庸之道，即不「過」也不「不及」，最終被推衍為後世的中正、典雅。王灼謂：「或問雅鄭所分，曰：中正則雅，多哇則鄭。」〔註52〕朱熹也謂：「吾未見終身習於鄭衛之哇淫，而能卒自歸於英莖韶護之雅正者也。」〔註53〕在朱熹看來，「雅正」是和「哇淫」相對的一個形容詞，其亦不脫於中正純和之義。

援「雅正」以入詞的批評並不始於乾淳之世，卻在乾淳詞壇蔚為大觀。此一時期不但出現了像《樂府雅詞》之類以「雅」名篇的詞集、序言，如《書舟雅詞》、《張紫微雅詞序》、《于湖先生雅詞序》等，顯示了詞的創作中對雅的追求。更為值得注意的是，以「雅正」論詞幾乎成了此時詞序中一致的聲音。詹傅《笑笑詞序》贊郭應祥詞曰：「先生之詞，典雅純正，清新俊逸，集前輩之大全，而自成一家之機軸。」〔註54〕在為曹冠的詞集所作的序文中，陳㬙說：「春秋列國之大夫，聘會燕饗，必歌詩以見意，詩之可歌，尚矣。後世《陽春白雪》之曲，其歌詩之流乎？沿襲至今，作之者非一。造意正平，措詞典雅，格清而不俗，音樂而不淫，斯為上矣。高人勝士，寓意於風花酒月，以寫夷曠之懷，又其次也。若夫宕蕩於檢繩之外，巧意為淫褻之語，以悅俚耳，君子無取焉。」〔註55〕而在《燕喜詞》的序文中詹傚之說：「宋廣平鐵石心腸，猶為梅花作賦，議者疑之。殊不知感物興懷，歸於雅正，乃聖門之所取……檢正曹公，行兼九德，渾然天成。文章政事，

〔註51〕〔宋〕朱熹《論語集注》（濟南：齊魯書社，1992年），頁26。

〔註52〕〔宋〕王灼《碧雞漫志》卷一，唐圭璋編《詞話叢編》，頁80。

〔註53〕〔宋〕朱熹《朱熹集》（成都：四川教育出版社，1996年）卷六十四，頁3341。

〔註54〕〔宋〕詹傅《笑笑詞序》，施蟄存主編《詞籍序跋萃編》，頁317。

〔註55〕〔宋〕陳㬙《燕喜詞敘》，施蟄存主編《詞籍序跋萃編》，頁227。

淵源經術，廉介有守，既和且正。太守大監詹公歎賞其文，摭其大略，而刊諸宣城學官。既有成集矣，復以其所著樂府，析爲別集，名曰「燕喜」。竊嘗玩味之，旨趣純深，中含法度。使人一唱而三歎，蓋其得於六義之遺意，純乎雅正者也。……矧斯作也，和而不流，足以感發人之善心，將有采詩者播而揚之，以補樂府之闕，其有助於教化，豈淺淺哉？」〔註 56〕作爲秦檜的十門客之一，曹冠的人品頗受非議，但其詩詞卻在其當代獲得了好評，楊萬里給曹冠的一首謝詩中寫道:「君不見東陽沈隱侯，君不見宣城謝玄暉。兩處雙溪清徹底，二子詩句清於溪。千載卻有曹夫子，天藉故人作詩地。家在東陽寶婺邊，官在宣城蓮幕裏。溪光滴作兩眼明，溪秀吐作五字清。開卷看來掩卷坐，詞波跳作雙溪聲。無人寫作雙溪操，收拾新篇句中妙。莫將沈謝鴻雁行，便與猗那薦清廟。」〔註 57〕楊萬里對曹冠及其《雙溪集》給予了高度的評價，將其比作南朝的沈約和謝朓，並將其作品看作是像《詩經・商頌》中的《那》一樣，可以薦於清廟。陳、詹二人序文的角度雖然不盡相同，但出發點卻是一致的。陳氏所推崇詞曲上品之「造意正平，措詞典雅，格清而不俗，音樂而不淫」，與詹氏所論曹冠詞之「旨趣純深，中含法度，使人一唱而三歎，蓋其得於六義之遺意，純乎雅正者也」，都是以「雅正」作爲衡量的標準。

從以雅正繩約詩到以雅正繩約詞，這並不是從詩到詞的一種簡單的移植，其所反映的是時人詞學批評的深入。唐宋以來，詞的功能多被定位在「娛賓而遣興」（陳世修《陽春集序》）上，即便是蘇軾這樣的詞的改革大家也認爲「歌詞乃其餘技」（《題張子野詞》），詞很少進入人們的批評視野，更罕有以雅正或道德禮義相約束者。而自乾淳起，雅正和以雅正爲旨歸的合於道德的批評觀念漸漸進入詞學批評領域。現在看來，即使是陸游的那篇對詞評價不高的《長短句序》也可

〔註 56〕〔宋〕詹效之《燕喜詞序》，施蟄存主編《詞籍序跋萃編》，頁 228。
〔註 57〕〔宋〕楊萬里《謝曹宗臣惠雙溪集》，《誠齋集》卷二十四，《文淵閣四庫全書》，第 1160 冊，頁 256。

以從另外一個角度去理解，該序稱：「雅正之樂微，乃有鄭衛之音。鄭衛雖變，然琴、瑟、笙、磬猶在也。及變而爲燕之築、秦之缶、胡部之琵琶、箜篌，則又鄭衛之變矣。風、雅、頌之後，爲騷、爲賦、爲曲、爲引、爲行、爲謠、爲歌。千餘年後，乃有倚聲製辭，起於唐之季世。則其變而愈薄，可勝歎哉！予少時汨於世俗，頗有所爲，晚而悔之。然漁歌菱唱猶不能止。今絕筆已數年，念舊作終不可掩，因書其首，以識吾過。」〔註58〕陸氏以雅正爲高標，夏承燾認爲是「明顯地說出他菲薄這種文學的看法，認爲它在傳統詩歌裏是『其變愈薄』的東西」，〔註59〕但是有一點需要注意的是，陸游這裡是將詞納入到詩的批評體系中，在位置排列上，詞和詩被放在了同一席位上進行評比。從這個意義上講，陸游是把雅正作爲衡量的指標，並以之來衡量詞，陸游這裡則是從實際出發而做出的一種實事求是的判斷，並沒有菲薄和輕賤的意味。這種批評的聲音同樣也見於陸游對詩的批評:「唐末詩益卑，而樂府詞高古工妙，庶幾漢魏。」〔註60〕

與「雅正」相關聯的是，此期詞學批評中對禮義的高揚。作於淳熙十六年（1189）的曾豐的《知稼翁詞集序》以禮義爲最根本的出發點，一篇之中三致意焉：

> 樂始有聲，次有音，最後有詞，商那周清廟等頌，漢郊祀等歌是也。夫頌類選，有道德者爲之，發乎情性，歸乎禮義，故商周之樂感人深。歌則雜出於無賴不羈之士，率情性而發耳，禮義之歸歟否耶，不計也。故漢之樂感人淺。
>
> 本朝太平二百年，樂章名家紛如也。文忠蘇公，文章妙天下，長短句特餘緒耳，猶有與道德合者。「缺月疏桐」一章，觸興於驚鴻，發乎情性也，收思於冷洲，歸乎禮義也。黃

〔註58〕〔宋〕陸游《長短句序》，施蟄存主編《詞籍序跋萃編》，頁222。

〔註59〕夏承燾《論陸游詞》，《放翁詞編年箋注》（上海：上海古籍出版社，1981年），頁3。

〔註60〕〔宋〕陸游《跋〈後山居士長短句〉》，施蟄存主編《詞籍序跋萃編》，頁117。

> 太史相多大以爲非口食煙火人語，余恐不食煙火之人口所出僅塵外語，於禮義遑計歟？
>
> 考功（黄公度）所立，不在文字。余於樂章窺之，文字之中，所立寓焉。泉幕之解，非所欲去，而寓意於「鄰雞不管離情」之句；秘館之除，非所欲就，而寓意於「殘春已負歸約」之句；凡感發而輸寫，大抵清而不激，和而不流；要其情性則適，揆之禮義而安。非能爲詞也，道德之美，腴於根而盎於華，不能不爲詞也。〔註61〕

「發乎情，止乎禮義」是漢儒詩教觀的核心思想之一，所謂「發乎情，民之性也；止乎禮義，先王之澤也」，〔註62〕詩歌情志的抒發應當受到道德禮義的約束，於是後世的儒家詩教多以禮馭情，把道德禮義作爲詩存在的底線。這種觀念自漢代以來一直流行於詩的批評當中。曾豐這裡以「禮義」評詞，將詞納入了詩的批評視野進行批評，在觀念上是提升了詞的地位，這雖然在學理上同雅正之論有同出一轍之意，但「禮義」之名的提出，在提法上無疑更明確地表明瞭儒家詩教觀的特徵。姜夔雖然沒有直接的有關詞的理論表述，但在其《白石道人詩說》中關於詩的闡述，也適用於其詞的具體創作中，他說：「喜詞銳，怒詞戾，哀詞傷，樂詞荒，愛詞結，惡詞絕，欲詞屑。樂而不淫，哀而不傷，其惟《關雎》乎！」又說：「意出於格，先得格也；格出於意，先得意也。吟詠情性，如印印泥，止乎禮義，貴涵養也。」此中歸於禮義的正統觀念顯而易見。張炎即以雅論姜詞：「白石詞如《疏影》、《暗香》……不惟清空，又且騷雅，讀之使人神觀飛越。」〔註63〕謝章鋌《賭棋山莊詞話》也謂：「白石字雕句琢，而必準之以雅；雅則氣和而不促，穩當而不澆，何患其不精巧委曲乎？」與此相似的是王炎在《雙溪詩餘自序》中的表述：「古詩自風雅以降，漢魏間乃有樂府，而曲居其一。今之長短句，蓋樂府曲之苗裔也。古律詩至晚唐衰矣，而長短

〔註61〕施蟄存主編《詞籍序跋萃編》，頁195。

〔註62〕〔漢〕毛萇《毛詩序》，朱導榮主編《中國古代文論名篇講讀》，頁1。

〔註63〕〔宋〕張炎《詞源》卷下，唐圭璋編《詞話叢編》，頁259。

句尤爲清脆，如幺弦孤韻，使人屬耳不厭也。予於詩文，本不能工，而長短句不工尤甚。蓋長短句宜歌不宜誦，非朱唇皓齒，無以發其要妙之聲。……今之爲長短句者，字字言閨閫事，故語懦而意卑。或者欲爲豪壯語以矯之，夫古律詩且不以豪壯語爲貴，長短句命名曰曲，取其曲近人情，惟婉轉嫵媚爲善，豪壯語何貴焉？不溺於情欲，不蕩而無法，可以言曲矣。」〔註64〕所謂「不溺於情欲，不蕩而無法」，即有「發乎情，止乎禮義」之義。這同南宋初期詞評者胡寅相比在認識上無疑又有了不小的進步：「詞曲者，古樂府之末造也。古樂府者，詩之旁流也。詩出於《離騷》、《楚辭》，而騷辭者，變風變雅之怨而迫、哀而傷者也。其發乎情則同，而止乎禮義則異。名曰曲，以其曲盡人情耳。方之曲藝，猶不逮焉，其去曲禮則益遠矣。」〔註65〕胡寅亦提「禮義」，但是認爲詞同禮義相去甚遠，干係並不很大。從根本上說，仍然沒有超脫於「詩尊詞卑」的觀念之藩籬，並沒有將詞平等地納入到詩的批評範圍之內。

（二）高揚蘇軾，肯定「以詩為詞」

蘇軾的橫放傑出在其當代並沒有太多的擁戴，相反得到的卻是不少的譏評，即使是他的門人後學也多有譏彈之意。《苕溪漁隱叢話》前集卷四十二引《王直方詩話》云：「東坡嘗以小詞示無咎、文潛，曰：『何如少游？』二人皆對曰：『少游詩似小詞，先生小詞似詩。』」〔註66〕同爲「蘇門六君子」之一的陳師道則更爲明確地提出了「以詩爲詞」的概念，並成爲後世批駁的靶子：「退之以文爲詩，子瞻以詩爲詞，如教坊雷大使，雖極天下之工，要非本色。今代詞手，惟秦七黃九爾，唐諸人不迨也。」晁補之、張耒和陳師道在詞尚未取得應有地位的當時，重點強調詩詞分野，這從詞學發展的角度來說，自有其

〔註64〕〔宋〕王炎在《雙溪詩餘自序》，施蟄存主編《詞籍序跋萃編》，頁302。
〔註65〕〔宋〕胡寅《酒邊集序》，施蟄存主編《詞籍序跋萃編》，頁168。
〔註66〕〔宋〕胡仔《苕溪漁隱叢話》（北京：人民文學出版社，1962年）前集卷四十二，頁284。

必要性，也有著它的合理性。這種觀念一直流行到兩宋之交。李清照《詞論》謂：「至晏元獻、歐陽永叔、蘇子瞻，學際天人，作爲小歌詞，直如酌蠡水於大海，然皆句讀不葺之詩爾，又往往不諧音律者。」

對蘇軾的高揚起於南宋初期，由北宋入南宋的王灼謂：

> 東坡先生以文章餘事作詩，溢而作詞曲，高處出神入天，平處尚臨鏡笑春，不顧儕輩。或曰，長短句中詩也。爲此論者，乃是遭柳永野狐涎之毒。詩與樂府同出，豈當分異？〔註67〕
>
> 長短句雖至本朝盛，而前人自立，與眞情衰矣。東坡先生非心醉於音律者，偶爾作歌，指出向上一路，新天下耳目，弄筆者始知自振。今少年妄謂東坡移詩律作長短句，十有八九，不學柳耆卿，則學曹元寵，雖可笑，亦毋用笑也。〔註68〕

胡寅《酒邊集序》云：

> 詞曲者，古樂府之末造也。……唐人爲之最工者，柳耆卿後出，掩眾製而儘其妙，好之者以謂不可復加。及眉山蘇氏，一洗綺羅香澤之態，擺脫綢繆宛轉之度，使人登高望遠，舉首高歌，而逸懷浩氣，超乎塵垢之外，於是「花間」爲皂隸，而柳氏爲輿臺矣。〔註69〕

王、胡標舉蘇軾，強調發乎眞情，「逸懷浩氣，超乎塵垢之外」，是出於對北宋末年以來詞的創作漸入綺豔狹境進行反駁的一種需要，儘管對蘇軾給予了充分的從未有過的肯定，但是在觀念上仍然恪守詞是詩之餘的傳統，並沒有走得很遠，尚沒有認識到詩詞在文學典型性特徵上的同一性。

眞正對蘇詞認識提升到質的層面上的還是在乾淳詞壇，此一時期對蘇軾的推崇達到了前所未有的地步，舉凡論詞者都以蘇軾爲標尺，即便是如曹冠「方其花朝月夕，少長團圞，樽俎之餘，出而歌之，於

〔註67〕〔宋〕王灼《碧雞漫志》卷二，唐圭璋編《詞話叢編》，頁83。

〔註68〕同上，頁85。

〔註69〕〔宋〕胡寅《酒邊集序》，施蟄存主編《詞籍序跋萃編》，頁168～169。

以導嘻嘻怡怡之情」，「歌於閨門之內」的非豪放之作，論者也以東坡爲比擬對象，於此顯示了此時對東坡的推揚。陳鬚謂：

> 議者曰：少游詩似曲，東坡曲似詩。蓋東坡平日耿介直諒，故其爲文似其爲人。歌赤壁之詞，使人抵掌激昂，而有擊楫中流之心。歌《哨遍》之詞，使人甘心澹泊，而有種菊東籬之興。俗士則酣寐而不聞。少游情意嫵媚，見於詞則穠豔纖麗，類多脂粉氣味，至今膾炙人口，寧不有愧於東坡耶。……（曹冠）以其所著樂府可歌於閨門之內者，別爲一集，名之曰「燕喜」，摭其實也。方其花朝月夕，少長團欒，樽俎之餘，出而歌之，於以導嘻嘻怡怡之情。……熟讀三復，玩其辭而繹其意，豈非中有所本歟？吁，寥寥百餘年，繼坡仙之作，非公而誰？〔註70〕

前已有論，陳氏標舉雅正，以之論詞，顯示了其平等、進步的詩詞觀，此中標舉蘇軾，以知人論世爲根基，對蘇軾的詞極加讚賞，這其實也是論詩方法向詞學批評中的一種移植，由此也可見出其觀念上的詩詞同一。尤爲值得注意的是，陳氏在曹冠詞和蘇詞之間所尋找的契合點是，詞中所隱藏的深意。陳氏認爲，蘇軾詞之所以感發人心，是因爲詞中蘊含著詞人的深意，並認爲曹冠的《燕喜詞》亦是「中有所本」，這與王灼所發現的蘇詞中的「眞情」頗有如出一轍之意，祇是深「意」的發現，在理論上更具有價值。

所謂「意」，《說文解字》作了這樣的解釋：「意，志也，從心察言而知意也。」而對「志」的解釋，《說文解字》又說：「志，意也，從心之聲。」可見意、志之不分。《尚書・舜典》中說：「詩言志，歌永言。」這種觀點被漢儒擴大和定型爲儒家詩教觀的核心內容之一，並長期爲正統詩論者所持有：「詩者，志之所之也，在心爲志，發言爲詩。情動於中，而形於言；言之不足，故嗟歎之；嗟歎之不足，故永歌之；永歌之不足，不知手之舞之，足之蹈之。」從漢代以迄北宋

〔註70〕〔宋〕陳鬚《燕喜詞敘》，施蟄存主編《詞籍序跋萃編》，頁227～228。

後期，正統詩論者一直認爲言志是詩的專利，而晚出的詞則從一開始就被定型爲侑觴助興的娛樂工具，與「言志」沒有太多的瓜葛。陳氏《燕喜詞敘》中所發現的蘇軾和曹冠詞中所蘊含的「意」，從詞學批評的意義上說，是對詞的言志功能的認可，也可以說是批評者觀念中的詞與詩的地位已經提高到了一樣的高度。

湯衡在爲張孝祥所撰的序文中亦以張孝祥比東坡：

> 昔東坡見少游《上巳游金明池》詩，有「簾幕千家錦繡垂」之句，曰：「學士又入小石調矣。」世人不察，便謂其詩似詞，不知坡之此言，蓋有深意。夫鏤玉雕瓊、裁花剪葉，唐末詞人非不美也。然粉澤之工，反累正氣。東坡慮其不幸而溺於彼，故援而止之，惟恐不及。其後元祐諸公，嬉弄樂府，寓以詩人句法，無一毫浮靡之氣，實自東坡發之也。于湖紫微張公之詞，同一關鍵。……衡嘗獲從公遊，見公平昔爲詞，未嘗著稿。筆酣興健，頃刻即成，初若不經意。反覆究觀，未有一字無來處，如歌頭「凱歌」、「登無盡藏」、「岳陽樓」諸曲，所謂駿發踔厲，寓以詩人句法者也。自仇池仙去，能繼其軌者，非公其誰與哉？〔註71〕

所謂「寓於詩人句法」，最初出於黃庭堅爲晏幾道詞所作的序文：「(晏幾道）獨嬉弄於樂府之餘，而寓於詩人之句法，清壯頓挫，能動搖人心，士大夫傳之，以爲有臨淄之風耳。」〔註72〕即是以結構詩的創作方式進行詞的創作，在詞的創作中融入詩的創作手法，就其本質而言，彭國忠認爲，「主要是指將主體之心志、性情、胸襟、情感等等，全幅度浸浴於詞中，自然地裸呈其本眞狀態，不雕琢不僞飾這樣所顯現出來的一種風格」。〔註73〕以「風格」解「句法」，或許並不對等，因爲「寓以詩人句法」所體現的更是一種過程性的，而非一種結果性

〔註71〕〔宋〕湯衡《張紫微雅詞序》，施蟄存主編《詞籍序跋萃編》，頁213～214。

〔註72〕〔宋〕黃庭堅《小山詞序》，施蟄存主編《詞籍序跋萃編》，頁51。

〔註73〕彭國忠《元祐詞壇研究》（上海：華東師範大學出版社，2002），頁84。

的呈現。但是對「句法」體現主體之心志、性情、胸襟、情感等這一特徵，應該說是抓到了問題的關鍵。湯衡認爲「寓以詩人句法」發自蘇軾，並以「未有一字無來處」來解釋「寓以詩人句法」，即是更多地關注其創作過程，而不僅是某種風格特徵。而這裡「未有一字無來處」也是本於黃庭堅的詩文理論：「自作語最難，老杜作詩，退之作文，無一字無來處。」〔註 74〕

同樣標舉蘇軾，以蘇軾作爲大旗的還有范開和汪莘的兩篇詞序。范開《稼軒詞序》中說：

> 世言稼軒居士辛公之詞似東坡，非有意於學坡也，自其發於所蓄者言之，則不能不坡若也。坡公嘗自言與其弟子由爲文□多而未嘗敢有作文之意，且以爲得於談笑之間，而非勉強之所爲。公之於詞亦然：苟不得之於嬉笑，則得之於行樂；不得之於行樂，則得之於醉墨淋漓之際。揮毫未竟而客爭存去。或閑中書石，興來寫地，亦或微吟而不錄，漫錄而焚稿，以故多散逸。是亦未嘗有作之之意，其於坡也，是以似之。〔註 75〕

范開認爲，辛棄疾之於蘇軾的相似之處在於，兩個人的詞的創作都不是有意而爲之，而是其個人生活原生態的一種眞實流露和表現，所謂的得之於「嬉笑」、「行樂」、「醉墨淋漓之際」者，都是發乎自然，不假修飾和造作者也。同樣地，汪莘也將辛棄疾和蘇軾並提，前舉汪莘《方壺詩餘自序》中獨稱蘇軾、朱敦儒和辛棄疾三人爲詞的創作轉變之關捩，恰當與否，姑且不論；但恰好指出了三人之間的共同特徵，不管是「豪妙之氣」還是「塵外之想」、「胸中事」，都是自然流露，這恰與范論有異曲同工之意。范、汪二人高揚蘇辛，所強調的都是自然而然的創作，而不是人爲的造作。不但如此，尤爲值得注意的是，范、汪之論蘇辛並稱，成了後世所廣爲稱道的蘇辛詞派這一說法的首

〔註 74〕〔宋〕黃庭堅《答洪駒父書》，《山谷集》卷十九，《文淵閣四庫全書》，第 1113 冊，頁 186。

〔註 75〕〔宋〕范開《稼軒詞序》，施蟄存主編《詞籍序跋萃編》，頁 199。

倡者，二人雖然沒有明確提出蘇辛詞派的概念，但是將蘇辛放在一起討論，分明已經肇啓了蘇辛詞派的源頭。

對蘇軾的高揚，有一個重要的文化背景是，蘇學在南宋被統治者的認可和迅速升溫。北宋徽宗年間，蔡京掀起「崇寧黨禁」，包括洛、蜀、朔在內的元祐党人幾乎全在黨籍之內。直到欽宗靖康元年，才詔除元祐黨籍和學術之禁。蘇學的重新升溫得益於南宋最高統治者對蘇文的愛好。高宗建炎二年宋廷詔「蘇軾追復端明殿學士，盡還合得恩數」，〔註 76〕建炎三年又廢元祐黨籍，碑上有名者均給還原職。羅大經謂：「孝宗最重大蘇之文，御製序贊，特贈太師，學者翕然誦讀。所謂人傳元祐之學，家有眉山之書，蓋紀實也。」〔註 77〕魏了翁也謂：「蘇軾之學，爭尙於元祐，而諱稱於紹聖以後，又大顯於阜陵（宋孝宗）褒崇之日。」〔註 78〕最高統治者的好尙與褒獎引來的直接後果是「學者翕然誦讀」和蘇學的再次盛行，而蘇學的盛行，可以想像也是帶動蘇詞爲人們推重的一個重要因素。

（三）拓展了對詞的表現功能的認識

從以上兩節所引的詞序和所作的簡略分析中，我們可以約略地感覺到，乾淳詞壇的詞學批評基本上已經進入一種新的批評階段，儘管這個階段並沒有多少令人矚目的重要詞學論著出現，但這並不意味著詞學批評仍然滯留在原來的位置上，而是隨著詞的創作的多樣化和豐富性的逐漸出現，詞學批評也呈現出整體向前推進的態勢。這種推進從表面形態上表現爲詩學批評體系的引入，如前兩節所論的秉持雅正、肯定「以詩爲詞」等，而從其本質上說，是對詞的文學功能加強的一種認可，又表現爲對詞的功能的拓展的獨到認識和援詩法入詞法的批評等。

〔註 76〕〔清〕畢沅《續資治通鑒》（北京：中華書局，1957 年）卷一百零一，頁 2672。

〔註 77〕〔宋〕羅大經《鶴林玉露》（北京：中華書局，1983 年）甲編卷二，頁 33。

〔註 78〕〔宋〕魏了翁《鶴山集》卷六十四，《文淵閣四庫全書》，第 1173 冊，頁 61。

文學要表達什麼，向來是文學批評者首先要思考的一個問題。「詩言志，歌永言」是中國先民對詩作為文學的一個品類與其所表達的對象給出的最早的解釋。何謂「志」？漢人給出的解釋是：「在心為志，發言為詩。」聯繫起來就是，詩歌所表現的是人們心中的情感、志向。但是情感和志向等又不是孤立存在的，它是外在世界在人們心靈中的反映。現代西方文學理論中有「再現說」和「表現說」等的爭論，認為文學是「再現」或「表現」外在的客觀世界的，但不管是「再現」還是「表現」，人的主觀心靈都與外在的世界發生著這樣那樣的關係。由此，文學作品實際上即使是只表現人們的內心情感和主觀意志，這種情感和意志也是經過外在客觀世界影響了的情感和意志。對此，乾淳詞壇的詞學批評中已經有所認識。

詞在其產生以後的相當一段時間裏，一直被認為是娛樂的工具，所表達的內容範圍相對狹小，基本上局限在歌兒舞女、男歡女愛等狹窄的範圍之內。大約始於北宋後期，詞的創作者的創作觀念始發生新的轉變，對詞的表現功能的認識也漸趨拓展，這可見於晏幾道的《小山詞自序》：「作五七字語，期以自娛，不獨敘其所懷，兼寫一時杯間聞見，所同遊者意中事。……考其篇中所記，悲歡合離之事，如幻如電，如昨夢前塵。」晏幾道從「自娛」的狹窄路徑上走了出來，認為詞不但可以抒寫個人的情志（「敘其所懷」），而且可以記事（「寫一時杯間聞見，所同遊者意中事」），這在理論上對詞的功能有了嶄新的認識。與之相先後的蘇軾雖然沒有理論的表述，但是以自己的創作實踐實現了詞向抒情言志功能的擴大，所謂「傾蕩磊落，如詩如文，如天地奇觀」。〔註79〕以詞表現本真的豐富的生活且在理論和實踐上都表現為一種自覺的行為，是在乾淳詞壇。

前所引論的范開和汪莘的兩篇詞序即對詞的功能的擴大給予了肯定。汪序中所稱的東坡的「豪妙之氣」、朱敦儒的「塵外之想」以

〔註79〕〔宋〕劉辰翁《辛稼軒詞序》，施蟄存主編《詞籍序跋萃編》，頁201。

及辛棄疾所寫的「胸中事」，是對「詞之三變」蘇軾等人的創作在理論上的總結，在理論上對三人的詞的創作給予了認同。范開《稼軒詞序》中所謂的「苟不得之於嬉笑，則得之於行樂；不得之於行樂，則得之於醉墨淋漓之際」，爲辛棄疾的詞和他的生命經歷之間劃上了連接號，從而同汪莘的的認識一樣，在理論上對其詞的功能的擴大給予了認同。不但如此，范開又曰：

> 公一世之豪，以氣節自負，以功業自許，方將斂藏其用以事清曠，果何意於歌詞哉，直陶寫之具耳。故其詞之爲體，如張樂洞庭之野，無首無尾，不主故常；又如春雲浮空，卷舒起滅，隨所變態，無非可觀。無他，意不在於作詞，而其氣之所充，蓄之所發，詞自不能不爾也。〔註80〕

在范開看來，辛詞袛是其胸中所藏有的「氣節」、「功業」的外在顯現，而不是有意爲之，袛是這「氣節」、「功業」的「陶寫之具」罷了。的確如此，在辛棄疾這裡，詞不再僅僅是輕歌曼舞時可有可無的一種點綴，而是其生命歷程的眞實記錄；在辛棄疾這裡，詞作爲文學的一種樣式，其反映豐富的現實生活的功能被充分發揮了出來。試觀其詞，便可一目了然，正所謂「辛稼軒當弱宋末造，負管樂之才，不能盡展其用，一腔忠憤，無處發洩。觀其與陳同父抵掌談論，是何等人物！故其悲歌慷慨，抑鬱無聊之氣，一寄之於其詞」。〔註81〕在蘇軾之後，辛棄疾當稱以詞爲「陶寫之具」的大家。而對此最早有深刻認識、且具有理論總結意義的則是范開。

同范開「陶寫之具」理論頗爲相似的還有陳亮對詞的深刻認識和表述，見於葉適爲他的《龍川集》所作的跋文：「（亮）有長短句四卷，每一章就，輒自歎曰：『平生經濟之懷，略已陳矣！』余所謂『微言』，多此類也。」〔註82〕作爲陳亮的好友，葉適對陳亮的轉述應該是可信

〔註80〕〔宋〕范開《稼軒詞序》，施蟄存主編《詞籍序跋萃編》，頁199。

〔註81〕黃梨莊語，〔清〕徐釚《詞苑叢談》（北京：人民文學出版社，1988年）卷四，頁250。

〔註82〕〔宋〕葉適《書龍川集後》，《水心集》卷二十九，《文淵閣四庫全書》，

的。以詞表達經世致用之道和報國圖強之志，這在辛詞中我們也可以見到，而作如此明白之表述，陳亮則是第一人。據此可以這樣認爲，陳亮在對詞的功能的認識上比辛棄疾又前進了一步。儘管後人對陳亮以詞發抒「平生經濟之懷」這一做法多有詬病之詞，但從詞的發展的觀點上看，陳亮的敢爲人先的做法無疑爲拓展詞的表現範圍、豐富詞的創作，做出了有益的嘗試。而其具有理論意義的觀念的提出，則爲這種嘗試作了理論上的總結。

與前所稱引的對詞的表現功能的拓展之理論表述略有區別的還有一些，衹是表述的方式有所不同，但是在對詞的表現功能的認識上也已經達到了基本相似的高度，如周必大在《跋黃魯直蜀中詩詞》曰：「世皆言文人流落不偶，乃刻意著述，而不知巫峽峻峰激流之勢有以助之也。山谷自戎徙黔，身行夔路，故詞章翰墨日益超妙。」周必大認爲黃庭堅「詞章翰墨日益超妙」的原因在於其「自戎徙黔，身行夔路」獨特的人生經歷，是「巫峽峻峰激流之勢有以助之也」，爲詞的產生廓清了源泉，這從理論的認識上是有獨到之處的。而同時的朱熹則是從詞的內容和效果上爲詞的功能的拓展作了形象的說明：「右紫微舍人張伯和父所書。其父子詩詞以見屬者，讀之使人奮然有擒滅讎虜、掃清中原之意。淳熙庚子，刻置南康軍之武觀，以示文武吏士。」〔註 83〕以詩詞激勵將士，朱熹所看重的就是張孝祥父子詩詞所表達的有恢復之志的強烈的現實內容。

（四）「句法」和「活法」詩學批評模式對詞學批評的影響

南宋前期詩壇上最大的詩歌派別是江西詩派，這個形成於北宋末年的詩派，影響範圍之大、程度之深、時間之久，以至於乾淳之世的許多大詩人如楊萬里、陸游等，其早年皆出入江西門庭，甚而形成了「近

第 1164 冊，頁 514。

〔註 83〕〔宋〕朱熹《書張伯和詩詞後》，金啓華等編《唐宋詞集序跋彙編》，頁 165。

時學詩者，率宗江西」的宏盛局面。〔註84〕不僅如此，江西詩派的強大影響並不可能衹是孤立地存在於詩歌的創作之中，它對其他文學體裁，例如詩的孿生姐妹詞，也必然產生著或隱或顯的影響。這裡所要討論的即是江西詩派詩歌創作理念和創作主張在詞學批評中的印記。

「句法」和「活法」是江西詩派文學思想中的兩個關鍵詞。「句法」論是黃庭堅詩歌理論的核心，在其詩文中，黃庭堅曾多次明白地強調「句法」，如：「熟觀杜子美到夔州詩後，古律詩便得句法」，〔註85〕「傳得黃州新句法，老夫端欲把降幡」，〔註86〕「寄我五字詩，句法窺鮑謝」，〔註87〕如此等等。黃庭堅強調以學問爲詩，講究奪胎換骨，點鐵成金，並將之落實到有形的可以具體把握、研磨的藝術創作上的技巧等當中去，這是他的「句法」論的所要表述的內容。他的「句法」論，同樣見於他的詞學批評當中，前引黃氏爲《小山詞》所作的序言中的「寓於詩人之句法」即是也。而這種對句法的強調和重視也影響到了乾淳詞壇的詞學批評。前文所引湯衡爲張孝祥詞所作的序文中，即原封不動地搬用了黃庭堅的句法說，用以評論張孝祥的詞，謂張孝祥詞中「歌頭《凱歌》、《登無盡藏》、《岳陽樓》諸曲，所謂駿發踔厲，寓以詩人句法者也」。湯衡因襲黃庭堅，以詩之「句法」來論張孝祥的詞，且曰「未有一字無來處」，對黃氏「句法」說的領悟可謂深矣。詞序中所列舉的如《水調歌頭・聞採石戰勝》、《水調歌頭・凱歌上劉恭父》等都是張孝祥的代表作，細析其詞，可以發現，詞中使事用典，可謂句句皆是，眞是達到「無一字無來處」的地步。譬如《水調歌頭・聞採石戰勝》一詞，詞的下片中「小喬初嫁」和「我欲乘風去」等句，即是直接取自蘇東坡詞的成句；

〔註84〕〔宋〕胡仔《苕溪漁隱叢話》前集卷四十九，頁332。

〔註85〕〔宋〕黃庭堅《與王觀書》，《山谷集》卷十九，《文淵閣四庫全書》第1113冊，頁184。

〔註86〕〔宋〕黃庭堅《次韻文潛立春日三絕句》，《山谷集》卷十一，《文淵閣四庫全書》第1113冊，頁86。

〔註87〕〔宋〕黃庭堅《寄陳適用》，《山谷外集》卷四，《文淵閣四庫全書》第1113冊，頁367。

而「周與謝」「赤壁磯頭」「擊楫誓中流」等句也是有史所本，用謝安、周瑜以及祖逖等人的故事，以表達自己驅除胡虜的豪情和決心。這種於詞中使事用典的寫作方法，與黃庭堅所說的「脫胎換骨」「點鐵成金」在學理上是相通的，衹是，黃庭堅的理論是用於詩的，而湯衡這裡則是用來評說張孝祥的詞作的，這是兩者的不同之處。

姜夔沒有詞學理論的直接表述，流傳至今的是他著名的詩歌理論著作《白石道人詩說》。在《白石道人詩說》中，姜夔屢屢言「法」，如：「不知詩病，何由能詩？不觀詩法，何由知病？名家者各有一病，大醇小疵，差可耳」、「守法度曰詩，載始末曰引，體如行書曰行，放情曰歌，兼之曰歌行。悲如蛩螿曰吟，通乎俚俗曰謠，委曲盡情曰曲」、「波瀾開闔，如在江湖中，一波未平，一波已作。如兵家之陣，方以爲正，又復是奇；方以爲奇，忽復是正。出入變化，不可紀極，而法度不可亂」等等，白石處處以法度爲準繩，表現了對前人詩法理論的獨到理解。而最能夠體現姜夔對「句法」推崇的還有這樣一條文字：「意格欲高，句法欲響，只求工於句、字，亦末矣。故始於意格，成於句、字。句意欲深、欲遠，句調欲清、欲古、欲和，是爲作者。」將「句法」精解爲「句意」「句調」，且以深、遠、清、古、和來定義詩的意格、句法，而不限於字句的工整這樣的末技，這是白石對詩的「句法」的精到見解，是其詩歌理論的新的創見，也是其詞學思想的體現，是他詞學觀念的反映，清人謝章鋌謂：「白石道人爲詞中大宗，論定久矣。讀其說詩諸則，有與長短句相通者。」〔註 88〕周濟也說：「白石以詩法入詞。」〔註 89〕因此從理論形態上，我們大可以認爲《白石道人詩說》就是姜夔詞學觀念的又一種反映。深知白石的後學張炎即評之曰：「舊有刊本六十家詞，可歌可誦者，指不多屈。中間如秦少游、高竹屋、姜白石、史邦卿、吳夢窗，此數家格調不侔，句法挺

〔註 88〕〔清〕謝章鋌《賭棋山莊詞話》卷十二，唐圭璋編《詞話叢編》，頁 3478。

〔註 89〕〔清〕周濟《介存齋論詞雜著》，唐圭璋編《詞話叢編》，頁 1634。

異，俱能特立清新之意，刪削靡曼之詞，自成一家，各名於世。」〔註90〕

此外，尚還有雖未有明確「句法」表述，但是從本質上說也是以「句法」評詞者，如陸游：「飛卿《南鄉子》八闋，語意高妙，殆可追配劉夢得《竹枝》，信一時傑作也。」〔註91〕又，「溫飛卿作《南鄉》九闋，高勝不減夢得《竹枝》，訖今無深賞音者，予其敢自謂知君哉。」〔註92〕周必大：「借眼前之景而含萬里不盡之情，因古人之法而得三昧自在之力，此詞此字所以傳世。」〔註93〕強煥：「其尤可稱者，於撥煩治劇之中，不妨舒嘯，一觴一詠，句中有眼，膾炙人口者，又有餘聲，聲洋洋乎在耳側，其政有不亡者存。……抑又思公之詞，其摹寫物態，曲儘其妙。」〔註94〕樓鑰：「其詞乃林下道人語。……昔人有競病之詩，及塞北煙塵之句，雖皆可稱，殆未有超然物外如蘄王之曠達者也。」〔註95〕

「活法」是江西詩派之中呂本中提出的具有完整體系性的詩歌理念：「學詩當識活法，所謂活法者，規矩備具而能出於規矩之外；變化不測而亦不背於規矩也。是道也，蓋有定法而無定法，無定法而有定法，知是者則可以與語活法矣。」〔註96〕由於時間的關係，更由於「活法」說在詩歌的創作理念上更具有可操作性，因而「活法」說的影響更大於黃庭堅的「句法」理論。乾淳之時的不少詩詞作者都受到

〔註90〕〔宋〕張炎《詞源》下，唐圭璋編《詞話叢編》，頁255。
〔註91〕〔宋〕陸游《跋〈金奩集〉》，施蟄存主編《詞籍序跋萃編》，頁4。
〔註92〕〔宋〕陸游《徐大用樂府序》，金啓華等編《唐宋詞集序跋彙編》，頁156。
〔註93〕〔宋〕周必大《跋米元章書秦少游詞》，張惠民《宋代詞學資料彙編》（汕頭：汕頭大學出版社，1993），頁204。
〔註94〕〔宋〕強煥《題周美成詞》，施蟄存主編《詞籍序跋萃編》，頁96。
〔註95〕〔宋〕樓鑰《跋韓忠武王詞》，金啓華等編《唐宋詞集序跋彙編》，頁121。
〔註96〕〔宋〕呂本中《夏均父集序》，劉克莊《後村集》卷二十四，《文淵閣四庫全書》第1180冊，頁256。

了「活法」理論的影響。張孝祥《題楊夢錫客亭類稿後》中說：「爲文有活法，拘泥者窒之，則能今而不能古。」〔註 97〕周必大也說：「誠齋萬事悟活法。」〔註 98〕既曰「萬事悟活法」，那麼也理所應當包括詞的創作，而從誠齋詞清新的詞風，流暢的語言，以及新巧的意象等看去，楊萬里對「活法」的參悟不僅僅體現在他的詩歌創作中。姜夔受江西詩派「活法」說的影響也十分深刻，《白石道人詩說》云：「學有餘而約以用之，善用事者也；意有餘而約以盡之，善措辭者也；乍敘事而間以理言，得活法者也。」此外，陸游的「我得茶山一轉語，文章切忌參死句」(《贈應秀才》)，其所提倡的也是「活法」。再有，辛棄疾也是十分看重「活法說」的，在其詞《水調歌頭・賦松菊堂》中，辛棄疾說：「詩句得活法，日月有新工。」明確以「活法」來作爲詞的創作的理論依據。辛棄疾「活法」爲詞的最好佐證就是本詞中的「卻怪青山能巧，政爾橫看成嶺，轉面已成峰」幾句，這幾句分明是從蘇軾的「橫看成嶺側成峰」一句直接化來。

第二節　「以文爲詞」

「以文爲詞」是中國詞學批評史乃至中國文學史上一個重要的批評概念，它彷若一枚標籤十分鮮明地貼在辛棄疾乃至辛派詞人的詞作上。於此，袁行霈主編的《中國文學史》在《辛棄疾和辛派詞人》一章中給予了這樣的評述：「辛派詞人將詞體的表現功能發揮到了最大限度，詞不僅可以抒情言志，而且可以同詩文一樣議論說理。從此，詞作與社會現實生活、詞人的命運和人格更緊密相連，詞人的藝術個性日益鮮明突出。詞的創作手法不僅是借鑒詩歌的藝術經驗，『以詩爲詞』，而且吸收散文的創作手段，『以文爲詞』；詞的語言在保持自

〔註 97〕〔宋〕張孝祥《于湖居士文集》卷二十八，《文淵閣四庫全書》第 1140 冊，頁 693。

〔註 98〕〔宋〕周必大《文忠集》卷四十一，《文淵閣四庫全書》第 1147 冊，頁 447。

身特有的音樂節奏感的前提下，也大量融入了詩文中的語彙。雖然詞的詩化和散文化有時不免損害了詞的美感特質，但詞人以一種開放性的創作態勢容納一切可以容納的內容，利用一切可以利用的創作手段和蘊藏在生活中、歷史中的語言，空前地解放了詞體，增強了詞作的藝術表現力，最終確立了詞體與五七言詩歌分庭抗禮的文學地位。」〔註 99〕從「以詩爲詞」到「以文爲詞」，詞最終在文學的大家庭中贏得了平等且寶貴的一席之地，近人陳洵謂：「東坡獨崇氣格，箴規柳秦，詞體之尊，自東坡始。南渡而後，稼軒崛起，『斜陽煙柳』與『故國明月』相望於二百年中，詞之流變，至此止矣。」〔註 100〕詞體文學地位的確立，很大程度上「以文爲詞」被看作是其中的重要標志之一。由此，欲探討宋詞的成熟，還原乾淳詞壇詞的衍生軌跡，很有必要釐清的一個重要概念便是「以文爲詞」。

一、「以文爲詞」概念溯源

「以文爲詞」概念的形成源於宋人陳師道的「以文爲詩」和「以詩爲詞」。陳師道《後山詩話》中說：

> 退之以文爲詩，子瞻以詩爲詞，如教坊雷大使之舞，雖極天下之工，要非本色。今代詞手，惟秦七、黃九爾。唐諸人不迨也。〔註 101〕

陳氏「以文爲詩」和「以詩爲詞」概念的提出本意是批評蘇軾詞的創作方法，旨在嚴分詩詞畛域，支持其本色論的詞學批評觀念，不意卻爲後來的批評者反其道而用，成爲讚美蘇軾詞的創作革新的一個響亮的口號。所爲不同的是，「以文爲詞」在古代並沒有形成如「以詩爲詞」這樣成熟的概念範疇，爲人們所熟用和認可，最爲接近的一個概念的提出在南宋後期。陳模《懷古錄》謂：

> 蔡光工於詞，靖康間陷於虜中。辛幼安常以詩詞參請之，

〔註 99〕袁行霈主編《中國文學史》第三卷，頁 155。
〔註 100〕陳洵《海綃説詞》，唐圭璋編《詞話叢編》，頁 4837。
〔註 101〕〔宋〕陳師道《後山詩話》，〔清〕何文煥《歷代詩話》，頁 309。

蔡曰：「子之詩則未也，他日當以詞名家。」故稼軒歸本朝，晚年詞筆尤高。嘗作《賀新郎》云：「綠樹聽鵜鴂（略）。」此詞盡集許多怨事，全與李太白《擬恨賦》手段相似。又，止酒賦《沁園春》（將止酒，戒酒杯使勿近）云：「杯汝來前（略）。」此又如《答賓戲》、《解嘲》等作，乃是把古文手段寓之於詞。賦築偃湖云：「疊嶂西馳（略）。」且說松而及謝家子弟、相如車騎、太史公文章，自非脱落故常者，未及闖其堂奧。劉改之之所作《沁園春》，雖頗似其豪，而未免於粗。近時宗詞者只說周美成、姜堯章等，而以稼軒詞爲豪邁，非詞家本色。紫岩潘牥云：「東坡爲詞詩，稼軒爲詞論。」此説固當。蓋曲者曲也，固當以委曲爲體，然徒狃於風情婉孌，則亦不足以啓人意。回視稼軒所作，豈非萬古一清風哉？或云：美成、堯章，以其曉音律，自能撰詞調，故人尤服之。〔註 102〕

陳模、潘牥兩人都爲南宋理宗時人，其中潘牥爲理宗端平二年（1235）探花。距稼軒在世之時間僅三二十年。陳模以「萬古一清風」來對稼軒詞作給予高度的評價，其識見之高，當遠在其同時的一般作詞手之上，其時一般的作詞者仍然以常格爲貴，對稼軒詞之變格並沒有給予足夠的重視。而尤爲值得注目的是其「把古文手段寓之於詞」對稼軒作詞的中的之語以及對潘牥「東坡詞詩，稼軒詞論」的轉述。「把古文手段寓之於詞」和「稼軒詞論」之謂，其實正是「以文爲詞」的別一種表述。毛晉對此也給予了肯定：「詞□鬥爭穠纖，而稼軒率多撫時感世之作，磊落英多，絕不作妮子態，宋人以東坡爲詞詩，稼軒爲詞論，善評也。」〔註 103〕這應該是最爲接近「以文爲詞」這一概念的最早的表述。

而對於稼軒「以文爲詞」的創作方式，早在淳熙十五年（1188）辛棄疾門人范開爲《稼軒詞》所作的序言中即有所認識。范開首先將

〔註 102〕〔宋〕陳模《懷古錄》卷中，《辛棄疾研究資料彙編》，頁 109～111。
〔註 103〕〔明〕毛晉《稼軒詞跋》，施蟄存主編《詞籍序跋萃編》，頁 202。

辛棄疾的詞的創作比作是蘇軾兄弟的作文，可見在范開的眼裏，辛棄疾將詞帶入了一種全新的創作境界，辛棄疾之作詞和東坡的作文在情理上是一致的。其後又言辛棄疾以詞陶寫氣節，陶寫功業，范開直是將辛棄疾作詞看作成了作文。「如張樂洞庭之野，無首無尾，不主故常；又如春雲浮空，卷舒起滅，隨所變態」，以行雲流水、姿態萬千來概括辛棄疾詞的創作，分明也是以論文的方式在論辛棄疾的詞。這些可以看作是辛棄疾門人范開對辛棄疾「以文爲詞」創作方式的肯定。

此後，身爲辛派後勁的劉克莊和劉辰翁也對辛棄疾「以文爲詞」進行了肯定式的理論總結。劉克莊謂：「公所作大聲鞺鞳，小聲鏗鍧，橫絕六合，掃空萬古，自有蒼生以來所無。」〔註 104〕其用語之犀利，分明不像是在論詞而是在論文，由此可以說明的問題是，劉克莊已經把辛棄疾的詞的創作和作文視爲一途。劉辰翁不但對辛棄疾「以文爲詞」的創作作了十分清晰而淋漓的總結，而且將「以文爲詞」的源頭上推到了豪放之鼻祖蘇東坡：

> 詞至東坡，傾蕩磊落，如詩如文，如天地奇觀，豈與群兒雌聲學語較工拙；然猶未至用經用史，牽《雅》《頌》入《鄭》《衛》也。自稼軒前，用一語如此者，必且掩口。及稼軒橫豎爛熳，乃如禪宗棒喝，頭頭皆是；又如悲笳萬鼓，平生不平事併卮酒，但覺賓主酣暢，談不暇顧。詞至此亦足矣。……稼軒胸中今古，止用資爲詞，非不能詩，不事此耳。〔註 105〕

劉辰翁認爲，在蘇軾那裡，詞已經如詩如文，無意無事不可入，而到了辛棄疾更是將這種爲詞的方式進行了發揚光大，以至於將自己的全部心血，全部的愛恨都傾注到了詞中，所謂「胸中今古，止用資爲詞」，〔註 106〕即是說辛棄疾用詞代替詩、文來表情達意，至此，詩、詞、

〔註 104〕〔宋〕劉克莊《辛稼軒集序》，施蟄存主編《詞籍序跋萃編》，頁 200。
〔註 105〕〔宋〕劉辰翁《辛稼軒詞序》，施蟄存主編《詞籍序跋萃編》，頁 201。
〔註 106〕由此可以判斷出來的是，辛棄疾在其當世也只是致力於詞的創作，而不是後人所猜想的其詩在後世逐漸散佚。

文已經完全走向了同一。

此後數百年的詞學批評史中，基本上沿襲了范開、陳模等人給稼軒詞所留下的烙記，沿著「以文爲詞」的思路繼續前行，進而形成了現代詞學批評中的「以文爲詞」這樣一個完整而成熟的批評概念。

二、「以文爲詞」的涵義

對於「以文爲詞」，通常的解釋是詞的寫作手法上的變化，主要表現爲字法、句法、章法上的散文化創作特徵等方面。誠然，這些都是「以文爲詞」重要的特徵，但並不是「以文爲詞」特徵的全部。實質上，「以文爲詞」所反映的更是詞格上的多種改變，其豐富內涵可以從外部特徵和內部特徵等幾個層面加以深層剖析。

（一）以文法為詞

可以從「以文爲詩」的角度，從最爲顯見的方面去理解「以文法爲詞」的創作法式上的突破和創新。清代趙翼云：「以文爲詩，自昌黎始，至東坡益大放厥詞，別開生面，成一代大觀。」〔註107〕這也是詩分唐音宋調的一個主要分水嶺。從創作結構層面上把握「以文爲詞」，「以文爲詞」，顧名思義，一個最爲直接和表象的含義就是以作文的方式去作詞，一個直觀的意義導向便是將文的語體特徵帶入詞的創作當中，而創作法式上的最顯而易見的一面則體現在音律、字法、句法、章法上的變化了。而這種音律、語言技巧上的對傳統的突破，歸根結底都是作詞法式的變化，因此這裡歸納爲一句話：「以文法爲詞」。

可以從外在結構和內在結構兩個層面對「以文法爲詞」作一剖析。就外在結構而言，音律和語言上的改變是最爲明顯的表現特徵。正如同「以文爲詩」的詩歌散文化首先表現在音律上的突破一樣，「以文爲詞」的音律上的突破也是其創作法式上的一個顯性特徵。詩有詩律，詞有詞律，雖然不像律詩在平仄對仗等方面那樣嚴格，但是詞在

〔註107〕〔清〕趙翼《甌北詩話》（北京：人民文學出版社，1963年）卷五，頁56。

格律上也有著自身的規定性。李清照說：「歌詞分五音，又分五聲，又分六律，又分清、濁、輕、重。」然而，稍有不協音律，即便是北宋時的「晏元獻、歐陽永叔、蘇子瞻，學際天人，作爲小歌詞，直如酌蠡水於大海」，也被視爲「句讀不葺之詩」，〔註 108〕遭到批評。辛棄疾等人的「以文爲詞」在音律上即表現爲對既有傳統的突破。在押韻上已不十分嚴格，在韻腳上不但平仄互押，有平上去三聲混押的情況，而且有通首詞一韻到底的特例，被稱爲「一字韻」，如辛詞《柳梢青》詞即是以「難」字通押全篇：「莫煉丹難。黃河可塞，金可成難。休辟穀難。吸風飲露，長忍飢難。　勸君莫遠遊難。何處有、西王母難。休采藥難。人沈下土，我上天難。」此首詞題序稱：「辛酉生日前兩日，夢一道士話長年之術，夢中痛以理折之，覺而賦八難之辭。」再如《水龍吟》一詞：「聽兮清佩瓊瑤些。明兮鏡秋毫些。君無去此，流昏漲膩，生蓬蒿些。虎豹甘人，渴而飲汝，寧猿猱些。大而流江海，覆舟如芥，君無助、狂濤些。　路險兮、山高些。愧余獨處無聊些。冬槽春盎，歸來爲我，製松醪些。其外芳芬，團龍片鳳，煮雲膏些。古人兮既往，嗟余之樂，樂簞瓢些。」通首全押一個「些」字。如此通篇只押一個字，押韻的意味已經不太大了，若去掉這些韻腳，已經和一篇小散文相差無幾了。音律上的「以文爲詞」，還表現爲辛棄疾對句式上的平仄規律的打破。辛棄疾在詞的行文中以散文化的句法入詞，在很多情況下並不遵守常格，如四字句的常格通常爲：「平平仄仄」或「仄仄平平」，辛詞中隨處可以找到變體和拗句，如其名詞《念奴嬌・登建康賞心亭，呈史留守致道》中的四字句即有常格與變調相交雜的現象：「柳外斜陽」「水邊歸鳥」「寶鏡難尋」、「東山歲晚」爲常格；「我來弔古」爲「仄平仄仄」，「閒愁千斛」則爲四平聲，「片帆西去」、「碧雲將暮」爲「仄平平仄」，「江頭風怒」爲「平平平仄」，如此等等，可見出辛棄疾格律上的突破。

〔註 108〕〔宋〕李清照《詞論》，張璋等編《歷代詞話》（鄭州：大象出版社，2002 年），頁 12。

同韻律一樣，話語形式也是詞的重要外在特徵之一。在傳統觀念中，詩詞文自然各自把持著一套屬於自己的話語體系，所謂「當行本色」之謂，即是嚴分詩詞文畛域，強調彼此的話語特徵的一種強大聲音。從陳後山的「本色論」，到李清照的「別是一家」的主流提法，甚至直到理論研究相當發達的今天，詞學批評中始終流行著本色論的論調。對於蘇軾、稼軒等打破傳統寫作模式和話語體系的「非本色」之類的批評，代表了詞學批評中傳統觀念「本色論」的普遍聲音。由此，「以文為詞」在話語體系上所顯現出的以議論入詞，熔鑄經史語入詞、長於用典等特徵，也屢屢成為後人讚美或詬病辛詞的一個焦點，譽之者或稱其「用經用史，牽《雅》《頌》入鄭衛」，「橫豎爛熳，乃如禪宗棒喝，頭頭皆是；又如悲笳萬鼓，平生不平事併卮酒，但覺賓主酣暢，談不暇顧」之類的讚美，或曰「辛稼軒別開天地，橫絕古今。《論》、《孟》、《詩小序》、《左氏春秋》、《南華》、《離騷》、《史》、《漢》、《世說》、《選》學、李杜詩，拉雜運用，彌見其筆力之峭」，〔註109〕極盡誇美之能事；貶之者則稱：「稼軒『盃汝前來』，《毛穎傳》也。『誰共我，醉明月』，《恨賦》也。皆非詞家本色。」〔註110〕或譏其詞為「豪氣詞，非雅詞也」，「為長短句之詩耳」〔註111〕，或責之「粗魯」、「劍拔弩張」，「為後世叫囂者作俑」，〔註112〕即使是其後學劉克莊，雖然十分服膺稼軒，謂：「世之知公者，誦其詩詞，而以前輩謂有井水處皆唱柳詞，余謂耆卿直留連光景，歌詠太平爾；公所作大聲鞺鞳，小聲鏗鍧，橫絕六合，掃空萬古，自有蒼生以來所無。其穠纖綿密者，亦不在小晏、秦郎之下。」〔註113〕但也對其用典頗有微詞，稱其「一掃纖豔，不事斧鑿，高則高矣，但時時掉書袋，要是一癖」。〔註114〕不管說什麼，其焦點

〔註109〕〔清〕吳衡照《蓮子居詞話》，唐圭璋編《詞話叢編》，頁2408。
〔註110〕〔清〕劉體仁《七頌堂詞繹》，唐圭璋編《詞話叢編》，頁619。
〔註111〕〔宋〕張炎《詞源》卷下，唐圭璋編《詞話叢編》，頁267。
〔註112〕〔清〕陳廷焯《白雨齋詞話》，唐圭璋編《詞話叢編》，頁3791。
〔註113〕〔宋〕劉克莊《辛稼軒集序》，施蟄存主編《詞籍序跋萃編》，頁200。
〔註114〕〔宋〕劉克莊《跋劉叔安感秋八詞》，施蟄存主編《詞籍序跋萃編》，

都在辛棄疾的以議論入詞，熔鑄經史語入詞，多用典事等「以文法爲詞」上。總之，或嘉其爲長處，或譏其爲短處，這是一個自古至今爭論不休的話題。對此，研究者給予了很多的關注，論述也相對深入和充分，因此這裡並不準備作更多的辨析和解說。

創作法式在內在結構上的變化表現爲敘事性特徵的凸顯。周濟《介存齋論詞雜著》：

> 北宋詞多就景敍情，故珠圓玉潤，四照玲瓏。至稼軒、白石一變而爲即事敍景，使深者反淺，曲者反直。〔註115〕

「就景敘情」與「即事敘景」反映出了南、北宋詞在文本結構上的內在差異，方東樹評韓愈《山石》詩「以文爲詩」的特徵時說：「從昨日追敘，夾敘夾寫，情景如見，句法高古。衹是一篇遊記，而敘寫簡妙，猶是古文手筆。」〔註116〕方東樹十分準確地把捉到了《山石》詩所彰顯的文的敘事性特徵，其中基本上包含了文的幾個主要特徵，一是敘述上的歷時性，二是所表達的內容的眞實性，三是所敘事件的單一性和完整性，這些特徵同樣也可以移植到「以文爲詞」的敘事模式中來。

以敘事手法寫詞並不衹是出現在我們正在討論的乾淳詞壇，北宋前期柳永詞的「鋪敘展衍，備足無餘」已經成爲人們一致認可的評價，〔註117〕王灼謂：「柳耆卿《樂章集》，世多愛賞該洽，序事閒暇，有首有尾。」〔註118〕清人周濟謂：「柳詞總以平敘見長。」〔註119〕陳廷焯謂：「耆卿詞善於鋪敘，羈旅行役，尤屬擅長。」〔註120〕近人夏

頁296。

〔註115〕〔清〕周濟《介存齋論詞雜著》，唐圭璋編《詞話叢編》，頁1634。

〔註116〕〔清〕方東樹《昭昧詹言》（北京：人民文學出版社，1961年）卷十二，頁199。

〔註117〕〔宋〕李之儀《跋吳思道小詞》，金啓華等編《唐宋詞集序跋彙編》，頁36。

〔註118〕〔宋〕王灼《碧雞漫志》卷二，唐圭璋編《詞話叢編》，頁84。

〔註119〕〔清〕周濟《宋四家詞選目錄序論》附錄，唐圭璋編《詞話叢編》，頁1651。

〔註120〕〔清〕陳廷焯《白雨齋詞話》卷一，唐圭璋編《詞話叢編》，頁3783。

敬觀亦謂：「耆卿詞當分雅、俚二類。雅詞用六朝小品文賦作法，層層鋪敘，情景兼融，一筆到底，始終不懈。」〔註 121〕誠然如此，柳永的貢獻主要還是詞的鋪敘手法的開創性使用，而這種手法的應用多止於景物的鋪寫，在具體的表現和特徵上，後來者辛棄疾的「以文爲詞」比柳永走得更遠。

辛詞「以文爲詞」的敘事性特徵，首先表現在敘述方式上的歷時性。詞的寫作按照時間推進的順序逐步推衍，宛如在講述一個故事，無論是敘事，是議論還是抒情，都能看到歷時性的脈絡存在。唐五代以來詞的經典模式是上片寫景、下片抒情，景爲情設，景物的描寫在很大程度上是爲情感的抒發作鋪墊和服務的。可以舉溫庭筠的《更漏子》其二作爲例證：「星斗稀，鐘鼓歇，簾外曉鶯殘月。蘭露重，柳風斜，滿庭堆落花。　　虛閣上，倚闌望，還似去年惆悵。春欲暮，思無窮，舊歡如夢中。」同樣是書寫離愁，辛棄疾的《祝英臺近・晚春》卻寫得脫去陳言，不落窠臼，風流嫵媚不減周秦：

> 寶釵分，桃葉渡。煙柳暗南浦。怕上層樓，十日九風雨。斷腸片片飛紅，都無人管，倩誰喚、流鶯聲住？　　鬢邊覷。試把花卜心期，纔簪又重數。羅帳燈昏，嗚咽夢中語。是他春帶愁來，春歸何處。卻不解、將愁歸去。

唐圭璋解此詞說：「上片言人去後之冷落，下片言盼歸之切。起言別時淒景，次言別後惰情。『斷腸』三句，言人去後飛紅既無人管，啼鶯亦無人勸。換頭三句，覷花卜歸，才簪又數，寫盼歸之癡情可思。『羅帳』兩句，言覷卜無憑，但記夢中哽咽之語，情更可傷。末用雍陶『今日已從愁裏去，明年莫更共愁來』送春詩，但以問語出之，韻味尤厚。」〔註 122〕從別時到別後，按照時間推進的順序，層層推進，歷時性的敘述特徵顯而易見。

〔註 121〕夏敬觀《吷庵詞評》，《詞學》（上海：華東師範大學出版社，1986 年）第五輯，頁 199。

〔註 122〕唐圭璋《唐宋詞簡釋》（上海：上海古籍出版社，1981 年），頁 177～178。

所寫內容的眞實性是散文的重要特徵之一。「以文爲詞」也承襲了這種特徵。前文已經不止一次地說明，唐五代乃至宋代的相當數量的詞作，詞的創作緣於應歌的需要，因此在內容上，即使是表達自己的失意或者落寞，也只能以一種遮遮掩掩的筆法，如南唐的馮延巳，北宋的晏殊、歐陽修等。柳永的「羈旅窮愁之詞」，是北宋前期以詞寫「我」的開始，但是就詞壇總體狀況而言，柳永的聲音還顯得十分孱弱和單薄，從詞的數量上看，柳永詞中所著力表現的仍是以「閨門淫媟之語」爲主。蘇軾的「無意不可入，無事不可言」，〔註 123〕對詞的創作領域進行了容量無比的擴展，蘇軾的革新之功，大則大矣，然而就實際的創作而言，蘇軾仍然沒有能走出傳統太遠，360 餘首蘇詞中，「非本色」的詞的創作並不占詞的多數，明人俞彥說，蘇軾「其豪放亦止『大江東去』一詞」；〔註 124〕今人王水照也認爲：「或謂今存蘇詞眞正體現豪放詞格的最多不過二三十首，實不能概括其全部風格甚至基本風格。」〔註 125〕撇開風格不論，僅就詞的題材而言，蘇詞中描寫女性的詞作和代女性而作的閨怨體，即唐宋詞的傳統題材，幾乎占了一半還要多，閱讀蘇詞可以屢屢看到以「佳人」、「閨怨」等爲題的詞作，更有甚者如《菩薩蠻・詠足》，詠寫美人之足，更是時常爲後人所詬病。這裡可以說明的問題是，蘇軾雖然開啓了唐宋詞「以詩爲詞」的風氣之先，但是並沒有走得太遠。辛棄疾在蘇軾開創的道路上繼續前行，「以文爲詞」在「以詩爲詞」的基礎之上，在對自我的關注上，辛詞相對蘇詞程度更高。無論是敘寫景色，記事抒情，還是抒發感慨，議論說理，辛棄疾都是以「我」爲中心，敘寫「我」的所見所聞，所思所想。如這首《鷓鴣天・鵝湖歸病起作》：「著意尋春懶便回。何如信步兩三杯。山纔好處行還倦，詩未成時雨早催。　攜

〔註 123〕〔清〕劉熙載《詞概》，唐圭璋編《詞話叢編》，頁 3690。

〔註 124〕〔明〕俞彥《爰園詞話》，唐圭璋編《詞話叢編》，頁 402。

〔註 125〕王水照《蘇軾豪放詞派的涵義和評價問題》，《中華文史論叢》，1984 年第 2 輯。

竹杖，更芒鞋。朱朱粉粉野蒿開。誰家寒食歸寧女，笑語柔桑陌上來。」楊慎評此詞說：「絕似唐詩，景事俱眞。」辛詞中已經見不到如《東坡詞》中大量存在的以女性爲描寫對象的詞作，以「閨怨」爲例，《東坡詞》中以「閨怨」爲題者共有五首，而辛詞中只有一首，即使是這種代言體式詞的創作，兩人之間也還是有所區別的。如蘇軾的《菩薩蠻・迴文夏閨怨》：「柳庭風靜人眠晝，晝眠人靜風庭柳。香汗薄衫涼，涼衫薄汗香。　手紅冰椀藕，藕椀冰紅手。郎笑藕絲長，長絲藕笑郎。」辛棄疾的《東坡引》：「玉纖彈舊怨。還敲繡屏面。清歌目送西風雁。雁行吹字斷。雁行吹字斷。　夜深拜月，瑣窗西畔。但桂影、空階滿。翠幃自掩無人見。羅衣寬一半。羅衣寬一半。」兩相比較，辛詞無疑更接近生活的本眞。

所敘事件的單一性和完整性是「以文爲詞」敘事性特徵的第三個特徵。不管是敘事、議論還是抒情，辛棄疾相當多的詞的創作多是把它當作一個完整的事件一樣來敘述，起承轉合，有首有尾。如上面所舉的那首《東坡引・閨怨》，同東坡的《菩薩蠻・迴文夏閨怨》相比，在敘事的單一性和完整性上，辛詞更像是在敘述一段故事，從琴聲訴怨，到目斷西風雁；從深夜拜月，到翠幃自掩，再到爲伊消得人憔悴，人物的動作、情態隨著思念之意的逐步發展而逐步推移。相比較而言，蘇軾的那首《菩薩蠻》在行文上和結構上則顯得散漫而不太成爲一個整體。

（二）以文氣為詞

「以文爲詞」在創作結構層面之外還有更爲深層的內涵和意義，那就是以文氣爲詞。同「以詩爲詞」之「以詩心爲詞」之意義相近的是，「以文爲詞」的一個深層的意義指向也可以理解爲「以文氣爲詞」。「氣」本是中國古代哲學中重要的一個哲學概念。其本初的含義當是使人之爲人的一種生命元素，即指的是精氣。張岱年說：「在中國哲學中，注重物質，以物的範疇解說一切之本根論，乃是氣論。」〔註126〕

〔註126〕張岱年《張岱年文集》（北京：清華大學出版社，1990年），頁71。

老子說：「萬物負陰而抱陽，沖氣以爲和。」莊子說：「人之生，氣之聚也，聚則爲生，散則爲死。」〔註127〕管子也說：「氣者，身之充也。」〔註128〕孟子將「氣」的概念加以引申擴大爲人的精神、氣質，曾云：「吾善養吾浩然之氣。」並說：「夫志，氣之帥也；氣，體之充也。夫志至焉，氣次焉。故曰：持其志，無暴其氣。」又說：「其爲氣也，至大至剛，以直養而無害，則塞於天地之間。其爲氣也，配義與道。無是，餒也。」〔註129〕這種認識在魏晉時期被曹丕引入文學批評當中，曹丕《典論・論文》中說：

> 文以氣爲主，氣之清濁有體，不可力強而致。

曹丕提出的「文以氣爲主」的「文氣說」，在其後的相當長一段時間內成爲主流的文學批評模式，並成爲中國古代文論中十分重要的一個概念範疇，爲後人所認可和引用。

這種以氣論文的批評方式被南宋的詞學批評家們引入了對辛棄疾及辛派詞人的詞學批評當中。黃梨莊贊曰：「辛稼軒當弱宋末造，負管樂之才，不能盡展其用，一腔忠憤，無處發洩。觀其與陳同父抵掌談論，是何等人物！故其悲歌慷慨，抑鬱無聊之氣，一寄之於其詞。」〔註130〕肇啓以氣論辛詞的源頭者還要推到范開的那篇著名的《稼軒詞序》：

> 其詞之爲體，如張樂洞庭之野，無首無尾，不主故常；又如春雲浮空，卷舒起滅，隨所變態，無非可觀。無他，意不在於作詞，而其氣之所充，蓄之所發，詞自不能不爾也。〔註131〕

〔註127〕《莊子・知北遊》，《莊子集釋》（北京：中華書局，1961年），頁733。

〔註128〕《管子・心術上》（瀋陽：遼寧教育出版社，1997年），頁118。

〔註129〕《孟子・公孫丑上》，《孟子正義》（北京：中華書局，1987年），頁199，196，200。

〔註130〕黃梨莊語，〔清〕徐釚《詞苑叢談》（北京：人民文學出版社，1988年）卷四，頁250。

〔註131〕〔宋〕范開《稼軒詞序》，施蟄存主編《詞籍序跋萃編》，頁199。

其後，以「氣」論辛詞，成了詞學理論中的共識。清人沈謙說：「學周、柳，不得見其用情處。學蘇、辛，不得見其用氣處。當以離處爲合。」〔註 132〕謝章鋌也說：「學稼軒者，胸中須先具一段眞氣奇氣，否則雖紙上奔騰，其中俄空焉，亦蕭蕭索索如牖下風耳。」〔註 133〕近人陳洵謂：「嘗論詞有眞氣，有盛氣。眞氣內充，盛氣外著，此稼軒也。學稼軒者無其眞氣，而欲襲其盛氣，鮮有不敗者矣。能者則眞氣內含，盛氣外斂。」〔註 134〕辛棄疾的以「氣」爲詞，最爲明顯地體現在他的豪放之作中。如《念奴嬌・登建康賞心亭，呈史致道留守》詞曰：

> 我來弔古，上危樓、贏得閒愁千斛。虎踞龍蟠何處是，只有興亡滿目。柳外斜陽，水邊歸鳥，隴上吹喬木。片帆西去，一聲誰噴霜竹。　　卻憶安石風流，東山歲晚，淚落哀箏曲。兒輩功名都付與，長日惟消棋局。寶鏡難尋，碧雲將暮，誰勸杯中綠。江頭風怒，朝來波浪翻屋。

這首登建康亭上有感而發的懷古詞，名爲弔古，實則是借史抒懷，言說心中的志向。詞中一以貫之的是一股郁郁不平之氣，《草堂詩餘》續集卷下沈際飛評此詞曰：「憤氣直發千古豪，貪人冰冷。詞至辛稼軒一變，其源實自蘇長公，至劉改之諸公而極。撫時之作，意存感慨，然濃情致語，幾於盡矣。」不但此類懷古詞充滿豪氣，一以貫之，即便婉約之作，稼軒詞作中亦時時流露不平之氣。其作品《摸魚兒》便是一首備受後世激賞的名篇：「更能消、幾番風雨。匆匆春又歸去。惜春長恨花開早，何況落紅無數。春且住。見說道、天涯芳草迷歸路。怨春不語。算只有殷勤，畫簷蛛網，盡日惹飛絮。　　長門事，準擬佳期又誤。蛾眉曾有人妒。千金縱買相如賦，脈脈此情誰訴。君莫舞。君不見、玉環飛燕皆塵土。閒愁最苦。休去倚危樓，斜陽正在，煙柳斷腸處。」且不先去論辯這篇作品是否是微言大義，即便是把它當作

〔註 132〕〔清〕沈謙《填詞雜說》，唐圭璋編《詞話叢編》，頁 635。

〔註 133〕〔清〕謝章鋌《賭棋山莊詞話》卷一，唐圭璋編《詞話叢編》，頁 3330。

〔註 134〕陳洵《海綃說詞》，唐圭璋編《詞話叢編》，頁 4859～4860。

留春之詞、惜春之語來讀，亦可以感受到其中令人迴腸盪氣的鬱勃之氣。陳廷焯評之曰：「姿態飛動，極沈鬱頓挫之致。」〔註 135〕

除了以上所列的「以文法爲詞」和「以文氣爲詞」外，對「以文爲詞」這一批評概念的梳理，最終還可以歸結到更深的層面上來，即詞所表現的「道」的層面上，也即詞所表現的實質性內核。這可以和唐宋以來流行的「文以載道」或「文以貫道」中的「道」相比較，祇是，對於「道」的理解，向來多將其狹義化爲儒家的道統。而我們這裡所說的「道」，其所指的內容則要寬泛得多，可以理解爲寫作範式中的以詞的形態來寫作向來爲古人所津津樂道的道德文章，也可以理解爲乾淳詞壇的詞人們於詞中以散語的形式所言說的心志等。這可以從辛棄疾等人的多篇詞作中得到印證。對此，宋人羅大經正是從載道和言志的角度給予了自己的解釋：「辛幼安晚春詞云『更能消、幾番風雨（略）。』詞意殊怨。『斜陽』、『煙柳』之句，其與『未須愁日暮，天際乍輕陰』者異矣。使在漢唐時，寧不賈種豆種桃之禍哉。愚聞壽皇見此詞，頗不悅。然終不加罪，可謂盛德也已。其《題江西造口》詞云：『鬱孤臺下清江水。中間多少行人淚。西北是長安，可憐無數山。

青山遮不住，畢竟東流去。江晚正愁予，山深聞鷓鴣。』蓋南渡之初，虜人追隆祐太后御舟至造口，不及而還，幼安因此起興。『聞鷓鴣』之句，謂恢復之事行不得也。又《寄邱宗卿》詞云：『千古江山（略）。』此詞集中不載，尤雋壯可喜。朱文公云：『辛幼安、陳同甫，若朝廷賞罰明，此等人皆可用。』〔註 136〕這種從詞中搜求作者所要表達的深層內涵，甚而望文生義的比附方法，被後來清代的詞評家們發揮得淋漓盡致，即便是姜夔的《暗香》與《疏影》二詞亦不免。陳廷焯說：「南渡以後，國勢日非。白石目擊心傷，多於詞中寄慨。不獨《暗香》、《疏影》二章，發二帝之幽憤，傷在位之無人也。特感慨全在虛處，無跡可尋，人自不察耳。感慨時事，發爲詩歌，便已力據上游，特不宜說

〔註 135〕〔清〕陳廷焯《白雨齋詞話》卷一，唐圭璋編《詞話叢編》，頁 3793。
〔註 136〕〔宋〕羅大經《鶴林玉露》甲編卷一，頁 13。

破，只可用比興體。即比興中，亦須含蓄不露，斯為沈鬱，斯為忠厚。」〔註 137〕

三、「以文為詞」的創作實踐

「以文為詞」的最有力實踐者首推稼軒，王國維謂：「以宋詞比唐詩，則東坡似太白，歐、秦似摩詰，耆卿似樂天，方回、叔原，則大曆十子之流。南宋惟一稼軒可比昌黎。而詞中老杜，則非先生（周邦彥）不可。昔人以耆卿比少陵，猶為未當也。」〔註 138〕將辛棄疾比作唐代的韓愈，可以看作是王國維對辛棄疾「以文為詞」從另外一個角度的認可和肯定。誠然如此，「以文為詞」並不僅是辛棄疾或辛派詞人所僅有的詞的創作方式，它的影響波及到了整個乾淳詞壇，是當時整個詞壇共有的一種寫作方式，從辛派先聲張孝祥到辛棄疾，從辛棄疾擴大到辛派詞人，再擴大到姜夔等其他詞人，以至成了南宋乾淳詞壇詞人們的共同選擇。祇是這種特徵在某些詞人那裡表現得十分明顯，而在另外一些詞人那裡則並不顯見。如前節所引的朱熹的一篇為張孝祥父子詩詞所作的跋文《書張伯和詩詞後》，朱熹在跋文中並沒有將詞作為一種比文和詩等而下之的新興的文體來看待，而是被當作激勵士氣的戰鬥檄文，刻置軍中，這本身或許就已經說明詞在理學家朱熹眼中的位置。詞不但和詩同等對待，而且起到了比詩更高的文的作用。

辛派詞人的中堅陳亮與劉過是南宋乾淳詞壇上繼辛棄疾之後大力實踐「以文為詞」的強勁勢力。陳亮作詞方式的改變可以從其摯友葉適的轉述中得到印證：「長短句四卷，每一章就，輒自歎曰：『平生經濟之懷，略已陳矣。』余所謂微言，多此類也」。〔註 139〕陳振孫也說：「（陳亮）少入太學，嘗三上孝廟書，召詣政事堂，宰相無宏度，迄報罷。後以免舉為癸丑進士第一，未祿而卒。所上書論本朝治體本

〔註 137〕〔清〕陳廷焯《白雨齋詞話》卷二，唐圭璋編《詞話叢編》，頁 3797。
〔註 138〕〔清〕王國維《人間詞話》，唐圭璋編《詞話叢編》，頁 4271。
〔註 139〕〔宋〕葉適《書龍川集後》，《水心集》卷二十九，《文淵閣四庫全書》，第 1164 冊，頁 514。

末源流，一時諸賢未之及也。亮才甚高而學駁，其與朱晦翁往返書，所謂『金銀銅鐵混爲一器』者可見矣。平生不能詩，《外集》皆長短句，極不工而自負，以爲經綸之意具在是，尤不可曉也。」〔註 140〕以詞作言說「經濟之懷」，這在詞的創作史上雖然不能說是首肇其端，但也是同者寥寥。夏承燾在《論陳亮的〈龍川詞〉》一文中指出：「南北宋之交，張元幹、張孝祥諸人曾經拿詞這種文學作爲向投降派鬥爭的政治武器，可是他們沒有把政治議論寫進詞裏去。辛棄疾早年作《美芹十論》及《九議》，和陳亮的《中興論》、《上孝宗皇帝書》是同類的救亡抗敵的大議論，但在他的《稼軒詞》裏卻看不出《十論》、《九議》的議論。以我所知，在宋代詞家裏，能夠自覺地這樣做，而且做得這樣出色——內容是政治，寫出的卻不是政治語彙的堆砌，這就只有陳亮一人，只有他的《龍川詞》裏有這一部分作品。」〔註 141〕同辛棄疾極爲相似的是，陳亮一生也是志在恢復，至死不渝。這種志向的表達既有在他的文章議論中，也同樣存在於他的詞中。《賀新郎・寄辛幼安，和見懷韻》詞曰：

> 老去憑誰說。看幾番、神奇臭腐，夏裘冬葛。父老長安今餘幾，後死無讐可雪。猶未燥、當時生髮。二十五弦多少恨，算世間、那有平分月。胡婦弄，漢宮瑟。　　樹猶如此堪重別。只使君、從來與我，話頭多合。行矣置之無足問，誰換妍皮癡骨。但莫使、伯牙絃絕。九轉丹砂牢拾取，管精金、衹是尋常鐵。龍共虎，應聲裂。

此詞中的「父老長安」幾句，簡直就是《中興論》文句的改寫，《中興論》中說：「南渡已久，中原父老日以殂謝，生長於北，豈知有我！昔宋文帝欲取河南故地，魏太武以爲『我自生髮未燥即知河南是我境土，安得爲南朝故地』，故文帝既得而復失之。」〔註 142〕陳亮《龍川詞》74

〔註 140〕〔宋〕陳振孫《《直齋書錄解題》（上海：上海古籍出版社，1987 年）卷十八，頁 548。
〔註 141〕夏承燾校箋《龍川詞校箋》（上海：上海古籍出版社，1982 年），頁 2。
〔註 142〕〔宋〕陳亮《陳亮集》（北京：中華書局，1974 年）卷二，頁 22。

首，類似的詞作並不少見，如《水調歌頭・送章德茂大卿使虜》詞中寫道：「不見南師久，謾說北群空。當場隻手，畢竟還我萬夫雄。自笑堂堂漢使，得似洋洋河水，依舊只流東。且復穹廬拜，會向藁街逢。　堯之都，舜之壤，禹之封。於中應有，一個半個恥臣戎。萬里腥膻如許，千古英靈安在，磅礴幾時通。胡運何須問，赫日自當中。」姑且不說詞中「以議論入詞」體現了「以文爲詞」的典型特徵，就是詞中所言說的內容也和其作於此詞五六年前的《上孝宗皇帝第一書》中的內容十分相似。夏承燾說：「書、詞議論相同，可知他在這幾個年頭裏『念茲在茲』的心情。」〔註143〕清人張德瀛謂：「陳同甫幼有國士之目，孝宗淳熙五年，詣闕上書，於古今沿革政治得失，指事直陳，如龜之灼。然揮霍自恣，識者或以誇大少之。其發而爲詞，乃若天衣飛揚，滿壁風動。惜其每有成議，輒招妒口，故肮髒不平之氣，輒寓於長短句中。讀其詞，益悲其人之不遇已。」〔註144〕可見在寫作方式上，陳亮《龍川詞》的創作已經和文實現了功能上的相通，是「以文爲詞」的體現。

劉過詞的寫作也是緊跟辛棄疾「以文爲詞」而來的。在具體的寫作方式上，也表現出了「以文法爲詞」、「以文氣爲詞」等寫作特徵。劉過作詞效法稼軒，這是一個不爭的事實，自古至今已經成爲定評。不但在具體的寫作手法上「不肯入格律」、「露筋骨」，〔註145〕從形式上追摹稼軒，而且從「文氣」上，其中最具特色的是詞中所充溢的豪氣。其多年摯友許從道《東陽遊戲序》曰：「改之讀書論兵，好言今古治亂盛衰之變，與予交二十年，今老矣，未嘗一日不遊也。每見則氣益豪，詩益振，文益古。蓋其所得於天者，富貴不足以累其心，故能驅役山川，戲弄人物，劇談痛飲，遺世自賢，亦與造物者遊而未知所止也。」〔註146〕這種得之於天的豪放不羈之氣，在劉過的詞中隨處可

〔註143〕夏承燾校箋《龍川詞校箋》，頁7～8。
〔註144〕〔清〕張德瀛《詞徵》卷五，唐圭璋編《詞話叢編》，頁4163。
〔註145〕〔宋〕岳珂《桯史》（北京：中華書局，1981年）卷六，頁71。
〔註146〕〔宋〕劉過《龍洲集》（上海：上海古籍出版社，1978年）附錄一，頁134。

以感受到。張炎即以「豪氣」評劉過的詞：「辛稼軒、劉改之作豪氣詞，非雅詞也。於文章餘暇，戲弄筆墨，為長短句之詩耳。」〔註 147〕宋人陳模也說：「稼軒歸本朝，晚年詞筆尤高……自非脫落故常者，未易闖其堂奧。劉改之所作《沁園春》雖頗似其豪，而未免於粗。」〔註 148〕陳廷焯也說：「北宋之晏叔原，南宋之劉改之，一以韻勝，一以氣盛，別於清眞、白石外，自成大家。」〔註 149〕使得劉過詞名大振並使得劉過和辛棄疾從此結為知己的這首著名的《沁園春・寄稼軒承旨》就是一首充滿豪氣的「以文為詞」的代表性作品：

> 斗酒彘肩，風雨渡江，豈不快哉。被香山居士，約林和靖，與東坡老，駕勒吾回。坡謂西湖，正如西子，濃抹淡妝臨鏡臺。二公者，皆掉頭不顧，只管銜杯。　白雲天竺飛來。圖畫裏、崢嶸樓觀開。愛東西雙澗，縱橫水繞，兩峰南北，高下雲堆。逋曰不然，暗香浮動，爭似孤山先探梅。須晴去，訪稼軒未晚，且此徘徊。

這首詞「以文為詞」的特徵首先體現在詞的功能上，岳珂《桯史》載：「嘉泰癸亥歲，改之在中都，時辛稼軒棄疾帥越，聞其名，遣介招之。適以事不及行，作書歸輅者。因效辛體《沁園春》一詞，並緘往，下筆便逼眞。」〔註 150〕將此詞連同書信一起寄給辛棄疾，這是將詞和書信的功能等同了起來。其次，敘事性的結構是這首詞「以文為詞」的又一重要特徵。劉過將風馬牛不相及的三位古人拉到了一起，將一首以景物描寫為主的詞作演繹成為一個風趣的小故事，從敘述手法上改變了寫景上的單一的描寫性特徵，而是以敘事性的特徵來網結詞所要進行的景物描寫，使得詞作妙趣橫生，這是敘事性手法的功效。再次，還可以從詞中的用事看出「以文為詞」的特徵，劉過將蘇軾、白居易和林逋三人詩的成句融入詞中，並以之構成詞的主體，很像是江

〔註 147〕〔宋〕張炎《詞源》卷下，唐圭璋編《詞話叢編》，頁 267。
〔註 148〕〔宋〕陳模《懷古錄》卷中，《辛棄疾研究資料彙編》，頁 110。
〔註 149〕〔清〕陳廷焯《詞壇叢話》，唐圭璋編《詞話叢編》，頁 3724。
〔註 150〕〔宋〕岳珂《桯史》卷二，頁 23。

西詩派的「點鐵成金」與「奪胎換骨」。

周濟謂：「北宋詞多就景敘情，故珠圓玉潤，四照玲瓏。至稼軒、白石一變而爲即事敘景，使深者反淺，曲者反直。」〔註 151〕從「就景敘情」到「即事敘景」，可見詞的寫作方式的改變並不是辛棄疾的個人行爲，或是辛派詞人這個創作群體的行爲，而是整個乾淳詞壇共同擁有的寫作特徵。姜夔的詞的創作中「即事敘景」的寫作方式的改變，也是「以文爲詞」寫作方式的體現。不妨看他的名作《揚州慢》：

> 淮左名都，竹西佳處，解鞍少駐初程。過春風十里，盡薺麥青青。自胡馬窺江去後，廢池喬木，猶厭言兵。漸黃昏，清角吹寒。都在空城。　杜郎俊賞，算而今、重到須驚。縱豆蔻詞工，青樓夢好，難賦深情。二十四橋仍在，波心蕩、冷月無聲。念橋邊紅藥，年年知爲誰生。

此詞前有小序曰：「淳熙丙申至日，予過維揚。夜雪初霽，薺麥彌望。入其城，則四顧蕭條，寒水自碧，暮色漸起，戍角悲吟。予懷愴然，感慨今昔，因自度此曲。千岩老人以爲有《黍離》之悲也。」如果加上這篇小序，整個看去就是一篇完整的抒情散文，有具體的時間、地點、人物，有具體的抒情中心，這篇名作不但「即事敘景」，而且「即事抒情」，景物的描寫和感情的抒發都是隨著敘事的進程逐步推進。更爲值得注意的是，這是一篇自度曲，詞牌其實就是詞題，其實就是詞中所要表達的中心或者主體，把它和詞的題序與正文加在一起就更像是一篇完整的小散文了。從自度曲說開去，自度曲的創製，也可以看作是姜夔「以文爲詞」的一個體現。在《長亭怨慢》小序中姜夔說：「予頗喜自製曲，初率意爲長短句，然後協以音律，故前後闋多不同。」先有詞，後有曲，這種和原來的「依曲拍爲句」不同的塡詞模式，使得詞的創作更加自由和隨意，因而更具有文的創作特徵。從這首《長亭怨慢》詞中亦可以見出「以文爲詞」的特徵來：「漸吹盡、枝頭香絮。是處人家，綠深門戶。遠浦縈回，暮帆零亂向何許。閱人多矣，

〔註 151〕〔清〕周濟《介存齋論詞雜著》，唐圭璋編《詞話叢編》，頁 1634。

誰得似、長亭樹。樹若有情時，不會得、青青如此。　　日暮。望高城不見，只見亂山無數。韋郎去也，怎忘得、玉環分付。第一是、早早歸來，怕紅萼、無人爲主。算空有幷刀，難翦離愁千縷。」夏承燾在《論姜白石的詞風》一文中評此詞的下闋說：「在這短短幾行裏，就用了許多虛字和領頭短句，像『矣』、『若』、『也』，和『只有』、『誰得似』、『不會得』、『怎忘得』、『第一是』等，這也是他和按譜塡詞者不同之處，所以做到宛轉相生的地步。」〔註152〕

「以文爲詞」是伴隨著詞的文人文學化和雅化進程而產生的一種新的寫作方式，詞的創作以文的方式去進行，詞的寫作向文的方向靠攏，這本身也說明了詞的發展中文人文學化的趨向，這種寫作趨向是詞的歷史發展進程中的必然。而究其根本，「以文爲詞」寫作方式的產生，與江西詩派有著深厚的淵源，其所受到的直接影響當爲江西詩派的「以文字爲詩，以才學爲詩，以議論爲詩」，江西詩派講究「出處」、「來歷」和「點鐵成金」、「奪胎換骨」的作詩方法，在乾淳詞壇的詞人那裡留下了很多的印跡。在江西詩派強大勢力的影響下，乾淳詞壇的許多詞人都以自己的詞的創作去實踐江西詩派所持有的詩學理念，在身體力行著「以文爲詞」。

〔註152〕夏承燾《姜白石詞編年箋校》，頁11。

第三章　詞人交遊與詞風、詞派之形成考論

第一節　張孝祥的交遊與詞風轉變

張孝祥一生遊宦各地，足跡遍及兩浙、江淮、湖廣，交遊甚廣。〔註1〕張孝祥的仕宦經歷明顯可以分爲幾個大的時間段。從其廷試第一，被授承事郎簽書鎮東軍節度判官，到爲中書舍人被劾罷官，提舉江州太平興國宮，張孝祥在朝爲官，這個時間段大約爲五年，這是他爲官的第一時期。而此後的十年間，張孝祥離開臨安，在外任職，在不斷變遷的外任中，張孝祥度過了他的餘年。同其仕宦經歷相聯繫的是，張孝祥詞的創作也明顯地分爲前後兩個主要時期，而其詞的創作同交遊也有著密不可分的關係。

一、張孝祥的前期交遊與詞的創作

在不到五年的時間內，張孝祥從一個八品的散官，遽然擢升爲中書舍人權工部侍郎兼權給事中，這樣一個正四品的朝中大員，張孝祥

〔註1〕張孝祥（1132～1169），字安國，號于湖。歷陽烏江人。金人南侵，孝祥隨父渡江避亂，後寓居蕪湖。宋高宗紹興二十四年（1154）進士第一。

的臨安仕宦經歷可謂平步青雲。臨安初仕的五年是張孝祥仕途通達、春風得意的五年，快速的擢升，帶給詞人的自然是充滿陽光的美好前景。而流連於詩酒歌舞，與朋輩同僚倚紅偎翠、詩酒唱和，自然也是這位風流少年天才臨安生活中不可缺少的一個組成。王明清的《玉照新志》即作了一次眞實的紀錄：「紹興乙卯（當爲己卯，1159），張安國爲右史，明清與仲信兄在（「在」字疑衍）、左鄭（當作「鄯」）舉善、郭世模從范、李大正正之、李泳子永，多館於安國家。春日，諸友同游西湖，至普安寺。於窗戶間得玉釵半股，青蚨半文，想是遊人歡洽所分授，偶遺之者。各賦詩以記其事，歸以錄似（當作示）安國。安國云：『我當爲諸公考校之。』明清云：『淒涼寶鈿初分際，愁絕清光欲破時。』安國云：『仲言宜在第一。』俯仰今四十餘年矣！主賓六人，俱爲泉下之塵，明清獨苟存於世，追懷如夢，黯而記之。」〔註2〕王明清滿是傷感地追憶了自己與張孝祥、左鄯、郭世模等人的那段難忘的交遊唱和，從中可以想見當時遊冶之風之盛，也爲《于湖詞》中大量表現詞人吟風弄月、剪紅刻翠的生活確定了大致的寫作時間，即張孝祥爲官臨安的 1154～1159 年間。

張孝祥紹興二十四年，被高宗皇帝親擢爲廷試第一，「以妙年射策魁天下，不數歲，入直中書」，〔註3〕在不到五年的時間裏屢屢遷升，備受人主之喜愛。風流倜儻、英邁偉特的天才少年，狀元的耀眼光環自然會引來從者如雲，其時與張孝祥交遊如上文王明清所提及者左鄯、郭世模等，亦多爲少年才俊。

年歲相仿，志趣相投，兩人在臨安度過了一生中最爲風流的難忘時光。而交遊中一個不可或缺的生活內容即是飲酒作詞，聽歌狎妓。張孝祥存詞 224 首，宛敏灝先生的《張孝祥詞箋校》對其中的很大一部分都作了編年，但是仍有相當部分詞作難以確定寫作年月，這些詞作從內容上看，多爲詠寫歌兒舞女，或是相思離別的代言之作，這在

〔註2〕〔宋〕王明清《玉照新志》卷四，《叢書集成初編》本，頁 60。
〔註3〕〔宋〕湯衡《張紫微雅詞序》，施蟄存主編《詞籍序跋萃編》，頁 213。

張孝祥的詞作中佔有很大的比例，其數量約爲近 40 首，占于湖詞總數的近 1/5。而這類詞，雖不可確切地說作於某年某月，但從詞作所表達的內容看，定爲其前期在臨安游冶之時，應該是一種恰當的時間定位。在近 40 首的詞作中，張孝祥不無滿足地記錄了自己在臨安五年的遊樂生活，看這首《鷓鴣天》：

日日青樓醉夢中。不知樓外已春濃。杏花未遇疏疏雨，楊柳初搖短短風。　　扶畫鷁，躍花驄。湧金門外小橋東。行行又入笙歌裏，人在珠簾第幾重。

「春風得意馬蹄疾，一日看遍長安花」，高中魁元的喜悅，和幾年之內連續的陞遷，使得張孝祥在臨安度過了一生中最爲難忘的時光，這段時光幾乎可以用紙醉金迷來形容。一天天青樓醉夢，一日日笙歌滿耳，眠花宿柳的日子顯得是那麼的短暫，不覺之中，樓外已經是春意濃濃，桃花怒放，楊柳依依。大好春光重又激起詞人冶游的興致，於是又乘上畫船，躍上花驄馬，重又沒身於不絕於耳的笙歌之中。這是詞人臨安五年與「三五少年」游處生活的一個剪影，近 40 首反映閨情、妓情的詞作則是這段生活的一個側面反映。

現存約 40 首的詞作大致可以分作幾個主要類別，一類是記錄其歌酒遊樂生活情狀的詞作，其中既有少年才俊意氣風發、詩酒風流的眞實狀寫，如上文的《鷓鴣天》（「日日青樓醉夢中」）一詞。再一類是詠妓詞，描寫歌妓的容貌、體態、裝束、生活以及歌妓的技藝等，如《菩薩蠻》云：

東風約略吹羅幕，一簷細雨春陰薄。試把杏花看。濕紅嬌暮寒。　　佳人雙玉枕。烘醉鴛鴦錦。折得最繁枝。暖香生翠幃。

這首詞以寫景見長，但是寫人是最終旨歸。上片寫暮春之景色，著眼於屋外，春風駘蕩，細雨霏微，料峭的春寒中杏花妖嬈地綻放著；下片寫屋內之景，以景托人，「佳人」二句與溫庭筠《菩薩蠻》「水晶簾裏玻璃枕，暖香惹夢鴛鴦錦」二句頗多相似之處，無怪乎況周頤評這首詞曰：「此詞綿麗蕃豔，直逼《花間》。求之北宋人集中，未易多覯。」〔註4〕細味此詞，比之溫庭筠的許多作品，確乎感到有許多相似之處，雖不可謂錯金鏤彩，亦是溢彩流光，給人一種滿眼生香的感覺。這種明顯帶有很濃晚唐五代「花間」風味的詞作在張孝祥的《于湖詞》中並不只有此類詠妓詞，在另一類妓情詞——閨怨詞中，我們亦能感受到與溫庭筠等花間詞派相近的風味。

近40首寫閨情、妓情的詞中，閨怨詞亦是數量較多的一大類，這類詞同晚唐五代詞有很大的相同之處，即以女性作爲假想的主人公，抒寫其獨處閨中的哀怨與傷感，或是傷春，或是懷遠，而主旨不離於閨怨一體。如《虞美人》詞：

> 柳梢梅萼春全未。誰會傷春意。一年好處是新春。柳底梅邊只欠、那人人。　憑春約住梅和柳。略待些時候。錦帆風送彩舟來。卻遣香苞嬌葉、一齊開。

初春時節，梅柳初綻，正是一年中最美的時候，然而，詞中的主人公卻沒有絲毫賞春的興致，只因爲自己隻身獨處。於是，主人公祈求春天，希望春天能夠讓梅柳晚些時候再開，待到自己心愛的人兒乘風歸來的時候，再一起攜手看梅賞柳。傷春、懷遠之意，不言而自在。此詞筆致細膩溫婉，構思新穎獨特，其中洞察女性心理，可謂細緻入微。比之花間之作，多了幾分清麗，少卻了幾分穠豔，在主旨上卻一脈相承，頗得花間婉約之妙。傷春與懷遠之意並敘同樣見於他的《浪淘沙》中：

> 琪樹間瑤林。春意深深。梅花還被曉寒禁。竹裏一枝斜向我，欲訴芳心。　樓外卷重陰。玉界沈沈。何人低唱醉泥金。掠水飛來雙翠碧，應寄歸音。

與前首不同的是，前首《虞美人》以敘事抒情見長，此詞則是以寫景爲主，借景抒情。詞的上片寫春寒料峭中的一枝梅花，實則是借花喻人，以梅花自比，表達自己獨處一室、芳心無處可訴的孤獨和寂寞；下片寫所見樓外之景，以雙飛之「翠碧」見自己形單影隻之孤獨落寞，

〔註4〕況周頤：《蕙風詞話》續編卷一，唐圭璋編《詞話叢編》，頁4531。

在寫法上同溫庭筠的許多詞作很相似，如「新貼繡羅襦，雙雙金鷓鴣」、「水精簾裏玻璃枕，暖香惹夢鴛鴦錦」（《菩薩蠻》）等，都是以成雙成對的事物來襯托主人公形影相弔的寂寞。此詞通篇看去，全爲寫景，祇是到了詞的最後一句，「應寄歸音」才點明主旨，說出懷遠之意。

總起說來，張孝祥前期詞的創作同其臨安五年的宦遊生活密切相關，臨安五年是少年天才張孝祥志得意滿的五年，五年中張孝祥出入秦樓楚館，與「三五少年」詩酒唱和，這是其近 40 首描寫閨情、妓情詞的創作場。明白地說，這近 40 首前期詞是其與風流才俊宴集遊冶的產物，少年得志時的張孝祥詩酒風流，與朋輩交遊吟對、出入歌樓伎館的生活是他前期詞創作的源泉，這也是我們把張孝祥的前期詞作和他的交遊聯繫在一起的一個主要原因。而張孝祥前期詞作的產生，若從一個更爲廣闊的文化背景來說，則我們不得不從唐宋兩代獨特的社會文化環境和高宗朝後期獨特的社會狀況和張孝祥安逸穩定的前期生活中去尋找。

唐宋之交的社會轉型是被史學界基本接受和認可的一個觀點，這種轉型始於唐代後期，而完成於宋代。從社會表現形態上看，唐宋社會的轉型當然可以從多個方面進行解讀和定義，而若從文化這一側面進行考察，一個突出的特徵便是，歌妓文化的漸趨崛起和繁盛。這一特徵肇始於唐代中期，而大盛於宋代。宋代立國之後，趙姓統治者出於維護自己利益的需要，採取了崇文抑武的政策，鼓勵臣子「多積金，市田宅以遺子孫，歌兒舞女以終天年」，〔註 5〕耽於聲色、縱情享樂之風尤甚於前代。相比於前代，宋代的歌妓尤爲興盛，除了隸屬於官署、有固定妓籍的大量官妓外，從掌握大權的朝中重臣到一般的文人士大夫，家中也都蓄有家妓，還有活躍於酒樓茶肆、街坊瓦市的難以計數的私妓。但凡適逢宴集，或招官妓以唱歌奏樂，或出家妓以侑酒助興，已經成爲宋代文人交遊時必不可少的一種需要。至於出入歌樓伎館、

〔註 5〕《宋史·石守信傳》（北京：中華書局，1977 年），頁 8810。

眠花宿柳，亦是風流的文人墨客的家常便飯，最爲著名的是北宋詞人柳永，一生中出入於花街柳巷，並留下了大量的與歌妓有關的詞作和風流佳話。

張孝祥前期交遊過程中所作的詞，就詞的成熟程度而論，筆法還相對稚嫩，由於生活內容的限制，詞作的內容大體上不離於相思、離別等閨怨題材，或是以描摹刻畫歌兒舞女爲主，詞的題材視野還十分狹窄，從體制上看，也大多屬於短小輕便型的小令或中調，慢詞幾乎未見。這是因爲，詞人此時初涉詞壇，尚處於詞的學習和摹仿階段，同時也和詩酒興會的場合有一定的關係。出於歌妓現場演唱的需要，詞人在創作時更多地傾向於選取短小體制的詞調，而在內容上也多是與歌妓發生著這樣那樣的聯繫。或是描摹歌妓美豔的儀態，或是詠寫歌妓高超的歌舞技能，或是歌妓作爲女性的相思、愁怨、離別等婉曲、幽怨的內心世界，而缺少對社會現實的關注、對人生命運的思考，如此等等，張孝祥初期詞的創作即體現出了這樣的體徵。

二、張孝祥外任時期的交遊與詞風轉變

紹興二十九年（1159）八月，時年 28 歲的張孝祥爲殿中侍御史汪徹彈劾，從此開始了長達 10 年的外任遊宦生活。紹興二十九年，提舉江州太平興國宮，三十二年，除知撫州。〔註 6〕隆興元年（1163），轉朝散大夫，除尚書司儀郎官，未就任，改知平江府，提舉學事。二

〔註 6〕關於張孝祥知撫州的時間，宛敏灝在《張孝祥詞箋校》「張孝祥年譜」中定爲紹興三十年，所依據的是《史傳》:「尋除知撫州，年未三十。」李心傳《建炎以來繫年要錄》卷 198 有明確記載 :「紹興三十有二年閏二月己巳（按是月戊辰朔）集英殿修撰張孝祥知撫州。」又據張孝祥《宣州新建御書閣記》:「今年秋臣自撫來吳，舟行過江上，解後（邂逅）宣之士大夫，則已雄詑其鄉之所謂御書閣者……冬十一月，宣之守集英殿修撰臣許尹以書謂臣，使記其成，臣頓首不辭……昔者尹嘗爲工部侍郎，以耆儒被上眷知，上之德意志慮。其來宣城，百廢具舉，農勸於耕，士興於學，廩有積粟，帑有餘布。」按《建炎以來繫年要錄》載，許尹權工部侍郎的時間爲紹興三十一年八月，則張孝祥從撫州任離職返回的時間至早應在紹興三十二年秋。《宋史》本傳誤。

年，除中書舍人，尋除直學士院兼都督府參贊軍事。俄兼領建康留守，以言者改除敷文閣待制，留守如舊。乾道元年（1165），復集英殿修撰，知靜江府，領廣南西路經略安撫使，二年罷歸。三年，起知潭州，權荊湖南路提點刑獄公事。四年，復待制，徙知荊南、荊湖北路安撫使。五年，請祠，以顯謨閣直學士致仕，以疾卒，年三十八。這是張孝祥爲官的第二個階段，即在外爲官階段。

除卻提舉太平宮觀的近 3 年時間，在餘下不到 7 年的時間裏，張孝祥先後六守外郡，足跡遍及江淮、湖廣等地。結識了劉珙、龐謙孺、時傳之、方滋、張維、朱元順、盧堅、邢少連、黃談、吳伯承、朱熹、張栻、馬夢山、蔡勘、談獻、李達才等。在爲官的任上，張孝祥與同僚結下了深厚的友誼，彼此之間詩詞唱和，互相影響，對自己詞風的形成和乾淳詞壇前期的走向產生了較爲重要的影響。在總共近 10 年的時間裏，張孝祥因交遊而創作了大量的詞作，可以說，是交遊促發詞人的詞興，促發詞人的詞的創作，在這一階段中，又明顯地可以看出詞人幾個創作的高潮時期，即爲官江淮、知靜江和知潭州三個階段。

爲官江淮是張孝祥詞風轉變的關鍵時期。促成張孝祥詞風轉變的有兩個重要因素，一是紹興二十九年的被彈劾一事。科場的一帆風順和官場的亨通帶給了張孝祥無限的憧憬，初涉官場的他本欲在事業上有一番大的作爲，不料卻被言官汪徹羅織了多條罪名，予以彈劾，因此第一次官場失意的打擊對 28 歲的張孝祥來說，應該是十分沈重的，對其心理的影響也是顯而易見的。而此後不久發生的又一重大曆史事件，即金兵南侵，也給張孝祥打了一針清醒劑。紹興三十一年（1161），金主完顏亮敗盟，撕毀「紹興和議」，率軍 60 萬再次南侵，持續了二十年的安逸局面轉眼之間即要化爲烏有，戰與和的選擇再次擺到了南宋君臣面前，他們這才從文恬武嬉的夢鄉中醒來。張孝祥也是其中的一人。經歷著國家民族命運和個人命運的雙重考驗，詞人不得不面對、思考和關注起嚴峻而殘酷的社會現實。

在被汪徹以「輕躁縱橫、挾數任術、年少氣銳、浸無忌憚」等數條理由彈劾後，張孝祥主動乞宮觀，獲提舉江州太平興國宮。〔註7〕所謂的提舉宮觀，不過是安排退罷賦閑官員的一種閒職，其實和賦閑在家並無二致。紹興三十二年，知撫州；罷歸後，曾入建康張浚幕。隆興元年知平江；二年知建康。一時往來交遊者多爲名公巨卿，如虞允文、張浚、方滋、龐謙孺等。

虞允文與張孝祥爲紹興二十四年同年進士，兩人定交亦在此時。〔註8〕張孝祥在給虞允文的信中稱：「某自甲戌（紹興二十四年）期集，一見君子，即爲萬里之闊，雖聲跡差池，藐不相聞，然意氣相傾，殆若朝夕與遊處者。」〔註9〕兩人臨安相見，即一見如故，結爲知己。其後，虞允文通判彭州，權知黎州、渠州。秦檜死後，又回到朝中。兩人又相與遊處了近三年，直到張孝祥被劾罷歸。紹興三十一年九月，「金主自將，兵號百萬，氈帳相望，鉦鼓之聲不絕。十月，自渦口渡淮。先是，劉錡措置淮東，王權措置淮西。至是，權首棄廬州，錡亦回揚州，中外震恐。上欲航海，陳康伯力贊親征。是月戊午，樞臣葉義問督江、淮軍，允文參謀軍事。權又自和州遁歸，錡回鎮江，盡失兩淮矣」。「十一月壬申，金主率大軍臨採石，而別以兵爭瓜洲。朝命成閔代錡、李顯忠代權，錡、權皆召。義問被旨，命允文往蕪湖趣顯忠交權軍，且犒師採石，時權軍猶在採石。丙子，允文至採石，權已去，顯忠未來，敵騎充斥。」〔註10〕虞允文收拾王權的殘兵，在

〔註7〕〔宋〕李心傳《建炎以來繫年要錄》卷一八三。張孝祥被劾罷官的眞正原因其實是所謂的派系之間的鬥爭。據《于湖集》附錄《宣城張氏信譜傳》載：「初，公與汪徹同館職，修先朝實錄。徹老成畏禍，務在磨棱；公少年氣銳，欲悉情狀，往往凌拂。汪徹謂曰：『蔡中郎失身於董卓，故不爲君子所與。』公曰：『顧自立何如。』思退聞之，不悅於徹之言。至是徹爲御史中丞，乃首劾公等奸不在盧杞下，遂罷，提舉江州太平興國宮祀。」

〔註8〕虞允文（1110～1174），字彬甫，隆州仁壽人。官至宰相，《宋史》有傳，稱其爲紹興二十三年進士，當爲紹興二十四年進士，《宋史》誤。

〔註9〕張孝祥《虞并父》，《于湖集》卷三十七，《文淵閣四庫全書》第1140冊，頁738。

〔註10〕《宋史》卷三八三，列傳第一四二，頁11792。

採石磯與金兵展開大戰，取得了宋史上著名的採石磯大捷。其時，張孝祥尚在提舉江州太平興國宮的任上，在聽到虞允文採石磯大敗金軍的消息後，張孝祥十分欣喜和興奮地寫下了這首傳誦千古的名篇《水調歌頭》：

> 雪洗虜塵靜，風約楚雲留。何人為寫悲壯，吹角古城樓。湖海平生豪氣，關塞如今風景，剪燭看吳鉤。賸喜然犀處，駭浪與天浮。　憶當年，周與謝，富春秋。小喬初嫁，香囊未解，勳業故優游。赤壁磯頭落照，肥水橋邊衰草，渺渺喚人愁。我欲乘風去，擊楫誓中流。

這首詞一題為《和龐祐父》，一題為《聞採石戰勝》，龐謙孺（祐父）原詞已佚，今僅存韓元吉的一首和詞。從詞的內容看，此詞為張孝祥聞捷後大喜之作，毫無疑問。詞的上片以熱情洋溢的筆調盡情歌頌和讚美了老朋友虞允文所領導的宋軍的勝利，言語之中充滿了不盡的自豪和喜悅；下片寫有採石之役的大捷所激發起的少年報國之志。詞中以少年得志的周瑜和謝安作比，以赤壁之戰和淝水之戰這兩個歷史上著名的以少勝多的戰役比擬此次採石磯大捷，同時也是激勵自己，早日驅逐韃虜，恢復中華。

紹興三十二年「二月戊戌朔，中書舍人權直學士院兼侍講虞允文，試兵部尚書，充川陝宣諭使」，〔註11〕張孝祥作《木蘭花慢》以送之：「擁貔貅萬騎，聚千里，鐵衣寒。正玉帳連雲，油幢映日，飛箭天山。錦城啓方面重，對籌壺盡日雅歌閑。休遣沙場虜騎，尚餘匹馬空還。　那看。更值春殘。斟綠醑，對朱顏。正宿雨催紅，和風換翠，梅小香慳。牙旗漸西去也，望梁州故壘暮雲間。休使佳人斂黛，斷腸低唱陽關。」《古今事文類聚》載此詞詞題作「送張魏公出師」，〔註12〕未詳何據。查《宋史》本傳，張浚曾為川陝宣撫處置使，但時

〔註11〕〔宋〕李心傳《建炎以來繫年要錄》卷一九七，《文淵閣四庫全書》第327冊，頁823。

〔註12〕〔宋〕祝穆《古今事文類聚》續集卷二十四，《文淵閣四庫全書》第927冊，頁444。

間爲建炎中。宛敏灝箋之曰「送虞允文作」，蓋係從詞中「天山」、「錦城」、「梁州」等來，判斷應當是正確的。此詞雖爲送別之作，但是並不作兒女情長。

張浚一生力主抗金，〔註 13〕「終身不主和議，每論定都大計，以爲東南形勢，莫如建康，人主居之，可以北望中原，常懷憤惕。至如錢塘，僻在一隅，易於安肆，不足以號召北方。與趙鼎共政，多所引擢，從臣朝列，皆一時之望，人號『小元祐』。所薦虞允文、汪應辰、王十朋、劉珙等爲名臣；拔吳玠、吳璘於行間，謂韓世忠忠勇，可倚以大事，一見劉錡奇之，付以事任，卒皆爲名將，有成功，一時稱浚爲知人」，〔註 14〕是南宋前期主戰派的中堅和旗幟。張孝祥的才能，張浚非常欣賞，《宋史》本傳載：「張浚自蜀還朝，薦孝祥，召赴行在。孝祥既素爲湯思退所知，及受浚薦，思退不悅。孝祥入對，乃陳『二相當同心戮力，以副陛下恢復之志。且靖康以來惟和戰兩言，遺無窮禍，要先立自治之策以應之』。復言：『用才之路太狹，乞博采度外之士以備緩急之用。』上嘉之。」〔註 15〕《宋史》載張孝祥爲張浚所薦在其知平江之後，而兩人之間的交誼之遲可以推到此時張浚判建康留守的時候。此時兩人之間的交遊，《宋史》無載，宋人筆記中亦不多見，卻留下了傳唱古今的名篇《六州歌頭》：

> 長淮望斷，關塞莽然平。征塵暗，霜風勁，悄邊聲。黯銷凝。追想當年事，殆天數，非人力，洙泗上，弦歌地，亦膻腥。隔水氈鄉，落日牛羊下，區脫縱橫。看名王宵獵，騎火一川明。笳鼓悲鳴。遣人驚。　　念腰間箭，匣中劍，空埃蠹，竟何成。時易失，心徒壯，歲將零。渺神京。干羽方懷遠，靜烽燧，且休兵。冠蓋使，紛馳騖，若爲情。

〔註 13〕張浚（1097～1164），字德遠，漢州綿竹（今屬四川）人，身歷四朝，官至宰相，《宋史》有傳。

〔註 14〕《宋史》卷三六一，列傳第一二〇，頁 11311。

〔註 15〕《宋史》本傳載，張浚「判建康府兼行宮留守」前爲觀文殿大學士，判潭州，「自蜀還朝」的說法有誤，這在宛敏灝《張孝祥詞箋校》中已有辨析。

聞道中原遺老，常南望、羽葆霓旌。使行人到此，忠憤氣填膺。有淚如傾。

宋人無名氏所撰《朝野遺記》載：「安國在建康留守席上賦此歌闋，魏公爲罷席而入。」〔註16〕細繹詞意，由「霜風勁」等可知，此詞當作於秋冬之際，具體的時間當爲隆興元年秋冬時。從紹興三十一年十二月到建康，到隆興二年四月丁丑罷官，判福州，這期間張浚一直在建康，其間共有三個秋冬，而從「征塵黯，霜風勁，悄邊聲」及「干羽方懷遠，靜烽燧，且休兵。冠蓋使，紛馳騖」諸句判斷，則可知，此時兩國已休兵，且互遣使節，商議議和之事，此事在隆興元年五月宋軍符離兵敗之後。《宋史紀事本末》載：「宿師之還，士大夫主和者皆議浚之非……帝以符離師潰，乃議講和」，八月「戊寅，金紇石烈志寧復以書貽三省、樞密院，求海、泗、唐、鄧四州地……丙戌，遣盧仲賢持報書如金師」。〔註17〕而從詞中所傳達的意緒可以看出，此時詞人的情緒十分低落，完全是一副抗金無望的感情外現，迥然不同於議和前的那種意氣風發和充滿希望。其原因就是此時主和派占了上風，以張浚爲首的主戰派受沮。這種情緒也感染了張浚，以至於張浚爲之「罷席而入」，張浚此時因受主和派非議，心情亦是十分的低落，所以在聽了張孝祥這首「感憤淋漓」的詞之後，於他心有戚戚焉，於是爲之不能終席。

仕途上的挫折和風雨飄搖的局勢，同時撞擊著詞人敏感的心靈：「一舸凌風，斗酒酹江，翩然乘興東遊。欲吐平生孤憤，壯氣橫秋。浩蕩錦囊詩卷，從容玉帳兵籌。有當時橋下，取履仙翁，談笑同舟。　先賢濟世，偶爾功名，事成豈爲封留。何況我、君恩深重，欲報無由。長

〔註16〕張孝祥賦《六州歌頭》感動重臣張浚的記載，宋人筆記中他書無見，僅見於《朝野遺記》一書，關於此書，《四庫全書總目》卷一百四十三曰：「舊本題宋無名氏撰，載南渡後雜事。稱寧宗爲今上，而又有寧宗字；又稱理宗爲今東宮，頗爲不倫。亦似雜采小說爲之。曹溶《學海類編》所收往往此類也。」

〔註17〕〔明〕馮琦原編，陳邦瞻輯《宋史紀事本末》卷十九，《文淵閣四庫全書》第353冊，頁508～509。

望東南王氣，從教西北雲浮。斷鴻萬里，不堪回首，赤縣神州。」（《雨中花》）詞人西北回望，浮雲遮斷，長安不見，讓詞人痛心疾首的是西北陸沈之痛，讓詞人難以釋懷的是金人鐵蹄踐踏下的赤縣神州。然而一腔忠憤、滿腹經綸，卻無處揮發。可是一旦有了報國的門徑，詞人便欣欣然有喜色，頓時意氣風發，豪情滿懷。這首詞或作於為張浚所薦，啓程赴行在臨安的途中，詞中所表達的即是詞人重被激發起來的殷切期望和報國豪情。這種內容和詞的基調代表了此一時期張孝祥詞的創作的主導特徵。

張孝祥於方滋亦是以長輩視之：〔註 18〕「守楊宜之至黃三月，問諸父老曰：黃之所以未復其故者，以古澳之未濬也……宜之之言，方公務德則啓其端。余視方公為丈人行，故樂記所以。」〔註 19〕兩人之間為世交，其父張祁與方滋同為李文淵之女婿。韓元吉《右朝請大夫知虔州贈通議大夫李公墓碑》中稱李文淵「女四，吏部侍郎方滋，直秘閣張祁，常州司法參軍胡知言，通判紹興府沈雲應，婿也」。〔註 20〕張孝祥亦稱，「疊兩世無窮之契，侈一時創見之榮。符節親傳，尊罍夙設」。「學該今古，名滿寰區，元老克壯其猷，既宣竭四方之力；廷臣無出其右，盍登延三事之司」。〔註 21〕在《與方滋書》中，張孝祥稱：「孝祥拜覆姨父判府留守待制侍郎鑒。」〔註 22〕張孝祥曾為方滋作了

〔註 18〕方滋，字務德，桐廬人。韓元吉《方公墓誌銘》中稱其「為人惇厚長者，該洽舊典，論事知本末，貫穿古今。務有用之學，不為虛文。儀矩豐偉，望之若不可親，從之久亦不可得而疏也。遇事敢為，苟利國家、便百姓，勇決不顧外議。平生三為監司，五為郡，七領帥，節二廣則皆任經略建康兼行宮留守，鄂州亦特置管內安撫使處之。揚歷幾遍天下」（韓元吉《南澗甲乙稿》卷二十一）。

〔註 19〕張孝祥《黃州開澳記》，《于湖集》卷十四，《文淵閣四庫全書》第 1140 冊，頁 615。

〔註 20〕〔宋〕韓元吉《南澗甲乙稿》卷十九，《文淵閣四庫全書》第 1165 冊，頁 305。

〔註 21〕張孝祥《荊南宴交代方閣學》，《于湖集》卷二十七，《文淵閣四庫全書》第 1140 冊，頁 689。

〔註 22〕韓酉山《張孝祥年譜》（合肥：安徽人民出版社，1993 年），頁 153。

一首題爲「爲方務德侍郎壽」的祝壽詞《水調歌頭》:「紫橐論思舊，碧落拜除新。內家勑使，傳詔親付玉麒麟。千里江山增麗，是處旌旗改色，佳氣鬱輪囷。看取連宵雪，借與萬家春。　　建崇牙，開盛府，是生辰。十州老稚，都向今日祝松椿。多少活人陰德，合享無邊長算，惟有我知君。來歲更今日，一氣轉洪鈞。」由首二句可知，兩人在朝中即已定交，紫橐，古代皇帝的詔書由錦囊存之，封之以紫泥，橐，袋子；碧落，道教語，指天空，青天，這裡指代天子所在的地方。而由「惟有我知君」句，則可見出，此時兩人已經相知甚深。張孝祥游宦江淮時期與方滋的交往在隆興二年方滋再爲鎭江守時:「甘露多景樓，天下勝處。廢以爲優婆塞之居，不知幾年。桐廬方公尹京口，政成。暇日領客來遊，慨然太息。寺僧識公意，閱月樓成。陸務觀賦水調歌之。張安國書而刻之崖石。」〔註 23〕方滋守鎭江多景樓落成邀客登樓遊賞的這次聚會，是一次群賢畢至的盛會，周密《癸辛雜識》載:「張于湖知京口，王宣子代之。多景樓落成，于湖爲大書樓扁。公庫送銀二百兩爲潤筆。于湖卻之，但需紅羅百匹，於是大宴合樂。酒酣，于湖賦詞，命妓合唱甚歡，遂以紅羅百匹犒之。」〔註 24〕今存《于湖詞》中所載張孝祥多景樓落成時所作的詞爲《浣溪沙》:「溢浦從君已十年。京江仍許借歸船。相逢此地有因緣。　　十萬貔貅環武帳，三千珠翠入歌筵。功成去作地行仙。」

靜江任上是張孝祥交遊最廣和創作最爲豐盛的時期之一。從游者有張維、朱元順、滕子昭等人，張孝祥與同僚共事時結下的友誼至爲深厚，以至於後來天各一方之後，依然彼此之間書箚互往，以詞探問。如張孝祥帥長沙時，即作了一首《臨江仙》寄給仍在靜江的故人，此詞的題序稱:「帥長沙，寄靜江三故人:張仲欽、朱漕、滕憲。」此

〔註 23〕張孝祥《題陸務觀多景樓長短句》,《于湖集》卷二十八,《文淵閣四庫全書》第 1140 冊，頁 693。

〔註 24〕〔宋〕周密《多景紅羅纏頭》,《癸辛雜識》(北京:中華書局，1988 年)續集卷下，頁 209。

外，與其交遊見於詞中者，尚有蔣德施、栗子求等人。〔註25〕

張維與張孝祥定交於建康，〔註26〕「同時張孝祥有才名，與維同官建康，獨器異維。賦《朝陽亭詩》以贈之。孝祥知靜江，維爲提刑，兩人相得歡甚。同遊山水，多有題詠。及維代孝祥知靜江，孝祥因改水月洞爲朝陽，復贈以詩。」〔註27〕張孝祥《張仲欽朝陽亭》題下有注曰：「亭在建康」，且有次韻，小序曰：「明年（按，乾道元年，1165），余爲桂州，仲欽以常參官十六人薦，爲廣西提點刑獄公事。又明年，余罷去，仲欽直秘閣，實代余。蓋仲欽常遊朝陽岩而樂之，於余之行也，仲欽置酒岩上，諸侯賓客咸集，顧不可以無語，乃賡建康之詩，以記余與仲欽事契如此，爲嶺表異日雄觀云。」〔註28〕兩人的同僚之誼始於隆興二年（1164）張孝祥爲建康留守之時，張孝祥《棠陰閣記》曰：「余爲建康，仲欽適通判府事，當塗闕守，余檄仲欽攝焉。居數月，余罷建康，仲欽亦代去。」而在張孝祥臨安爲中都官之時，即「聞閩有賢令曰張君仲欽，閩之人歌舞之，去而思之」，〔註29〕聽聞過張維有政聲，深得百姓愛戴，其時業已神交。張孝祥與張維兩度共事，相互之間交了深厚的友誼。尤其是在二張同官廣西時，「兩人相得歡甚。同遊山水，多有題詠」，留下了不少詩、詞、文。

偏遠的邊鄙之地，蠻煙瘴雨的侵襲，或許並不是引起詞人對現實深沈思索的主要原因，最爲讓張孝祥難以忍捱的是理想不能實現的苦惱，於是在雖多爲山水記遊之類的閒適文字中，詞人也不無深沈地表達了相互之間以功業相期許的意願，如張孝祥《遊朝陽岩記》中說：「仲欽頃同官建康，蓋嘗名其亭曰朝陽，而爲之詩，非獨以承晨曦之光，惟

〔註25〕見詞《柳梢青》（「重陽時節」）題序。

〔註26〕張維，字仲欽，延平人，紹興八年進士。

〔註27〕〔明〕張鳴鳳《桂故》卷五，《張孝祥資料彙編》（北京：中華書局，2006年），頁132。

〔註28〕〔宋〕張孝祥《于湖集》卷七，《文淵閣四庫全書》第1140冊，頁574。

〔註29〕〔宋〕張孝祥《于湖集》卷十四，《文淵閣四庫全書》第1140冊，頁610。

仲欽之學業，足以鳳鳴於天朝也。」〔註30〕此中所表達的即是希望有朝一日張維能夠靠著他的學業，得到皇上的賞識和重用，「鳳鳴於天朝」。再如《張仲欽朝陽亭》次韻二首有句謂：「絲綸迭至龍恩重，繡斧前驅蜑霧平。鳳閣鸞臺有虛位，請君從此振朝纓。」又，「不應此地淹鴻業，盍與吾君致太平，伏櫪壯心猶未已，須君為我請長纓。」詩中既有對同僚好友張維寄予的深切厚望，也是對自己報國懷抱的深摯抒發，大可以與杜甫的「致君堯舜上，再使風俗淳」的博大胸懷相較高低。這種感情和懷抱的抒寫同樣也存在於張孝祥和張維、朱元順等同僚往來唱和的詞作中。《念奴嬌・仲欽提刑仲冬行邊，漫呈小詞以備鼓吹之闕》是張孝祥為張維巡視邊疆出行時所作的一首壯行詞：「弓刀陌上，淨蠻煙瘴雨，朔雲邊雪。幕府橫驅三萬里，一把平安遙接。方丈三韓，西山八詔，慕義羞椎結。梯航入貢，路經頭痛身熱。　　今代文武通人，青霄不上，卻把南州節。虜馬秋肥鵰力健，應看名王宵獵。壯士長歌，故人一笑，趁得梅花月。王春奏計，便須平步清切。」詞的上片詞氣促迫，音節激蕩，主要是側面烘托，極寫邊地之蠻荒，以此襯托出即將出行者張維氣勢之壯，才能之盛，「橫驅三萬里，一把平安接」，強烈的對比和誇張，巡邊者颯爽的英姿，豪邁的氣勢，直逼人面，給人一種強烈的震撼；下片直接描寫，寫張維的文武全才，同時交代送行的場面，語氣稍顯舒緩，卻也雄壯有力，最後兩句是對張維的祝福，祝願張維巡邊歸來之後，平步青雲，一舉成為深受皇帝寵愛的顯要。整首看去，卻詞氣超邁頓挫，張弛有度；其中雖不乏讚美之謂，但絲毫不給人以諂諛之感。陳應行所謂「瀟散出塵之姿，自在如神之筆，邁往凌雲之氣」，〔註31〕此詞足以當之。細味此詞，我們覺得，張孝祥這裡不衹是在寫即將出行的將軍張維，同時也是在寫自己，寫自己氣吞萬里的豪邁情懷，寫自己心懷天下

〔註30〕〔宋〕張孝祥《于湖集》卷十四，《文淵閣四庫全書》第1140冊，頁611。

〔註31〕〔宋〕陳應行《于湖先生雅詞序》，施蟄存主編《詞籍序跋萃編》，頁213。

的廣博胸襟，更寫自己為國效命的報國之志。詞作中所描寫的，其實正是詞人自己形象的化身和心靈寫照。山河破碎，國運衰微，張孝祥很想「橫驅三萬里，一把平安接」，可是胸懷經天緯地之才的他卻「青霄不上，卻把南州節」，被遠遣到南部的邊鄙，英雄無用武之地，這不是他的悲哀嗎？於是，滿腔的激情只能化作對友人的讚美與祝福，別的他還能做什麼呢？

念及舊時情事，懷戀遙遠的家鄉，進而痛惜分裂的山河，這是張孝祥在靜江任上交往詞所表達的一個主要內容。「只要東歸，歸心入夢，泛寒江月。不因蓴鱠，白頭親望眞切」（《念奴嬌》），這種深摯的感情在中秋之夜，在月圓人不圓之時，在月圓國尚破之時，顯得尤為濃烈：「今夕復何夕，此地過中秋。賞心亭上喚客，追憶去年遊。千里江山如畫，萬井笙歌不夜，扶路看遨頭。玉界擁銀闕，珠箔卷瓊鉤。　駇風去，忽吹到，嶺邊州。去年明月依舊，還照我登樓。樓下水明沙靜，樓外參橫斗轉，搔首思悠悠。老子興不淺，聊復此淹留。」（《水調歌頭・桂林中秋作》）這首詞作於張孝祥中秋時帥靜江的宴上，同僚宴集，張維亦在其中，詞人念及去年今日在建康與張維等諸同僚的聚會，心有所感，筆有所發，寫下了這首感懷之作。

知潭州時也是張孝祥交往和創作的高峰期，在長沙一年左右的時間裏，張孝祥與張栻、吳鎰、朱熹、劉珙等人歌酒唱和，留下了大量的交遊詞篇。

張栻為人賢俊，〔註 32〕朱熹稱其「家傳忠孝，學造精微；外為軍民之所屬望，內為學者之所依歸。治民以寬，事君以敬。正大光明，表裏輝映。自我觀之，非惟十駕之弗及，蓋未必終日言而可盡也」。〔註 33〕張孝祥與張栻最早定交於隆興元年。《宋史》載：「時孝宗新即

〔註 32〕張栻（1133～1180），字敬夫，一字欽夫，又字樂齋，號南軒，世稱南軒先生，張浚子。官至右文殿修撰。與朱熹、呂祖謙齊名，時稱「東南三賢」。《宋史》有傳。

〔註 33〕朱熹《祭張敬夫殿撰文》，《晦庵集》卷八十七，《文淵閣四庫全書》第 1146 冊，頁 45～46。

位，浚起謫籍，開府治戎，參佐皆極一時之選。栻時以少年，內贊密謀，外參庶務，其所綜畫，幕府諸人皆自以爲不及也。」〔註34〕此時張孝祥也在張浚幕中，彼此之間已有交往。《宣城張氏信譜傳》稱：「自渡江以來，大議惟和與戰。魏公主戰，湯相主和。公始登第，出思退之門；及魏公志在恢復，公力贊相，且與敬夫志同道合，故魏公屢薦。」〔註35〕乾道三年張栻兄弟扶柩南下，不能入蜀，加之其父張浚死前曾手書付二子曰：「吾嘗相國，不能恢復中原，雪祖宗之恥，即死，不當葬我先人墓左，葬我衡山下足矣。」《宣城張氏信譜傳》：「敬夫、定夫扶魏公柩至州境，不能入蜀。公爲營葬於屬縣寧鄉之西。遂與敬夫講性命之學，日夕不輟。築敬簡堂以爲論道之所，而四方之學者至焉。公自篆《顏淵問仁章》於中屏，晦庵、南軒各爲詩文以記之。」〔註36〕兩人此次的交遊起於此年夏秋之交，張孝祥《題陳擇之克齋銘》記：「陳琦擇之名其齋曰克，張敬夫爲之銘。某復爲書聖師問答，與敬夫之銘置齋中左右序。乾道丁亥（三年）七月張某識。」〔註37〕又據張孝祥《陳仲思以太夫人高年奉祠便養，卜居城東，茅屋數間，澹如也。移花種竹，山林丘壑之勝，湘州所無。食不足而樂有餘，謂古之隱君子若仲思者非耶？乾道戊子六月，某同張欽夫過焉。裴回彌日，既莫而忘去。欽夫欲專壑買鄰，欽夫有詩，某次韻》詩歌可知，乾道四年六月，張孝祥尚在潭州任上，其後八月抵荊州，在近一年的時間裏，張孝祥與張栻過從甚密，與其一起往來者還有朱熹、吳伯承等。張孝祥與張栻交往，詩中多有記錄，現存《于湖集》中與張栻往來詩作18首，張栻《南軒集》中現存與張孝祥往來詩作9首，現存《于湖集》有與張栻交往詞三首，《西江月・張欽夫壽》詞係在長沙時爲張栻祝壽之詞：「諸老何煩薦口，先生自簡濡衷。千年聖學有深

〔註34〕《宋史》卷四百二十九，列傳第一百八十八，頁12770。

〔註35〕宛新彬《張孝祥資料彙編》（北京：中華書局，2006年），頁63。

〔註36〕同上。

〔註37〕〔宋〕張孝祥《于湖集》卷二十八，《文淵閣四庫全書》第1140冊，頁693。

功。妙處無非日用。　　已授一編圯下，卻須三顧隆中。鴻鈞早晚轉春風。我亦從君賈勇。」詞中盛讚張栻學問上的深厚功力，並祝願他早日爲明主所賞識。

張孝祥湖南任上留下交往詞最多的是和劉珙的交遊。〔註 38〕張孝祥與劉珙的交誼定於張孝祥初仕於臨安時，張孝祥《鷓鴣天・餞劉共甫》稱：「憶昔追遊翰墨場。武夷仙伯較文章。琅函奏號銀臺省，氈筆書名御苑牆。　　經十載，過三湘。橫眉麗錦照傳觴。醉餘吐出胸中墨，只欠彭宣到後堂。」劉珙福建崇安人，故稱武夷仙伯。此詞作於乾道二年（1166）罷靜江北歸經長沙餞別劉珙時，是時劉珙任潭守。詞回憶兩人在臨安時的詩詞文章交往，所謂「經十載」，即 10 年前在臨安時。又有《浣溪沙・餞劉共甫》詞云：「玉節珠幡出翰林。詩書謀帥眷方深。威聲虎嘯復龍吟。　　我是先生門下士，相逢有酒莫辭斟。高山流水遇知音。」當爲同時之作。以「先生門下士」自稱，可見兩人不但有十載之深交，且有主客師生之厚誼。在此次靜江罷歸之前，兩人亦有往來，時間在紹興三十一年。這年冬天，劉珙隨高宗駕幸建康，直至次年二月離去。此時張浚爲建康留守，張孝祥在張浚幕，兩人定有交往。乾道元年，張孝祥在靜江任上時，聞劉珙平定郴州李金叛亂後，欣然提筆寫下了一首《水調歌頭・凱歌上劉恭父》，以示祝賀：「猩鬼嘯篁竹，玉帳夜分弓。少年荊楚劍客，突騎錦襜紅。千里風飛雷厲，四校星流彗掃，蕭斧剗春蔥。談笑青油幕，日奏捷書同。　　詩書帥，黃閣老，黑頭公。家傳鴻寶秘略，小試不言功。聞道璽書頻下，看即沙堤歸去，帷幄且從容。君王自神武，一舉朔庭空。」詞的上片盛讚劉珙的平叛之功，下片承上片詞意，言平定叛亂祇是劉珙的牛刀小試，而最能體現出劉珙勇猛威武的是收復中原，「一舉朔

〔註 38〕劉珙（1122～1178），字共父，時人朱熹稱其有「瑰奇俊偉之材」，（朱熹《祭劉恭父樞密文》，《晦庵集》卷八十七）「金主渝盟，天子震怒，悉師北伐。一時詔檄，多出公手。詞氣激烈，聞者或至泣下」（朱熹《觀文殿學士劉公神道碑》，同上，卷八十八）。爲人耿介忠直，是高宗、孝宗兩朝的名臣。

庭空」，這是詞人對自己的朋友劉珙所寄予的殷切期望，也是詞人自己心志的眞實體現。此後的第二年，張孝祥從靜江北歸，途徑潭州，同劉珙有宴集，留下了幾首餞別之作，如上所舉之二首。而乾道三年潭州任上的交接是兩人一生中存詞最多的一次聚會。由於平定李金之亂有功，劉珙晉敷文閣直學士，三年召赴行在。此年五月，張孝祥知潭州，六月兩人交接。在餞別的宴會上，張孝祥飲酒賦詞，爲劉珙寫作了十餘首餞別詞。詞中敘說依依不捨的離別之情，表達對其人格魅力的敬慕之意，如《鷓鴣天・餞劉恭父》詞：「割鐙難留乘馬東。花枝爭看裊長紅。袞衣空使斯民戀，綠竹誰歌入相同。　　回武事，致年豐。幾多遺愛在湘中。須知楚水楓林下，不似初聞長樂鍾。」詞的上片寫惜別之深情，下片則敘其治理潭州之功，但全詞的重心則在寫離別之情。再如《青玉案・餞別劉恭父》：「紅塵冉冉長安路。看風度、凝然去。唱徹陽關留不住。甘棠庭院，芰荷香渚。盡是相思處。　　龜魚從此誰爲主。好記江湖斷腸句。萬斛離愁休更訴。洞庭煙棹，楚樓風露。去作爲霖雨。」離別的愁緒充滿了整首詞，沒有了「一舉朔庭空」的殷切期望，有的衹是洞庭淒風苦雨裹挾的離思別恨。此一時期，張孝祥創作的三首十六字令《蒼梧謠・餞劉恭父》等贈別詞也是充滿了離別的意緒。

乾道四年，張孝祥調任荊州。爲官荊州後，詞人歸歟之志漸露端倪，其實在此之前，張孝祥已經動了東歸之志。在《辭潭州箚子》，張孝祥說：「昨者廣西之役，不遑迎侍，違二年水菽之養，一訊往還，動須數月。親年益高，時親藥餌，人子之心，豈獲寧處？」〔註39〕到任荊州後，在給朱熹的信中他也一再表白：「某別去再見新歲，懷鄉道義不能忘也。自來荊州，老者病甚思歸，舟楫往來江上，不復定處。僕亦心志忽忽，百事盡廢。」〔註40〕在與同官的交遊詞中，張孝祥不止一次地表達了這種告老還鄉的願望。在爲官半年左右，張孝祥終於毅然決然地

〔註39〕張孝祥《于湖集》卷四十，《文淵閣四庫全書》第1140冊，頁1140。
〔註40〕同上，頁753。

致仕東歸了。他在《鷓鴣天・荊州別同官》中說：「又向荊州住半年。西風催放五湖船。來時露菊團金顆，去日池荷疊綠錢。　斟別酒，扣離絃。一時賓從最多賢。今宵拚醉花迷坐，後夜相思月滿川。」放船五湖，醉心煙波，張孝祥帶著無法實現的夢想離開了官場，離開了他曾經充滿著無限憧憬的地方，踏上了歸鄉之路。

從紹興二十九年被劾罷官，到乾道三、四年間守潭州，再到乾道五年請求致仕。張孝祥思想經歷了極爲明顯的演變，這種思想演變的軌跡十分清楚地體現在以上所勾勒的交遊詞的創作中。這種轉變，在交遊詞中，可以從兩個方面體現出來，一是交遊對象的變化，爲官江淮的時候，其交遊者多爲名公巨卿如張浚、虞允文者；爲官靜江時，其交遊者多爲其僚屬，如張維、朱元順等；而爲官潭州時，則多是一時之賢俊，如張栻、吳銓等，而非官吏僚屬。一是詞作內容的變化，從對政治的熱中，到對政治的遠離，張孝祥交遊詞十分眞切地反映了其思想的發展。從聽聞虞允文採石大捷心潮澎湃，寫下了著名的「擊楫誓中流」激情文字，到留守席上令張浚爲之罷席而入的憤懣之作《六州歌頭》的產生，再到靜江任上對同僚張維「橫驅三萬里，一把平安遙接」的贊許，張孝祥始終沒有泯滅自己的政治熱情，始終對恢復中原充滿了無限的期望。這一段時期裏，交遊詞的主要內容多不離於對國家命運的關切，對友朋政治前途的期許，以反映政治生活爲主要的表現內容。然而一次次的遭讒被罷最終使詞人的政治熱情逐漸冷卻並最終走向致仕歸鄉之路。從靜江罷歸以後，張孝祥詞的視角逐漸發生了轉移，其交遊詞中更多的是對閒適生活的關注。

第二節　韓元吉、陸游的交遊及其詞的創作

韓元吉、陸游等詞人之間的交往過程中及其影響下所產生的詞作，具有共同的風格取向，代表了南宋孝宗朝前期詞壇發展的一個重要方面，是其後辛棄疾稼軒詞派的先聲。因此這裡撮爲一節，一併加

以論述，以此概觀乾淳詞壇前期的風貌。

韓元吉存詞 82 首，〔註 41〕據其作於淳熙壬寅歲（1182）的《焦尾集序》：「予時所作歌詞，間亦爲人傳道，有未免於俗者，取而焚之。然猶不能盡棄焉。目爲《焦尾集》，以其焚之餘也。」〔註 42〕可知，在韓元吉生前，已經自編詞集，現在我們所見的詞蓋多是其淳熙壬寅歲以前的作品。對於韓元吉的詩詞文，《四庫全書總目》謂：「統觀全集，詩體文格，均有歐蘇之遺，不在南宋諸人下。而湮沒不傳，殆不可解。然沈晦數百年，忽出於世，炳然發翰墨之光，豈非精神光采，終有不可磨滅者。故靈物撝訶，得以復顯於今歟。」〔註 43〕

《直齋書錄解題》載韓元吉有詞集《焦尾集》一卷，《四庫全書·南澗甲乙稿》提要稱「歲久散佚」，今所見韓元吉詞 82 首蓋從《永樂大典》中裒輯而出。「提要」又稱「元吉本文獻世家，據其跋尹焞手跡自稱門人，則距程子僅再傳。又與朱子最善，嘗舉以自代，其狀今載集中。故其學問淵源頗爲醇正。其它詩文酬酢者，如葉夢得、張浚、曾幾、曾豐、陳岩肖、龔頤正、章甫、陳亮、陸游、趙蕃諸人，皆當代勝流。故文章矩矱，亦具有師承」。〔註 44〕與這些當代勝流的酬酢唱和，同樣也見於韓元吉的詞中，82 首詞作中，有近 40 首因這些人的交往而作。正是有了淳正的學問淵源，韓元吉在詞學觀念和詞的創作實踐上都表現出了淳正的詞風。韓元吉《焦尾集序》不啻爲其詞的創作的一個宣言：

> 禮曰：士無故不徹琴瑟。古之爲琴瑟也，將以和其心也，樂之不以爲教也。士之習於琴者既罕，而瑟且不復識矣。其所恃以爲聲而心賴以和者，不在歌詞乎？然漢魏以來，樂府之變，玉臺諸詩已極纖豔。近代歌詞，雜以鄙俚，間

〔註 41〕韓元吉（1118～1187），字無咎，號南澗，許昌人，官至吏部尚書，《宋史》無傳。

〔註 42〕〔宋〕韓元吉《焦尾集序》，《南澗甲乙稿》卷十四，《文淵閣四庫全書》第 1165 冊，頁 200。

〔註 43〕〔清〕永瑢等《四庫全書總目》（北京：中華書局，1965 年）卷一六〇，頁 1383。

〔註 44〕同上。

> 出於市廛俗子，而士大夫有不可道者。惟國朝名輩數公所作類出雅正，殆可以和心而近古，是猶古之琴瑟乎？或曰：歌詞之作，多本於情，其不及於男女之怨者，少矣。以爲近古，何哉？夫詩之作，蓋發乎情者，聖人取之以其止於禮義也。《碩人》之詩，其言婦人形體態度，摹寫略盡。使無孔子而經後世諸儒之手，則去之必矣。是未可與不達者議也。予時所作歌詞，間亦爲人傳道，有未免於俗者，取而焚之。然猶不能盡棄焉。目爲《焦尾集》，以其焚之餘也。淳熙壬寅歲居於南澗，因爲之序。〔註 45〕

韓元吉秉持雅正，其詞的觀念同其同時代的人保持著一種趨同性。將詞之「未免於俗者，取而焚之」這種做法，同陸游的《長短句序》在觀念上頗有相通之處，該序稱：「雅正之樂微，乃有鄭衛之音。……風雅頌之後，爲騷、爲賦、爲曲、爲引、爲行、爲謠、爲歌。千餘年後，乃有倚聲製辭，起於唐之季世。則其變而愈薄，可勝歎哉！予少時汩於世俗，頗有所爲，晚而悔之。然漁歌菱唱，猶不能止。今絕筆已數年，念舊作終不可掩，因書其首以識吾過。」〔註 46〕

韓元吉雖然身歷三朝，但其詞的創作高峰期則在孝宗一朝，代表其詞的創作的最高成就也是在這個時期，而 82 首詞中，代表著最高水平的則是其與朋僚詩詞唱和所留下的交遊唱和之作。其中相互影響最深者當爲張孝祥、陸游、辛棄疾等。他們之間相互唱和，相互影響，以相似的創作風格，共同構成了南宋孝宗詞壇的中流砥柱。吳熊和在對南宋孝宗詞壇進行評價時說：「南宋孝宗一朝，人物之盛，不下於北宋的元祐時期。以這時期的愛國詞派來說，如以辛棄疾爲盟主，那麼張孝祥、韓元吉、陸游、陳亮等與之相揖讓，聲氣相通，或爲友軍，或爲羽翼，陣營是夠壯大的。」〔註 47〕需要辨正的是，辛棄疾與張孝

〔註 45〕〔宋〕韓元吉《焦尾集序》，《南澗甲乙稿》卷十四，《文淵閣四庫全書》第 1165 冊，頁 200。
〔註 46〕〔宋〕陸游《長短句序》，施蟄存主編《詞籍序跋萃編》，頁 222。
〔註 47〕吳熊和《唐宋詞通論》，頁 241。

祥的「聲氣相通」衹是一種詞風上的相像，二人並無實際上的交往。從紹興三十二年辛棄疾南歸，到乾道五年張孝祥去世，在近 8 年的時間裏，辛棄疾先後任江陰簽判（隆興元年、二年）、廣德通判（乾道元年、二年）、建康通判（乾道三、四、五年），而張孝祥則先後在撫州（紹興三十二年）、平江（隆興元年）、建康（隆興二年）、靜江（乾道二年）、潭州（乾道三年）、荊州（乾道四、五年）等地任職，二人在宦遊的經歷上並沒有重合的地方；再查兩人的詩詞文，亦沒有彼此提及的文字。韓元吉和陸游則與張孝祥、辛棄疾都有交往，若是言及其中詞風的遞嬗、承傳與影響，他們才是二人之間的津梁。而張孝祥與韓元吉、陸游一起成爲孝宗朝前期詞風的中堅。

韓元吉同張孝祥是多年的好友，在詞的創作上亦是風調相類。韓元吉與張孝祥的交遊始於張孝祥初宦臨安時，韓元吉稱：「孝祥妙年以文學冠多士，入中書爲舍人，名聲籍甚，方其校中秘書也，某實與之遊。」〔註 48〕張孝祥紹興二十五年爲秘書省正字，則兩人之定交始於此時。其後二年，張孝祥妹張法善嫁於韓元吉從兄韓元龍作繼室，乃是張孝祥和韓元吉從中做媒，韓元吉《安人張氏墓誌銘》稱，「夫人淑稱稔於外，江州擇其婿甚艱，長史（韓元龍）時爲縣天台，亦再娶再夭，無復婚意。舍人獨與某議，以夫人歸吾家，謂夫人性靜專，且知書，能誦佛經，習於世故，舉族人人敬之，宜爲長史配也。」〔註 49〕由此可知，此時二人已經是相知甚深。在此後的日子兩人分別宦遊各地，但彼此之間亦有詩詞往來，《臨江仙・寄張安國》：「自古文章賢太守，江南只數蘇州。而今太守更風流。熏香開畫閣，迎月上西樓。　見說宮妝高髻擁，司空卻是遨頭。五湖莫便具扁舟。玉堂紅蕊在，還勝百花洲。」這首詞作於隆興元年，張孝祥知平江時，韓元吉這裡盛讚張孝祥游宴之盛，言語之中充滿了激賞之意。張孝祥年不到三十便官

〔註 48〕〔宋〕韓元吉《安人張氏墓誌銘》，《南澗甲乙稿》卷二十二，《文淵閣四庫全書》第 1165 冊，頁 366。

〔註 49〕同上。

至四品，誠可謂少年得志。此時張孝祥知平江府亦不過三十一歲，正是少年風流之時。「風流」二字可以說是這首詞的詞眼。詞中以風流太守的游宴和蘇州的自然風景作比，以見出其游宴之盛。五湖和百花洲都是蘇州當地的勝景，五湖即太湖，《方輿勝覽》中稱：「虞仲翔云：『太湖之水通五道，謂之五湖。』」〔註50〕百花洲，在吳縣城內。此處以蘇州的兩處勝景作爲對照，反襯出遊宴之引人入勝。

《水龍吟・夜宿化城，得張安國長短句，戲用其韻》是韓元吉與張孝祥的唱和之作：「五谿深鎖煙霞，定知不是人間世。軒然九老，排雲一笑，蒼顏相對。星斗垂空，月華隨步，酒醒無寐。廣寒已近，嫦娥起舞，天風動、搖丹桂。　極目層霄如洗。正千岩、棱棱霜氣。飛泉半落，蒼崖百仞，珠翻玉碎。金衲松成，葛洪丹就，如今千載。歎謫仙詩在，騎驢未遠，且留君醉。」《方輿勝覽》稱：「五溪，在青陽縣，源出九華，會於龍池溪、曹溪、漂溪、蘭溪入江。」〔註51〕從詞中所言之青陽五溪及詞意看，此詞所和之原詞當爲張孝祥的《水龍吟・望九華山作》：「竹輿曉入青陽，細風涼月天如洗。峰迴路轉，雲舒霞卷，了非人世。轉就丹砂，鑄成金鼎，碧光相倚。料天關虎守，箕疇龍負，開神秘、留茲地。　縹緲珠幢羽衛。望蓬萊、初無弱水。仙人拍手，山頭笑我，塵埃滿袂。春鎖瑤房，霧迷芝圃，昔遊都記。悵世緣未了，匆匆又去，空凝佇、煙霄裏。」此詞爲張孝祥乾道元年赴靜江任上，經青陽遙望九華山所作。詞作完成之後，詞人以之寄給韓元吉，於是有了韓元吉的這首和詞。細品兩詞，可以看出，兩人的詞風是多麼的相似，無論是張孝祥的原作，還是韓元吉的和作，都給人一種「泠然灑然，眞非煙火食人辭語」之感，〔註52〕讀之直有飄飄欲仙之意。陸游評東坡七夕詞謂：「居然是星漢上語。歌之，曲終，

〔註50〕〔宋〕祝穆《方輿勝覽》（北京：中華書局，2003年）卷二，頁34。
〔註51〕〔宋〕祝穆《方輿勝覽》卷十六，頁293。
〔註52〕〔宋〕陳應行《于湖先生雅詞序》，施蟄存主編《詞籍序跋萃編》，頁213。

覺天風海雨逼人。」〔註 53〕以之評此二首詞，或亦不爲過。此二詞縹緲凌雲的仙道之氣，眞如韓詞中所說的「不是人間世」。這首《水龍吟》的自覺追和，實質上所反映的是韓元吉對張孝祥詞風趣尙的認同和對其灑落之胸襟的肯定。這種對自然清新詞風的認同，在其爲張孝祥詩集所作的序文中也有所反映：

> 詩之作，得於志之所寓，而形於言者也。周詩既亡，屈平始爲《離騷》；荀卿、宋玉又爲之賦，其實詩之餘也。至其托物引喻，憤惋激烈，有風雅所未備，比興所未及，而皆出於楚人之詞。後之學者，執筆跂慕，而終身不能道其一二。或曰：楚之地，富於東南，其山川之清淑，草木之英秀，文人才士，遇而有感，足以發其情致，而動其精思，故言語輒妙，可以歌詠而流行，豈特楚人之風哉？亦山川之氣或使然也。自唐以來，詩人寖盛，有得於天才之自然者，有資於學問而成之者。然才之不足，不能卓越宏大，則失之淺近而無法；學之不至，不能研深雅奧，則失之蹈襲而無功，舍李杜而降，咸有可議者矣。嗚呼！若吾安國之詩，其幾於天才之自然者歟？安國少舉進士，出語已驚人，未嘗習爲詩也。既而取高第，遂自西掖兼直北門，迫於應用之文，其詩雖間出，猶未大肆也。逮夫少憩金陵，徜徉湖陰，浮湘江，上漓水，歷衡山而望九疑，泛洞庭，泊荊渚，其懽愉感慨，莫不什於詩。好事者稱歎，以爲殆不可及。蓋周遊幾千里，豈吾所謂發其情致，而動其精思，眞楚人之遺意哉。雖然，安國之詩，清婉而俊逸，其機杼錯綜，如繭之方絲；其步驟蹀躞，如驥之始駕。若天假之年，施藻火而御和鸞，其誰曰不宜，惜其不幸早世。予嘗欲爲之哀詞，悼其平生，未果也。歷陽胡使君元功，集安國詩，得若干篇，將刻而傳之，以慰其鄉閭之思。又掇其歌詞，以附於後，屬予序引。予於是收涕而懷有不忍述者。

〔註 53〕〔宋〕陸游《跋東坡七夕詞後》，金啓華等編《唐宋詞集序跋彙編》，頁 30。

嗟乎，士大夫或未識安國，詠其詩而歌其詞，襟韻灑落，宛其如在。亦足以悲其志之所寓，而知其爲一世之雋傑人也。乾道八年四月庚申，潁川韓某序。〔註 54〕

張孝祥得之自然的「清婉而俊逸」的詩風，其實也是張孝祥詞風的體現，更是韓元吉自己詞風的體現。

陸游與張孝祥的最爲著名的一次交遊在隆興二年方滋再爲鎮江守時：〔註 55〕「甘露多景樓，天下勝處。廢以爲優婆塞之居，不知幾年。桐廬方公尹京口，政成暇日，領客來遊，慨然太息。寺僧識公意，閱月樓成。陸務觀賦《水調》歌之。張安國書而刻之崖石。」〔註 56〕陸游《跋張安國家問》中說：「東坡先生書遍天下，而黃門公所藏至寡。蓋常以爲易得，雖爲人持去，不甚惜也。紫微張舍人書帖爲時所貴重，錦囊玉軸，無家無之，今大宗伯兄弟自爲知己，家書往來，蓋以百計矣。相稱相勉期以遠者，亦何可勝計。而今所存才五紙耳。方紫微亡恙時，豈亦以爲易得，故多散逸邪？某昔者及爲紫微客，今老病臥家，而大宗伯猶以世舊寄此卷，命寓姓名於後。某自浮玉別紫微，三十六年之間，摧頹抵此。紫微若尚在而見之，且不能識。則大宗伯尚何取哉？援筆至此，慨然不知衰涕之集也。慶元五年十一月戊申，笠澤陸某書。」〔註 57〕

在詞的創作上聲氣相通，相互影響更深，且留下詞作更多的，則

〔註 54〕〔宋〕韓元吉《張安國詩集序》，《南澗甲乙稿》卷十四，《文淵閣四庫全書》第 1165 冊，頁 203～204。

〔註 55〕陸游（1125～1210），字務觀，越州山陰人。《宋史》有傳。本傳稱，「王炎宣撫川、陝，辟爲幹辦公事」；「范成大帥蜀，游爲參議官，以文字交，不拘禮法，人譏其頹放，因自號放翁。」「游才氣超逸，尤長於詩。晚年再出，爲韓侂胄撰《南園閱古泉記》，見譏清議。朱熹嘗言：『其能太高，跡太近，恐爲有力者所牽挽，不得全其晚節。』蓋有先見之明焉。嘉定二年卒，年八十五。」

〔註 56〕張孝祥《題陸務觀多景樓長短句》，《于湖集》卷二十八，《文淵閣四庫全書》第 1140 冊，頁 693。

〔註 57〕〔宋〕陸游《渭南文集》卷二十八，《文淵閣四庫全書》第 1163 冊，頁 528。

是韓元吉與陸游和辛棄疾的交往。這裡暫且討論韓元吉與陸游的交往與詞的創作。兩人結交最早當在紹興末年同在朝中爲官時。韓元吉紹興二十八年爲建安丞，二十九年應召赴行在，三十一年爲司農主簿，隆興二年轉守饒州。陸游紹興二十九年爲官福州決漕，三十年別福州，以薦者除敕令所刪定官。三十一年遷大理司直，兼宗正簿。三十二年除樞密院編修官，兼編類聖政所檢討官，與范成大、周必大等同官，以辭章、典故爲史浩、黃祖舜所薦，賜進士出身。隆興元年五月除左通直郎通判鎮江府，次年二月到任。〔註58〕由此可以看到，二人在朝中，從紹興三十年到隆興元年，大約有近 4 年的交遊時間。韓元吉《四老堂記》中云：「予平生喜交遊，其在中朝，所與遊多天下知名士。遇退食之隙，及日之休暇，則亦持酒賦詩，紬繹文史，講論古今以爲樂。」〔註59〕陸游《京口唱和序》:「隆興二年閏十一月壬申，許昌韓無咎以新番陽守，來省太夫人於潤。方是時，予爲通判郡事。與無咎別蓋逾年矣。相與道舊故，問朋遊，覽觀江山，舉酒相屬甚樂。」〔註60〕由此亦可知，陸游在隆興元年以前在朝中時曾多有遊處，且相遊甚歡。隆興二年閏十一月的再次聚會，是兩人一生中最爲難忘的事件，陸游的《京口唱和集序》用十分深情的筆墨記錄了兩人的這次交遊盛會：

> 隆興二年閏十一月壬申（按二十一日），許昌韓無咎以新番陽守來省太夫人於潤。方是時，予爲通判郡事。與無咎別蓋逾年矣。相與道舊故，問朋遊，覽觀江山。舉酒相屬，甚樂。
>
> 明年改元乾道，正月辛亥（按初一日），無咎以考功郎徵。念別有日，乃益相與遊。遊之日，未嘗不更相和答。道群居之樂，致離闊之思，念人事之無常，悼吾生之不留。又

〔註58〕此處陸游官遊之經歷參閱夏承燾、吳熊和箋注《放翁詞編年箋注》附錄三《陸游年譜簡編》。

〔註59〕〔宋〕周應合《景定建康志》卷二十一，《文淵閣四庫全書》第 489 冊，頁 145。

〔註60〕〔宋〕陸游《渭南文集》卷十四，《文淵閣四庫全書》第 1163 冊，頁 410。

> 丁寧相戒以窮達死生毋相忘之意。其詞多宛轉深切，讀之動人。嗚呼，風俗日壞，朋友道缺，士之相與如吾二人者，亦鮮矣。凡與無咎相從者六十日，而歌詩合三十篇。然此特其大略也。或至於酒酣耳熱，落筆如風雨，好事者從旁掣去。他日或流傳樂府，或見於僧窗驛壁，恍然不復省識者，蓋又不可計也。潤當淮江之沖，予老，益厭事，思自放於山巔水涯，與世相忘。而無咎又方用於朝，其勢未能遽合，則今日之樂，豈不甚可貴哉。予文雖不足與無咎並傳，要不當以此廢而不錄也。二月庚辰（按初一日），笠澤陸某務觀序。〔註61〕

京口薈萃「六代之風流」，「東通吳會，西接漢沔，浙西門戶，控扼大江。內蔽日畿，望海臨江。險過金湯，桑梓帝宅」，〔註62〕自古就是風景繁華地。美好的山川，盡情的登覽，韓元吉與陸游京口兩個月的相與遊處，結下了一生中最爲寶貴、最爲深厚的友誼，留下了一生中影響最深的、最爲美好的回憶，其時彼此間的詩詞唱和更爲文學史留下了一筆甚可寶貴的精神財富。而兩人間的詞的往來，也成了乾淳詞壇一道讓人賞心悅目的勝景。陸游的《赤壁詞・招韓無咎遊金山》即作於兩人這次京口之遊中，時間在乾道元年正月初一聽聞韓元吉徵考功郎之後：「禁門鐘曉，憶君來朝路，初翔鸞鵠。西府中臺推獨步，行對金蓮宮燭。蹙繡華韉，仙葩寶帶，看即飛騰速。人生難料，一尊此地相屬。　　回首紫陌青門，西湖閑院，鎖千梢脩竹。素壁棲鴉應好在，殘夢不堪重續。歲月驚心，功名看鏡，短鬢無多綠。一歡休惜，與君同醉浮玉。」「念別有日，乃益相與遊」，想到即將到來的離別，沈浸在「群居之樂」的陸游，禁不住黯然神傷，「離闊之思」油然而生。更讓陸游難以消受的，是功業未成的憾恨。此時已經四十歲的陸游還衹是通直郎這樣從六品的散官。而看到自己的友人得到皇帝的賞識，心中自然會生出一些落寞和憂傷。痛苦之中，詞人只得把酒買醉。

〔註61〕同上。

〔註62〕〔宋〕祝穆《方輿勝覽》卷三，頁55～56。

相比之下，韓元吉的兩首和詞就沒有這種功名無成的愁緒，相反卻多了一種意氣風發的意味，看下面兩首詞，其一爲《念奴嬌・次陸務觀見貽〈念奴嬌〉》，其二爲《前調・又次韻》：

> 湖山泥影，弄晴絲、目送天涯鴻鵠。春水移船花似霧，醉裏題詩刻燭。離別經年，相逢猶健，底恨光陰速。壯懷渾在，浩然起舞相屬。　　長記入洛聲名，風流觴詠，有蘭亭修竹。絕唱人間知不知，零落金貂誰續。北固煙鐘，西州雪岸，且共杯中綠。紫臺青瑣，看君歸上群玉。

> 春來離思，正樓臺燈火、香凝金戟。揚子江頭嘶騎擁，楊柳花飛留客。枚乘聲名，謫仙風韻，更賦長相憶。酒闌相顧，起看月墮寒壁。　　尊前誰唱新詞，平林眞有恨、寒煙如織。燕雁橫空梅蕊亂，醉裏隔江聞笛。白髮逢春，湖山好在，一笑千金直。待君歸詔，買船重話疇昔。

對往昔「風流觴詠」的美好追憶，其中蘊涵著的是對美好前程的殷切期待。雖同是詠別，心境卻迥然各異。在對友人落寞情懷的勸慰中，韓詞中明顯有著一種對功業充滿了無限期許的豪情。

京口兩個月的相與遊處，主客二人登山臨水，成了陸游和韓元吉一生的思念和掛牽。京口的日子，留給兩個人的是太多的回憶，以至於在以後彼此天各一方的日子中，陸游仍常常憶起這段難忘的時光和曾經與他朝夕相伴的友人：「隆興之初客江皋。連檣結駟皆賢豪。坐中無咎我所畏，日夜酬唱兼詩騷。有時贈我玉具劍，間亦報之金錯刀。舊遊忽墮五更夢，舉首但覺鐵甕高。」（《夢韓無咎如在京口時既覺枕上作短歌》）「夢裏逢無咎，天涯哭季長。吾生亦有幾，且復釣滄浪。」（《書感》）「積雪欲照夜，老雞方唱晨。諸公逝已久，幽夢忽相親。話舊殷勤意，追歡見在身。悠然又驚覺，撫枕一悲辛。」（《夢韓無咎王季夷諸公》）「老覺人間萬事非，幽棲幸已脫塵鞿。殘年得飽不啻足，舊友半空誰與歸。開眼不妨成一夢，翦翎何至羨群飛。龍圖老子今安在，把卷燈前淚滿衣。」（《開書篋見韓無咎書有感》）舊友的音容笑貌一次次出現在詞人的睡夢之中，讓詞人難以釋懷。韓元吉在兩人闊別之後亦十分懷戀遠在巴蜀的友人和曾經有過的激情歲月，《水調歌頭‧寄陸務觀》便是一首在闊別九年後問訊朋友的詞章：「明月照多景，一話九經年。故人何在，依約蜀道倚青天。豪氣如今誰在。賸對岷峨山水。落紙起雲煙。應有陽臺女，來壽隱中仙。　　相如賦，王褒頌，子雲玄。蘭臺麟閣，早晚飛詔下甘泉。夢繞神州歸路，卻趁雞鳴起舞，餘事勒燕然。白首待君老，同泛五湖船。」一別九年，魂牽夢繞，友情之深、之重，由此可以見出。當韓元吉故地重遊之時，這種對友人的懷戀愈加真切：「江繞層城，重樓迥、依然山色。□□有、佳人猶記，舊家離別。把酒只如當日醉，揮毫賸欠尊前客。算平林、有恨寄傷心，煙如織。　　湖平樹，花連陌。風景是，光陰易。歎新聲渾在，斷雲難覓。暮雨不成巫峽夢，數峰還認湘波瑟。但與君、同看小槽紅，真珠滴。」（《滿江紅‧再至丹陽，每懷務觀，有歌其所製者，因用其韻，示王季夷、章冠之》）把酒買醉，祇是醉的涵義已經發生了變化，當日之醉是豪情滿懷，而今之醉卻是爲了不能再來的重逢。

綜而觀之，張孝祥、韓元吉、陸游等人與朋輩之間交遊唱和，詞的創作相互影響，詞風漸趨相似，他們共同的詞的創作顯示了乾淳前期詞的創作的文人化、趨雅等主要特徵，共同構成了孝宗朝前期的主流，而其豪放詞的創作更爲豪放派的壯大奠定了基礎，是稼軒詞派的先聲。尤其是張孝祥詞的創作，其從前到後兩個時期不同的詞的創作風格，其實也是乾淳詞壇前後詞風轉變的一個縮影。

第三節　辛棄疾、陳亮等人的交遊與稼軒詞派

稼軒詞派是宋代詞史上最爲耀眼的一個詞派，劉揚忠先生將其推許爲「南宋前期詞壇審美主潮的最高代表，也是整個南宋時期人數最多、藝術生命力最爲強大且影響深遠的第一大詞派」，並認爲辛棄疾是這一詞派的「主帥和靈魂」，陳亮、劉過爲第一、第二「健將」，韓

元吉、陸游則爲這一詞派的「同盟軍」。〔註 63〕而詞派之中幾個主要人物之間的交往與詞的創作又爲詞派的形成和詞派影響的擴大搭建了一個十分厚實的平臺。

一、辛、陳鵝湖之會的意義

辛棄疾與陳亮兩人的交誼最早可以定在淳熙五年（1178），是年正月陳亮至臨安，詣闕三上孝宗書，其間在臨安逗留了二十日。其時辛棄疾從江西安撫使任召爲大理少卿。於此，《陳亮集》中有載：「辛幼安、王仲衡俱召還，張靜江無別命否？元晦亦有來理乎？」〔註 64〕兩人的臨安相聚在陳亮後來給辛棄疾的書信中可以得到證實：「亮空閒沒可做時，每念臨安相聚之適。」〔註 65〕臨安相聚，兩人結下了深厚的友誼，在其後的時日中，陳亮曾數次致信辛棄疾，辛棄疾也曾向朋友屢屢問起陳亮的境況。在《與辛幼安殿撰》書中陳亮說：「一別遽如許，雲泥異路又如許。本不欲以書自通，非敢自外，亦其勢然耳。前年陳詠秀才強使作書，既而一朋友又強作書，皆不知達否？不但久違無以慰相思也。去年東陽一宗子來自玉山，具說辱見問甚詳，且言欲幸臨教之。孤陋日久，聞此不覺起立。雖未必眞行，然此意亦非今之諸君子所能發也。」〔註 66〕這封信作於淳熙十年（1183）。也是在這封信中，陳亮與辛棄疾相約在秋天訪問上饒，最終卻沒有成行。這一訪問最後被推遲到了五年後的冬天。這就是詞史上著名的辛棄疾與陳亮的鵝湖之會。

陳亮一生亦是以恢復爲己任，儘管一生中曾三次入獄，但是始終沒有泯滅他對國家、對民族強烈的責任感和使命感。《鶴林玉露》載：「朱文公云，辛幼安、陳同甫，若朝廷賞罰明，此等人皆可用。」〔註 67〕

〔註 63〕劉揚忠《唐宋詞流派史》，頁 398。
〔註 64〕〔宋〕陳亮《與呂伯恭正字》，《陳亮集》卷十九，頁 261。
〔註 65〕〔宋〕陳亮《與辛幼安殿撰》，《陳亮集》卷二十一，頁 320。
〔註 66〕同上。
〔註 67〕〔宋〕羅大經《鶴林玉露》甲編卷一，頁 13。

由此可見，在朱熹的眼中，辛棄疾和陳亮是屬於同一類人物的。從《中興五論》到《戊申上書》，陳亮一生曾多次上書朝廷，表達自己的政治見解，用他自己的話說，就是「六達帝廷，上恢復中原之策；兩議宰相，無輔佐上聖之能」。〔註 68〕淳熙十四年（1187）十月，向來持妥協政策的太上皇趙構駕崩，這點燃了陳亮的希望，他寄希望於孝宗皇帝能夠在宋高宗趙構死後有所作爲，淳熙十五年（1188）春，陳亮特意到京口、建康等地作實地考察，並回到臨安再次上書孝宗皇帝，怎奈此時宋孝宗已經時近暮年，恢復之志已經泯滅，在次年便將帝位傳給了自己的兒子趙惇，即宋光宗。這是鵝湖之會的政治形勢背景。政治主張的受挫帶給陳亮的是無比沮喪的心情，但是他並不因此而氣餒，他依然四處奔走呼號，宣傳自己的政治主張，於是便有了這次鵝湖之會。

關於此次兩人的相會，辛棄疾其時所作的《賀新郎》詞序中有著詳細的記載：「陳同甫自東陽來過余，留十日，與之同遊鵝湖，且會朱晦庵於紫溪，不至，飄然東歸。既別之明日，余意中殊戀戀，復欲追路。至鷺鷥林，則雪深泥滑，不得前矣。獨飲方村，悵然久之，頗恨挽留之不遂也。夜半投宿吳氏泉湖四望樓，聞鄰笛悲甚，爲賦《賀新郎》以見意。又五日，同父書來索詞。心所同然者如此，可發千里一笑。」從本意上看，陳亮此次上饒之行的目的在於尋求政治上的盟友，宣傳自己的政治主張。然而由於朱熹的缺席，陳亮的這個計劃落空了，目的沒有達到。但是卻在詞史上留下了一段佳話，爲一個詞派的形成創造了不小的影響。

從這組唱和詞的創作心理背景去考慮，兩人之間亦有著相似的心理特徵和人生遭際。共同的政治主張與共同的不爲當局所用的沈淪的處境是兩人此時共有的特徵。首先，兩人都志在恢復，有著共同的政治主張，辛棄疾一生志在恢復，這是我們屢屢言及的一個話題，即使是賦閑在家，神州陸沈之痛仍然是辛棄疾難以釋懷的所在。陳亮一生中雖然爲

〔註 68〕〔宋〕陳亮《謝留丞相啓》，《陳亮集》卷十八，頁 230。

人所冤三次入獄，但是始終沒有忘懷抗金大計。這次鵝湖之會的目的也即在此。其次，從兩人此時的心境來說，悲憤是兩人此時心情的基調。從淳熙八年冬被論罷官，到十五年冬兩人的相會，辛棄疾在上饒已經閒居了整整七個年頭。詞人此時生當壯年、滿腹報國之志，一腔忠憤無處發洩，心中充滿了抑鬱不平之氣。陳亮的心境也大致相似。本想上書孝宗重振抗金大計，卻沒有得到孝宗的理解和支持，這對陳亮的打擊也是很大的。帶著這樣的心情，陳亮來到上饒，本欲在這裡會見朱熹，陳說自己的主張，希望能夠得到朱熹的理解和支持，誰知，朱熹也爽約了。不得已，陳亮在上饒逗留十日後，遺憾地飄然東歸，所以上饒之行也一無所獲。其時的心情也可想而知。因此，從整個基調上來看，籠罩此次兩人唱和之作的便是一種悲慨、沈鬱的特徵。

這次鵝湖之會留下了五首唱和之作，五首詞雖然以別後相憶作為一個基本的背景，但是中心的內容卻是對家國的傷懷，辛棄疾的首篇懷戀詞就是這樣，雖然寫的是對友人的思念之情，卻是在家國山河破碎、個人理想不得實現的情緒中表達出來的：

> 把酒長亭說。看淵明、風流酷似，臥龍諸葛。何處飛來林間鵲，蹙踏松梢微雪。要破帽、多添華髮。剩水殘山無態度，被疏梅、料理成風月。兩三雁，也蕭瑟。　　佳人重約還輕別。悵清江、天寒不渡，水深冰合。路斷車輪生四角，此地行人銷骨。問誰使、君來愁絕。鑄就而今相思錯，料當初、費盡人間鐵。長夜笛，莫吹裂。

相對於辛棄疾的迂迴婉轉，陳亮的和詞則來得直接，對家國之現狀的憂慮和痛心表達得更為痛快淋漓：

> 老去憑誰說。看幾番、神奇臭腐，夏裘冬葛。父老長安今餘幾，後死無讎可雪。猶未燥、當時生髮。二十五弦多少恨，算世間、那有平分月。胡婦弄，漢宮瑟。　　樹猶如此堪重別。只使君、從來與我，話頭多合。行矣置之無足問，誰換妍皮癡骨。但莫使、伯牙絃絕。九轉丹砂牢拾取，管精金、祇是尋常鐵。龍共虎，應聲裂。

在陳亮此詞的感染下，辛棄疾的答詞相對於其第一篇也變得更加慷慨激昂起來，在詞的內容加入更多的家國的內容：

> 老大猶堪說。似而今、元龍臭味，孟公瓜葛。我病君來高歌飲，驚散樓頭飛雪。笑富貴、千鈞如髮。硬語盤空誰來聽，記當時、只有西窗月。重進酒，喚鳴瑟。　　事無兩樣人心別。問渠儂、神州畢竟，幾番離合。汗血鹽車無人顧，千里空收駿骨。正目斷、關河路絕。我最憐君中宵舞，道男兒、到死心如鐵。看試手，補天裂。

神州離合、關河路斷，空有一腔報國之志卻不爲人所賞，失路的英雄只能有無盡的慨歎了。然而「男兒到死心如鐵。看試手，補天裂」的決絕，分明又使我們看到了一位壯志滿懷、不畏艱難的英雄。在陳亮的和作中我們也可以感受到這樣的精神：

> 話殺渾閑說。不成教、齊民也解，爲伊爲葛。樽酒相逢成二老，卻憶去年風雪。新著了、幾莖華髮。百世尋人猶接踵，歎只今、兩地三人月。寫舊恨，向誰瑟。　　男兒何用傷離別。況古來、幾番際會，風從雲合。千里情親長晤對，妙體本心次骨。臥百尺、高樓斗絕。天下適安耕且老，看買犁、賣劍平家鐵。壯士淚，肺肝裂。

身爲男兒理當捨棄兒女情長，英雄的事業更需要等待時代的際會。陳亮對自己報效國家時日的到來充滿了信心，然而「壯士淚，肺肝裂」的沈痛分明又讓人感到一種悲涼，一種無奈。

鵝湖之會所留下的兩人唱和往來的幾首詞作，從數量上講並不爲多，但其意義卻非同尋常，首先是充實的現實內容、真切的英雄報國之志作爲詞的內容上的主要表現對象，強化了稼軒詞派的顯性特徵。稼軒詞派作爲宋詞的一支重要流派，不僅在風格上體現爲一種雄肆豪放的特徵，而且更爲主要的是，這一詞派同詞史上的其他詞派相比，一個更爲顯著的特徵是對社會現實的強烈關注和對社會的強烈使命感。詞作爲一種抒情文學的體式，其所關注的焦點從一開始更多的是作爲抒情主體的「小我」，淺吟低唱中更多的是男歡女愛、風花雪夜的表達，而很少有對家國、對社會的大的內容的關注。靖康之難後，南渡詞人群體開始以詞表現自己的家國之悲、神州陸沈之痛，詞所聚集的焦點才開始更多地指向社會、家國。以派而論，對社會現實的強烈關注和對社會的強烈使命感在詞中的表現，是辛棄疾和陳亮兩人及其所代表的稼軒詞派詞的一個共有的特徵。

其次，陳亮的加盟擴充了稼軒詞派的創作隊伍，壯大了這一詞派的創作力量，使得稼軒詞派成爲名副其實的一個流派。人們通常所說的「花間派」其實僅止於詞風上的一種相似，並無實際的創作主體之間的聲氣相通，因此並不能說是嚴格意義上的詞派，稼軒詞派則不然，這一詞派不但有著共同的風格取向，而且有著核心的創作隊伍，更有著詞派中創作主體之間的彼此唱和、推揚，從這個意義上講，這是宋代詞史上絕無僅有的，也是其他詞派所無法比擬的。

應該說時至此時，辛棄疾作爲稼軒詞派的主帥和靈魂，其詞的基本風格已經基本形成，也就是說，作爲詞體一種的「稼軒體」，在此時已經基本形成了自己的規模，《稼軒詞》於本年的刊刻問世表明了辛棄疾詞的創作風格的初步成熟，而范開在《稼軒詞序》中關於辛棄疾其「詞之爲體」的一番精彩論述，更是稼軒詞成熟的一個有力證據。陳亮在此次鵝湖之會之前詞的創作風格也已經顯露了雄放的特徵來，早在鵝湖之會的前四年，即淳熙十一年（1184）爲章森使金所作的一首送別詞中我們就可以看到這種雄肆橫放風格：「不見南師久，謾說北群空。當場只手，畢竟還我萬夫雄。自笑堂堂漢使，得似洋洋河水，依舊只流東。且復穹廬拜，會向藁街逢。　　堯之都，舜之壤，禹之封。於中應有，一個半個恥臣戎。萬里腥羶如許，千古英靈安在，磅礴幾時通。胡運何須問，赫日自當中。」（《水調歌頭・送章德茂大卿使虜》）是否在鵝湖之會前陳亮已經在自覺地和辛棄疾的詞風靠攏，我們不得而知，但是，鵝湖之會的唱和對於推動稼軒詞派的群體性創作特徵的形成，這種推波助瀾的作用應該是存在的。兩人在詞的創作上的聯盟表明了稼軒詞派聲勢上的壯大和稼軒詞派風格的進一步完善。在此之前的稼軒詞的創作從某種意義上說更多的是一種個體行爲，與詞派的關涉並不太大，而陳亮的加盟無疑爲詞派的形成增添了最具說服力的證據，使得稼軒詞派更具有詞派的規模和特徵，而這種規模和特徵的形成，辛、陳鵝湖之會可以看作是一個標志性的事件，鵝湖之會將兩個詞風相近的創作個體實質性地聯到了一起，加之以後的劉過的加盟，彼此之間的唱和與詞風的自覺追摹，使得這個以豪放爲主要標志的詞派在核心人物上有了明顯的特徵，成爲名副其實的一個詞派。

二、辛棄疾與劉過的交往與詞風傾向

劉過也是稼軒詞風的主要追隨者，是稼軒詞派的主力之一。有關辛棄疾、劉過交往的記錄，宋人以及以後的筆記中有幾處記載，《山房隨筆》中載：「辛稼軒帥浙東，時晦庵、南軒任倉憲使。劉改之欲見，辛不納，二公爲之地云：『某日公燕，至後筵便坐，君可來，門者不納，但喧爭之，必可入。……又云稼軒守京口時，大雪，帥僚佐登多景樓。改之敝衣曳履而前，辛令賦雪，以『難』字爲韻，即云：『功名有分平吳易，貧賤無交訪戴難。』自此莫逆云。」〔註69〕關於這則筆記的可信與否，《四庫全書總目》引證岳珂的《桯史》，已經有所辨析，鄧廣銘《辛稼軒年譜》中辨析則更爲明確有力，稱其文「紕謬更甚。他姑不論，稼軒帥浙東時，朱、張二人均已前卒，何得於其時更任倉使耶」。〔註70〕關於兩人定交的最爲可信的記載當是岳珂的《桯史》。岳珂是劉過與辛棄疾同時代的人，與兩人都有交往，衹是年齡比兩人都要小，因此，其筆記中的記載當是可信的。其《桯史》中說：「廬陵劉改之過，以詩鳴江西，厄於韋布，放浪荊、楚，客食諸侯間。開禧乙丑，過京口，余爲餉幕庾吏，因識焉。」〔註71〕又載：「嘉泰癸亥歲（1203），改之在中都，時辛稼軒棄疾帥越，聞其名，

〔註69〕〔元〕蔣正子《山房隨筆》，（北京：中華書局，1991年），頁1。
〔註70〕鄧廣銘《辛稼軒年譜》（增訂本）（上海：上海古籍出版社，1997年），頁145。
〔註71〕〔宋〕岳珂《桯史》卷二，頁22。

遣介招之。適以事不及行，作書歸輅者。因效辛體《沁園春》一詞，並緘往，下筆便逼眞。其詞曰：『斗酒彘肩，……』辛得之大喜，致饋數百千，竟邀之去。館燕彌月，酬唱亹亹，皆似之，逾喜。垂別，賙之千緡，曰：『以是爲求田資。』改之歸，竟蕩於酒，不問也。詞語峻拔如尾腔，對偶錯綜，蓋出唐王勃體而又變之。余時與之飲西園，改之中席自言，掀髯有得色。余率然應之曰：『詞句固佳，然恨無刀圭藥，療君白日見鬼證耳。』坐中哄堂一笑。」〔註 72〕辛棄疾與劉過的這次定交留下了一首著名的「辛體」詞《沁園春》。

需要辨明的是，這裡劉過所效的辛體到底選取的是那個角度，嚴迪昌在《「稼軒體」與「稼軒風」辨》一文中說：「劉過《沁園春》的傚仿稼軒顯然類乎『因情立體』之『體』，更多地表現在語勢、章法、句式的模擬上，對此不可不辨別。」〔註 73〕誠然，若從這首詞來看，劉過所效的「辛體」的確多是一種形式上的東西。然而，若從龍洲詞的總體出發，以詞風上觀之，劉過的不少詞作在實質上已經和稼軒詞所具有的獨特風格有共通之處了。劉揚忠先生說：「劉過作爲一位自幼便有愛國思想、喜談兵論政的豪士，早年作詞便已自覺地趨向慷慨悲壯一路。《龍洲集》中所收詞，僅八十首，遠非全帙，但僅從這些現存詞來看，作於淳熙十年（當年劉過三十歲）的《沁園春·觀競渡》、《沁園春·御閱還上郭殿帥》等篇，就已經是悲壯慷慨的辛派詞了。」〔註 74〕這是一種創作上的不謀而合，也可能是在詞風上對辛棄疾的自覺追摹。而在與辛棄疾結交之後，這種詞的創作上的追摹的痕跡就更爲明顯了。不妨看看這首寄辛棄疾的詞《沁園春》：

> 古豈無人，可以似吾，稼軒者誰。擁七州都督，雖然陶侃，機明神鑒，未必能詩。常袞何如，羊公聊爾，千騎東方侯會稽。中原事，縱匈奴未滅，畢竟男兒。　　平生出處天

〔註 72〕同上，頁 23。
〔註 73〕嚴迪昌《「稼軒體」與「稼軒風」辨》，《李清照辛棄疾研究論文集》，山東大學出版社，1997 年）。
〔註 74〕劉揚忠《唐宋詞流派史》，頁 436。

知。算整頓乾坤終有時。問湖南賓客，侵尋老矣，江西户口，流落何之。盡日樓臺，四邊屏幛，目斷江山魂欲飛。長安道，奈世無劉表，王粲疇依。

無論是外在的風貌還是內在的神理上，劉龍洲的這首詞都與稼軒詞有著很大的相似性。這種相似性可以從三個方面加以理解，一是在詞的章法、句法等方面，「以文爲詞」所表現出來的特徵在這首詞中得到了很好的發揮，句法上的不拘常格、長於用典，是這首詞比較顯見的一個特徵，這也是稼軒詞風的一個顯見特徵。二是充實的社會現實內容，將對個人的情感融入到家國的大的社會背景之下，使得詞作充滿了對社會現實強烈關注的精神。三是雄豪之氣是整首詞的突出特徵，不論是字面上的不拘常格還是寫所要表現客體的精神風貌，雄肆豪放是其中的主線。對此，宋人已經有所認識，陳模說：「稼軒歸本朝，晚年詞筆尤高，……劉改之所作《沁園春》，雖頗似其豪，而未免於粗。」〔註75〕張炎也說：「辛稼軒、劉改之作豪氣詞，非雅詞也。於文章閒暇，戲弄筆墨，爲長短句之詩耳。」〔註76〕儘管對劉過詞評價並不甚高，但對其詞以「豪」爲主的風格特徵及其與稼軒詞的關係的認識卻是一致的。後世詞評家對此也給予認可。清人馮煦謂：「龍洲自是稼軒附庸；然得其豪放，未得其宛轉。」〔註77〕應該說，豪放是劉過效法辛詞的一個最大的收穫，劉過本人也是壯大稼軒詞派的一位重要詞家。

《四庫全書總目》中稱：「黃昇《花菴詞選》謂：改之乃稼軒之客，詞多壯語，蓋學稼軒。然過詞凡贈辛棄疾者則學其體，如『古豈無人，可以似吾稼軒者誰』等詞是也。其餘雖跌宕淋漓，實未嘗全作辛體。」〔註78〕其實，《總目》未免將「辛體」的理解狹窄化了。從現存80首詞作看，除了贈辛棄疾的那幾首詞外，《龍洲詞》中的不少作品也在風格上與稼軒詞有同調之感，如這首著名的懷古詞《六州歌

〔註75〕〔宋〕陳模《懷古錄》卷中，《辛棄疾研究資料彙編》，頁110。
〔註76〕〔宋〕張炎《詞源》卷下，唐圭璋編《詞話叢編》，頁267。
〔註77〕〔清〕馮煦《蒿庵論詞》，唐圭璋編《詞話叢編》，頁3592。
〔註78〕〔清〕永瑢等《四庫全書總目》卷一九九，1820。

頭・題岳鄂王廟》就是一首頗有稼軒詞風的名作：

> 中興諸將，誰是萬人英。身草莽，人雖死，氣塡膺。尚如生。年少起河朔，弓兩石，劍三尺，定襄漢，開虢洛，洗洞庭。北望帝京。狡兔依然在，良犬先烹。過舊時營壘，荊鄂有遺民。憶故將軍，淚如傾。　說當年事，知恨苦，不奉詔，僞耶眞。臣有罪，陛下聖，可鑒臨。一片心。萬古分茅土，終不到，舊奸臣。人世夜，白日照，忽開明。衮佩冕圭百拜，九泉下、榮感君恩。看年年三月，滿地野花春。鹵簿迎神。

詞作既是懷古也是鑒今，對民族英雄岳飛的追悼與懷戀實則也是對現實社會的一種深切反思，是對能夠整頓乾坤、收復中原的英雄的深切呼喚。此詞以雄放恣肆之筆寫岳飛跌宕磊落之豪情，可謂是二者相得益彰。

三、詞人交往對稼軒詞派特質形成的影響

辛棄疾與陳亮、劉過等人的交往與結盟對於稼軒詞派的意義非同尋常，正是有了辛棄疾與兩人以及陸游、韓元吉等人的聲氣相通，辛棄疾所引領的稼軒詞派才具有實際上的詞派的意義，這也使得稼軒詞派具有了和詞史上的其他派別不同的特徵。從實際的情況而言，詞史上所謂的「花間詞派」、「姜張詞派」等其實並不能夠稱爲一種嚴格意義上的文學流派，而是對風格相近的詞的創作的一種大致歸納。詞派之內並沒有一個主導的創作群體，群體之間也沒有彼此的唱和與詞風的自覺追摹，譬如學界常常論及的「姜張詞派」，並不眞正具有流派所具有的全部特徵，這個詞派的定性更多的是基於姜夔所創立的「清雅」統領下的詞風上的承襲，不用說姜夔、張炎並不同處於一個時代，姜夔生當南宋中期，而張炎則爲南宋遺民詞人，彼此之間並沒有交往唱和，甚至連高觀國、史達祖等人也沒有和姜夔交遊唱和的記錄。同姜張詞派相比，稼軒詞派無疑有著更爲明顯的作爲詞派的一些特徵，而這種特徵的得來更多地得益於詞人之間的交往唱和。

一是詞人的交往使得詞派成為一個明顯的創作群體的集合。辛棄疾、陳亮、劉過等人彼此之間唱和交往，為詞派的確立奠定了創作主體上的基礎，使得詞派在主體上更具有作為一個文學派別所應該具有的基本特徵。創作主體之間的交往唱和加深了彼此之間的聯繫，使得稼軒詞派在群體上更具有一種聚合性的特徵，而不僅僅是一種風格上的相像。這個詞派以辛棄疾為龍頭，以陳亮、劉過、陸游、韓元吉等人為骨幹，在創作群體上顯現為一個實實在在存在的派，而不是一種以風格為勾連的虛化的存在。誠如前引吳熊和所說：「南宋孝宗一朝，人物之盛，不下於北宋的元祐時期。以這時期的愛國詞派來說，如以辛棄疾為盟主，那麼張孝祥、韓元吉、陸游、陳亮等與之揖讓，生氣相通，或為友軍，或為羽翼，陣營是夠壯大的。」的確，從陣營來講，稼軒詞派是夠壯大的，而且，這種壯大是一種實實在在的存在，各個個體之間有著緊密的聯繫，並非是一個個鬆散的個體，這是稼軒詞派的特色所在。

二是詞人交往唱和使得稼軒詞派具有一個明顯的風格上的導向。從根本風格上說，豪放是這個詞派最為突出和明顯的特徵，也是這個詞派得以彰顯的一個主要顯性特徵。由蘇軾所開創的豪放一體，在辛棄疾這裡得到發揚，並被光大為一個詞派的突出性特徵。當然，需要辨明的是，稼軒詞派是一個以豪放為主導風格的詞的流派組成，並不意味著祇是一種單一的風格，而是可以有多種的風格構成，比如辛棄疾，其詞既有喑嗚叱咤如《永遇樂》（「千古江山」）之類的懷古詞，也有婉約纖麗如《摸魚兒》（「更能消幾番風雨」）之類的婉約詞，還有清新可愛如《清平樂》（「茅簷低小」）之類的農村詞，在作品的風格上呈現為多樣化的特徵。辛棄疾是這樣，陳亮和劉過等辛派詞人中的不少詞手也是如此，在他們的詞作中我們也能夠發現不少並不屬於豪放型的作品來。但是，承認多樣化風格的存在，並不是否認豪放是稼軒詞派的主導，相反，在多種風格之中突顯出來的豪放風格得到了詞派中成員的認可。儘管對於陳亮、劉過與辛棄疾詞風的不同，後人也多有提及，如《四庫全書總目》所謂「過詞凡贈辛棄疾者，則學其體，如『古豈無人，可以似吾稼軒者誰』等詞是也。其餘雖跌宕淋漓，實未嘗全作辛體」。

三是詞人交往使得詞的創作形成共同的傾向。強烈的入世精神是稼軒詞派的重要特徵，以詞觀照社會現實，表達心聲，對家國的深切關注是稼軒詞派詞的創作的一個最爲重要內容，以至於被後世不少詞評家認定爲「愛國詞派」，也是爲後世詞評家所津津樂道的原因所在。這是詞史上任何一個詞派都無法比擬的。陳亮與辛棄疾基於政治觀點上的相同所進行的鵝湖之會，由此所留下的詞作是對社會現實的關注，劉過與辛棄疾的交往所留下的詞作雖然多是對辛棄疾人格魅力的服膺與追摹，但其中所蘊含的更深層次卻是基於對社會的關懷。

總之，稼軒詞派詞人之間的交往唱和對稼軒詞派特質和影響的形成起到了十分重要的作用，爲稼軒詞派聲勢的壯大和詞派在詞史上的地位奠定了極爲重要的基礎。

第四章　雅化的別樣呈現：三類詞人群體的創作

北宋末年俗詞大行其道，由此造成了南宋初年詞學批評和的詞的創作上的糾偏與撥正。經過南宋初期 30 年左右時間裏對雅正之音的提倡，孝宗時期詞的創作基本上已經很難看到俚俗如北宋末年的豔情詞了。不但如此，在詞的創作上，南宋乾淳詞壇的詞人們在對歷史繼承的基礎上，亦走出歷史，逐步形成了自己的風格和特色，由此確立了南宋詞的範型，最終完成了宋詞成爲宋代文學標志性文學樣式的定型。

從留存到今的宋人詞集和詞的數量看，此一時期詞的創作總量，在整個宋代有著突出的特徵，存詞 100 首以上的詞人就達 14 人之多。然而就目前的研究現狀而言，研究者的目光又大多只局限於這 14 人中的辛棄疾等三四人。辛棄疾等人的創作成就固然十分值得大書特書，然而，如欲對乾淳詞壇的創作作一下歷史的還原，對一些原本並不爲人所注意的詞人群體及其創作加以關注和研究，這樣才能看到乾淳詞壇整體創作的風貌。

詞從晚唐五代以來，逐漸流入士大夫之手，並成爲他們逞才、娛樂的工具。所謂「綺筵公子，繡幌佳人，遞葉葉之花箋，文抽麗錦；舉纖纖之玉指，拍按香檀。不無清絕之辭，用助妖嬈之態」，〔註 1〕從

〔註 1〕〔唐〕歐陽炯《花間集序》，施蟄存主編《詞籍序跋萃編》，頁 631。

那時起，詞的創作和享受便成了士大夫的專利。從南唐時的李璟、李煜、馮延巳等君臣，到北宋的張先、晏殊、歐陽修、蘇軾等，以至北宋末年的徽宗朝君臣，詞的創作主體基本上是以名公巨卿爲主。這當中柳永雖然爲詞的創作帶來了生機和活力，然而在地位上，卻不爲主流創作群體所認可。從仁宗皇帝的那句「且去塡詞」的呵斥，到當朝宰相晏殊的「雖作曲子，不曾道『彩線慵拈伴伊坐』」的鄙夷，再到蘇軾的「不意別後公學柳七作詞耶」對秦觀的質問，〔註 2〕作爲落魄文人的柳永一直被拒斥在主流的士大夫創作群體之外。這種狀況一直延續到南宋初年，王灼的「淺近卑俗」之謂，「都下富兒，雖脫村野，而聲態可憎」之比，〔註 3〕是這一時期詞學觀念的一個代表性反映。

就創作主體而言，乾淳詞壇的創作態勢較以往有所新變。詞的創作主體逐漸向更廣泛的群體擴散，上至高層官僚，下至販夫走卒、歌兒舞女，都參加到了詞的創作當中。此時的詞的創作，逐漸出現一種

〔註 2〕〔宋〕胡仔《苕溪漁隱叢話》後集卷三十九載：「《藝苑雌黃》云，柳三變，……喜作小詞，然薄於操行。當時有薦其才者，上曰：『得非塡詞柳三變乎？』曰：然。上曰：『且去塡詞。』由是不得志。日與猥子縱遊娼館酒樓間，無復檢約，自稱云：『奉聖旨塡詞柳三變。』嗚呼，小有才而無德以將之，亦士君子之所宜戒也。柳之樂章，人多稱之，然大概非羈旅窮愁之詞，則閨門淫媟之語，若以歐陽永叔、晏叔原、蘇子瞻、黃魯直、張子野、秦少游輩較之，萬萬相遼。彼其所以傳名者，直以言多近俗，俗子易悅故也。」又，〔宋〕張舜民《畫墁錄》載，柳三變既以調忤仁廟，吏部不放改官，三變不能堪，詣政府。晏公曰：「賢俊作曲子麼？」三變曰：「只如相公，亦作曲子。」公曰：「殊雖作曲子，不曾道『彩線慵拈伴伊坐』。」柳遂退。又，《高齋詩話》載：「少游自會稽入都，見東坡。東坡曰：『不意別後公學柳七作詞耶？』少游曰：『某雖無學，亦不如是。』東坡曰：『「銷魂當此際」，非柳七語乎？』」

〔註 3〕〔宋〕王灼《碧雞漫志》卷二謂：「柳耆卿《樂章集》，世多愛賞該洽，序事閑暇，有首有尾，亦間出佳語，又能擇聲律諧美者用之。惟是淺近卑俗，自成一體，不知書者尤好之。予嘗以比都下富兒，雖脫村野，而聲態可憎。前輩云：《離騷》寂寞千載後，《戚氏》淒涼一曲終。《戚氏》，柳氏所作也。柳何敢知世間有《離騷》，惟賀方回、周美成時時得之。」

普泛化、大眾化的創作傾向。相比較而言，詞的創作主體朝著更爲廣泛的群體轉移，此一時期沒有出現位極人臣的大詞人如歐陽修、晏殊等，而如姜夔等一些著名詞人竟然終身未仕。由此，本章擬通過對比之辛棄疾、姜夔等更爲普通的幾組不同身份的創作群體和他們詞作的考察，從另外的側面去探索乾淳詞壇眞實的創作面貌。

第一節　潛邸舊人的應制與詠懷

朝廷幸臣參與詞的創作，這在詞史上並不是一個新的話題，最爲著名的就是徽宗年間出現的一批圍在風流皇帝徽宗周圍的以諛頌爲主的幸臣創作群體，如王安中、曹組等。出於投合徽宗皇帝審美趣味的需要，他們創作了不少應制奉承之作，其中或極盡阿諛之能事以頌聖；或俗豔謔浪以滿足皇帝畸形的心理需要。最爲甚者如曹組：

> 亳人曹元寵，善爲謔詞，所著《紅窗迥》者百餘篇，雅爲時人傳頌。宣和初，召入宮，見於玉華閣。徽宗顧曰：「汝是曹組耶？」即以《回波詞》對曰：「只臣便是曹組，會道閑言長語。寫字不及楊球，愛錢過於張補。」帝大笑。球、補皆當時供奉者，因以譏之。常著方袍，頂大帽，從小奚奴，負一酒壺，遇貴介必盡醉。又索酒，滿壺而歸。壺上刻銘云：「北窗清風，西山爽氣，醉鄉日月，壺中天地。」組官止班行，其子勳遭際建炎龍飛，富貴四十年，位至太尉。〔註4〕

同徽宗朝相比，孝宗朝幸臣亦不可謂少。張端義《貴耳集》謂：「孝宗朝幸臣雖多，其讀書作文，不減儒生；應制燕閑，未可輕視。當倉卒翰墨之奉，豈容宿撰。曾覿、龍大淵（本名𣺌，孝宗寫開二字）、張掄、徐本中、王抃、趙弗、劉弼；中貴則有甘昪、張去非、弟去爲；外戚則有張說、吳琚；北人則有辛棄疾、王佐；伶人則有王喜；棋國

〔註4〕〔宋〕章定《名賢氏族言行類稿》卷十九，《文淵閣四庫全書》第933冊，頁271～272。

手則有趙鄂。當時士大夫，少有不游曾龍張徐之門者。」〔註5〕然其中能詞者並不甚多，最爲著者當數曾覿與張掄。

曾覿是孝宗朝權傾一時的幸臣，〔註6〕被孝宗皇帝稱爲「有文學」，常與孝宗、龍大淵等人觴詠唱酬，在當時即有詞名。南宋人黃昇所編《花菴詞選》選曾覿詞15首，在88家750餘首的詞選中，不爲少數，從所選數量上亦可以反映出曾覿詞的創作成就以及被接受的程度。現存《海野詞》104首，是乾淳詞壇流傳較多的詞人之一。曾覿的104首詞作可以大致分作三類，一類是諛頌應制、應酬之作，約爲30餘首；一類是閨情詞，此類大約亦有30多首；還有一類是抒懷詞，此類詞作亦在20首左右。

張掄現存詞作122首，〔註7〕除了下面要和曾覿一起討論的應制之作外，最爲突出的還有組詞100首，每10首一組，分別詠春、夏、秋、冬、山居、漁父、酒、閑、修養、神仙。這些詞佔據了張掄詞作的主體。

在諛頌應制這一功能上，曾覿、張掄等人的應制之作同徽宗時候的近臣所作的詞或許並無多大的區分，無外乎是歌頌天子聖明、天下太平、海內宴清、社會繁榮之類的阿諛奉承之詞。如曾覿與張掄的《阮郎歸》、《柳梢青》、《壺中天慢》等，便是陪同皇帝遊覽時的應制之詞。這幾首詞便是兩人乾道、淳熙年間隨皇上、太上皇遊覽時的即興應制之作，關於這幾次隨駕遊覽作詞，周密的《武林舊事》有詳細的記載：

乾道三年三月初十日，南內遣閤長至德壽宮，奏知連日天

〔註5〕〔宋〕張端義《貴耳集》卷下，《文淵閣四庫全書》第865冊，頁451。

〔註6〕曾覿（1109～1180），字純甫，《宋史》入《佞幸傳》，載，「紹興三十年，以寄班祇候，與龍大淵同爲建王內知客」，稱其「始與龍大淵相朋，及大淵死，則與王抃、甘昪相蟠結，文武要職多出三人之門」，「用事二十年，權震中外，至於譖逐大臣，貶死嶺外」（《宋史》卷四七〇，列傳第二二九）。

〔註7〕張掄，字材甫，自號蓮社居士，與曾覿、龍大淵等一起是孝宗的潛邸舊人。《四庫全書總目》稱其「履貫未詳」，「亦狎客之流，然《宋史·佞幸傳》僅有曾覿、龍大淵、王忭，不列掄等，則但以詞章邀寵，未亂政也」。（清永瑢等《紹興內府古器評》提要，《四庫全書總目》卷一百十六）

氣甚好，欲一二日間，恭邀車駕幸聚景園看花，取自聖意選定一日。太上云：「傳語官家備見聖孝，但頻頻出去，不惟費用，又且勞動多少人。本宮後園亦有幾株好花，不若來日請官家過來閒看。」遂遣提舉官同到南內奏過，遵依訖。次日進早膳後，車駕與皇后太子過宮起居二殿訖，先至燦錦亭進茶，宣召吳郡王、曾兩府已下六員侍宴，同至後苑看花。兩廊竝是小內侍及幕士。效學西湖鋪放珠翠、花朵、玩具、匹帛，及花籃、鬧竿、市食等，許從內人關撲。次至毬場，看小內侍抛彩毬蹴秋千。又至射廳看百戲，依例宣賜。回至清妍亭看荼蘼，就登御舟，繞堤閒遊。亦有小舟數十隻供應，雜藝嘌唱，鼓板蔬果，與湖中一般。太上倚闌閑看，適有雙燕掠水飛過，得旨令曾覿賦之。遂進《阮郎歸》云：「柳陰庭院占風光。呢喃春晝長。碧波新漲小池塘。雙雙蹴水忙。　　萍散漫，絮飛揚。輕盈體態狂。爲憐流水落花香。銜將歸畫梁。」既登舟，知閤張掄進《柳梢青》云：「柳色初濃，餘寒似水，纖雨如塵。一陣東風，穀紋微皺，碧沼鱗鱗。　　仙娥花月精神。奏鳳管鸞弦鬥新。萬歲聲中，九霞杯內，長醉芳春。」曾覿和進云：「桃靨紅勻，梨腮粉薄，鴛徑無塵。鳳閣凌虛，龍池澄碧，芳意鱗鱗。　　清時酒聖花神。看內苑風光又新。一部仙韶，九重鸞仗，天上長春。」各有宣賜。

又，淳熙六年三月十五日，車駕過宮，恭請太上、太后幸聚景園。次日，皇后先到宮起居，入幕次換頭面，候車駕至，供泛索訖，從太上、太后至聚景園。……是日，知閤張掄進《壺中天慢》云：「洞天深處，賞嬌紅輕玉，高張雲幕，國豔天香相競秀，瓊苑風光如昨。露洗妖妍（張刻嬈），風傳馥鬱，雲雨巫山約。春濃如酒，五雲臺榭樓閣。　　聖代道洽功成，一塵不動，四境無鳴柝。屢有豐年天助順，基業增隆山嶽。兩世明君，千秋萬歲，永享昇平樂。東皇呈瑞，更無一片花落。」賜金盃盤、法錦等物（此詞或謂是康伯可所賦，張掄以爲己作）。

又，淳熙九年八月十五日，駕過德壽宮起居。太上留坐至樂堂，進早膳畢，命小內侍進綵竿垂釣。上皇曰：「今日中秋，天氣甚清，夜間必有好月色，可少留看月了去。」上恭領聖旨……侍宴官開府曾覿，恭上《壺中天慢》一首云：「素飆颺碧，看天衢、穩送一輪明月。翠水瀛壺人不到，比似世間秋別。玉手瑤笙，一時同色，小按霓裳疊。天津橋上，有人偷記新闋。　　當日誰幻銀橋，阿瞞兒戲，一笑成癡絕。肯信群仙高宴處，移下水晶宮闕。雲海塵清，山河影滿，桂冷吹香雪。何勞玉斧，金甌千古無缺。」上皇曰：「從來月詞，不曾用金甌事，可謂新奇。」賜金束帶、紫番羅、水晶注椀一副，上亦賜寶盞古香。至一更五點還內。是夜隔江西興，亦聞天樂之聲。〔註 8〕

「萬歲聲中，九霞杯內，長醉芳春」、「九重鸞仗，天上長春」、「兩世明君，千秋萬歲，永享升平樂」等，歌頌之意，十分顯見。這可以同宣和年間万俟詠的中秋應制詞《明月照高樓慢》作一下比較：

平分素商。四垂翠幕，斜界銀潢。顥氣通建章。正煙澄練色，露洗水光。明映波融太液，影隨簾掛披香。樓觀壯麗，附霽雲、耀紺碧相望。　　宮妝。三千從赭黃。萬年世代，一部笙簧。夜宴花漏長。乍鶯歌斷續，燕舞迴翔。玉座頻燃絳蠟，素娥重按霓裳。還是共唱御製詞，送御觴。

還可以同稍前的王觀的一首應制詞《清平樂》作一下比較：

黃金殿裏。燭影雙龍戲。勸得官家眞箇醉。進酒猶呼萬歲。　　折旋舞徹伊州。君恩與整搔頭。一夜御前宣住，六宮多少人愁。

吳曾的《能改齋漫錄》記錄了此詞的創作背景：「王觀學士嘗應制撰《清平樂》詞云：『黃金殿裏……』高太后以爲媟瀆神宗，翌日罷職，世遂有『逐客』之號。」〔註 9〕在諛頌的功能上，幾首應制詞如出一轍，別

〔註 8〕〔宋〕周密《武林舊事》卷七，頁 159～160，163～164，167。

〔註 9〕〔宋〕吳曾《能改齋漫錄》（上海：上海古籍出版社，1979 年）卷十七，頁 489。

無二致。但是比較起來，依然能夠看到曾覿、張掄應制詞創作上的進步之處，同他們相比，万俟詠的中秋應制詞多了一分典滯、凝重，少卻了一種清新、輕巧；王觀的應制之作，多了些色情的意味，少卻了典雅。曾覿、張掄的詞作則不然，明人王世貞謂：「南宋如曾覿、張掄輩，應制之作，志在鋪張，故多雄麗。」〔註 10〕細看曾、張二人的應制之作，「雄麗」之評或許並不十分恰當，「麗」則「麗」矣，「雄」則未可見也。尤其是曾覿的那首《阮郎歸》寫雙燕，直是將燕子雙雙蹴水的情狀寫活了，詞作中充滿了清俊、輕倩之氣。同前此詞人的應制之作相比，曾覿、張掄的詞作明顯多了一種生氣。然而，需要指出的是，「當倉卒翰墨之奉，豈容宿撰」的創作場景，也決定了曾、張兩人很難有太多的時間去精雕細刻，因而在藝術上有著一定的欠缺。

輕倩而不失之於豔俗，這種風格在曾覿和張掄的閨情詞中亦得到充分的體現。閨情詞自晚唐五代以來一直是詞的創作的主流題材，且莫說北宋前期的歐陽修詞中存在著大量描寫女性的相思、離別、春愁、秋怨的作品，就是素來被人們認爲是詞壇改革先鋒的蘇軾，其《東坡詞》中描寫男愁女恨、相思離別的詞作也不在少數。這種情況在乾淳詞壇中有所延續，前期詞壇的一個重鎮張孝祥爲官臨安時的許多作品就是一個顯見的例子。在閨情詞這一題材上，曾覿、張掄等保持著對傳統的繼承，尤其是曾覿，他的閨情詞創作約占現存詞總數的三分之一還要多，是他的詞的創作的重要組成部分。基於相似的身份和相同的題材，我們依然選取北宋徽宗時的近臣或是御用文人的閨情詞作爲比較對象。徽宗詞壇閨情詞的創作一個突出的特徵便是俗豔的創作意味十分濃烈。即便是具有集大成意味的詞人周邦彥亦在所難免，如其《燭影搖紅》詞云：「芳臉勻紅，黛眉巧畫宮妝淺。風流天付與精神，全在嬌波眼。早是縈心可慣。向尊前、頻頻顧眄。幾回相見，見了還休，爭如不見。　燭影搖紅，夜闌飲散春宵短。當時誰會唱陽關，

〔註 10〕〔明〕王世貞《弇州四部稿》卷一百五十二，《文淵閣四庫全書》第 1281 冊，頁 447。

離恨天涯遠。爭奈雲收雨散。憑闌干、東風淚滿。海棠開後，燕子來時，黃昏深院。」在曾覿的詞中我們也可以找到類似的作品，如他的《柳梢青》:「小宴清秋。霎時見了，雨散雲收。柳絮輕柔，梅花閒澹，宮院風流。　　空教夢繞青樓。待說箇、相思又休。無奈情何，不來眼底，常在心頭。」也是寫歡會後的相思之情，敘述手法上同周邦彥的上一首詞有如出一轍之感。更多的，曾、張的閨情詞從傳統的對美人的樣態的過分刻畫中走了出來，明顯別有一番風味，如曾覿的《眼兒媚・閨思》:「花近清明晚風寒。錦幄獸香殘。醺醺醉裏，匆匆相見，重聽哀彈。　　春情入指鶯聲碎，危柱不勝絃。十分得意，一場輕夢，淡月闌干。」再如張掄的《朝中措》:「燈花挑盡夜將闌。斜掩小屏山。一點涼蟾窺幔，釧敲玉臂生寒。　　起來無緒，爐薰燼冷，桐葉聲干。都把沈思幽恨，明朝分付眉端。」沒有對抒情女主人公外貌的精緻刻畫，沒有花間詞那種對居室景物錯彩鏤金般的描寫，祇是淡淡幾筆的渲染，便將詞的主題表現了出來，淡然而清幽，卻又讓人揮之不去。

最能彰顯曾覿和張掄詞的創作藝術功力和值得重視的一類詞是詠懷詞，這類詞抒寫眞實的自我心境，表達對人生的見解，或訴說時光的短暫，或訴說人生的失意與迷惘，或表達出世的思想，儘管其中有不少詞寓含了消極的思想成分，但是，這些都是詞人思想的眞實流露。不妨看一看張掄的這首《燭影搖紅・上元有懷》詞:「雙闕中天，鳳樓十二春寒淺。去年元夜奉宸游，曾侍瑤池宴。玉殿珠簾盡卷。擁群仙、蓬壺閬苑。五雲深處，萬燭光中，揭天絲管。　　馳隙流年，恍如一瞬星霜換。今宵誰念泣孤臣，回首長安遠。可是塵緣未斷。謾惆悵、華胥夢短。滿懷幽恨，數點寒燈，幾聲歸雁。」陪鸞伴駕的輝煌日子成了美好的回憶，在又一個上元節到來之時，詞人遠離京都，置身異地，記憶起自己去年陪侍皇上的盛游，詞人倍感今宵的淒涼。但是滿心的愁苦無處訴說，只能在淒冷的寒夜中伴幾盞孤燈，聽幾聲孤雁的哀鳴，聊以慰藉。曾覿的這首《虞美人・中秋前兩夜作》同張掄的這首詞有著相似性:「芙蓉池畔都開遍。又是西風晚。霽天碧淨暝雲收，漸看一輪冰魄、冷懸秋。　　閩山層疊迷歸路。把酒寬愁緒。舊歡新恨幾淒涼，暗想瀛洲何處、夢悠揚。」此詞作於曾覿在福建任職之時。瀛洲或許可以理解爲其對風景繁華地臨安的追想。

這種羈旅窮愁之情的抒發，從詞的內容上講，是北宋柳永以來的延續，所謂「柳（永）之《樂章》，人多稱之，然大概非羈旅窮愁之詞，則閨門淫媟之語」。〔註 11〕北宋末年的周邦彥將此類題材發揮到了一種極致，其詞的創作的兩大類，羈旅之情的抒發即是其中一類。作爲抒懷詞的一種，曾、張此類詞的創作當是自柳永以來羈旅詞的一種歷史繼承。有所不同的是，曾覿、張掄等並不僅僅止於羈旅窮愁之情的抒發，而是在抒懷詞中充實了更多的內容，如「平生耕釣事，若個安身是」（曾覿《菩薩蠻》）的出世之謂，「麒麟閣畫爲誰留，只見浮生白首」（《西江月》）的人生感歎等等，最爲值得注意的是曾覿抒寫故國之思的詞作和張掄表現其出世思想的詞作等。

曾覿於乾道六年和八年兩次作爲副使使金，作爲曾經目睹過北宋末年東京繁華的四朝老臣，再次來到故都，然而已經是物是人非了。登臨故地，發思古之幽情，唱黍離之悲歌，亦是曾覿作爲一個故國臣子感情的自然流露。宋人黃昇《花菴詞選》謂，曾覿「東都故老，及見中興之盛者。詞多感慨，如《金人捧露盤》、《憶秦娥》等曲，淒然有黍離之感」。〔註 12〕黃昇所選載的《金人捧露盤》等詞即是作於兩次使金到達汴梁之時。這些詞也是後世論及曾覿詞作時所重點談論的。《金人捧露盤》詞曰：「記神京、繁華地，舊遊蹤。正御溝、春水溶溶。平康巷陌，繡鞍金勒躍青驄。解衣沽酒醉絃管，柳綠花紅。　　到如今、餘霜鬢，嗟前事、夢魂中。但寒煙、滿目飛蓬。雕欄玉砌，空鎖三十六離宮。塞笳驚起暮天雁，寂寞東風。」這首詞的詞牌下有題曰「庚寅歲春奉使過京師感懷作」，作於乾道六年春使金之時無疑。作爲

〔註 11〕《藝苑雌黃》，〔宋〕胡仔《苕溪漁隱叢話》後集卷三十九，頁 319。

〔註 12〕〔宋〕黃昇《花庵詞選．中興以來絕妙詞選》（北京：中華書局，1958 年）卷之一，頁 172。

弄權二十年的近臣，從人格上講，曾覿或許應當受到更多的詰責，然而若從不以人廢文這一原則出發，這首詞卻有可圈可點之處。詞的上片回憶少年時的風景繁華地，僅以幾筆喜色調的「繡鞍金勒」、「柳綠花紅」便將汴京的繁華呈現在讀者的眼前。詞的下片寫眼前所見，同樣是春天的景色，卻沒有了往日的繁華與富庶，放眼望去，滿目的寒煙衰草，滿耳的塞笳鼙鼓。詞的上下片採用今昔對比的方法，純是敘事，但不言悲而悲情自見，感情眞摯而沈重。相比之下，他的《憶秦娥》的敘述則是更爲直接：「風蕭瑟。邯鄲古道傷行客。傷行客。繁華一瞬，不堪思憶。　叢臺歌舞無消息。金尊玉管空塵跡。空塵跡。連天草樹，暮雲凝碧。」此詞題爲「邯鄲道上望叢臺有感」，亦是使金途中之作。叢臺，在邯鄲城內，戰國時趙國所築，因素臺相連而得名。行走在邯鄲古道，眼前看到的卻衹是連天的草樹，絕然不見昔日的歌舞繁華，於是有感於心，發而爲言，寫下了這首懷古抒懷之作。

佔據張掄詞作絕大部分的是他的組詞，每 10 首一組，分別詠春、夏、秋、冬、山居、漁父、酒、閑、修養、神仙。這 10 組詞之所以需要引起重視，在於 10 組詞所反映的近乎一致的思想主題和組詞的規模意義。儘管在詠寫的對象上，春夏秋冬四季和山居、漁父等各不相同，但是在思想主旨上，每組詞卻表現出了近乎一致的思想趨向，如《點絳唇・詠春》10 首中的「試問榮名，何似花前醉。陶陶地。任他門外，車駕喧鬧朝市」（其一）、「得失休思慮，從今去，醉鄉深處，莫管流年度」（其十），再如《阮郎歸・詠夏十首》中的「元來一念靜無塵，蕭然心自清」（其五）、「名不戀，利都忘，心閑日自長」（其八），如此等等，都明顯表達出了詞人與世無爭、高蹈出世的思想傾向。至於「山居」「漁父」「詠閑」「神仙」等，從詞題上即可見出詞人的思想主旨。以 10 組 100 首詞這樣大的規模分主題填詞，這種以組詞的方式填詞在詞的發展歷史上，還未曾有過。值得重視的是，張掄的這種大規模、有組織的創作，從傳播方式和對詞的功能的應用上來說，已經超越了傳統意義上的詞爲應歌而作的基本功能，從而走向了更爲寬廣的表現領域，走向對自我內心思想的表白，儘管這種思想有著相當多的消極出世的成分，卻是詞人眞實思想的表露。

作爲近臣，曾覿與張掄同北宋徽宗年間的近習詞人有著相似的地位，而詞的創作，在內容和題材上同他們有著很強的可比性，這也是我們在上文種屢屢以徽宗朝的文人作爲參照系的一個主要原因。從題材的延續上，曾、張等人繼承了晚唐五代以來的閨情詞和作爲抒懷詞的一個部分的羈旅詞，但是，在繼承的基礎上有所突破和更新，在詞的內容和功能上有所提高和擴充，這也是同乾淳詞壇保持著某種一致性的，顯示了乾淳詞創作上的進步提高。

第二節　宗室詞人群的閒適吟詠

趙彥端等宗室文人詞人群亦是南宋乾淳詞壇的重要一支，代表了其時詞的創作的一個方面，因此，要想全面瞭解和展示乾淳詞創作的整體態勢，很有必要將他們的創作情況作一下歷史的回顧。儘管從後世的接受角度來說，他們的名字和詞很少爲人所問津，很少進入人們研究的視野；儘管在詞的創作上，宗室文人並沒有能夠承擔起詞的革新和發展的重任，但，趙長卿存詞339首，〔註13〕數量之多，僅次於其時的辛棄疾，趙彥端存詞158首，〔註14〕趙師俠存詞154首，〔註15〕從個人存詞數目來看，這樣的量還是很大的，因此應當予以適當的重視。

趙彥端爲「宋之賢宗室也。在士大夫亦曰賢。力學能文，風度灑落，詞辯纚纚不休，遇樽酒談笑，掀髯抵掌，一坐盡傾。然持身嚴甚，非其交不往。當議論是非曲直之際，嶷嶷不可屈，雖坑穽在前弗顧，鍾鼎探手可得不能誘也」。〔註16〕一時往來交遊者多爲當時的名公巨

〔註13〕趙長卿，自號仙源居士，生卒年不詳。

〔註14〕趙彥端（1121～1175），字德莊，號介庵，魏王廷美七世孫。紹興八年進士，官至朝奉大夫，淳熙二年卒。

〔註15〕趙師俠，字介之，燕王趙德昭七世孫，居於新淦（今江西新幹）。孝宗淳熙二年（1175）進士。有《坦庵詞》。

〔註16〕〔宋〕韓元吉《直寶文閣趙公墓誌銘》，《南澗甲乙稿》卷二十一，《文

卿，朱熹、范成大、楊萬里、韓元吉等文學之士對其頗爲激賞，韓元吉稱「其詩詞一出，人嗜之往往如啗美味。然宗戚貴遊欲以圖畫納禁廷，祈爲題賦者，率謝不能。其掾宰府，盡言無所遜避，以是多忤。與人交，坦然不事畦畛，其爲縣務寬其民，其爲郡務假其屬邑，其爲部使者，則郡之細故亦不問。喜爲義事，重然諾」。〔註 17〕楊萬里盛讚他說：「舊日張三影，今時趙半杯。誰將牌印子，牒過草廬來。一代風流盡，餘年鬢髮催。愁邊對詩酒，懷抱向誰開。」〔註 18〕將「趙半杯」和「張三影」對照起來，固然稍有戲謔的成分，但是由此亦可以見出，在當時，趙彥端已經以詩詞名世。張端義《貴耳集》中的一條記載也可以證明這一點：「趙介菴名彥端，字德莊，宗室之秀。能作文。賦西湖《謁金門》『波底夕陽紅縐』，阜陵問誰詞，答云彥端所作。我家里人也會作此等語，喜甚。」〔註 19〕以一首《謁金門》爲孝宗所激賞，可見當時趙彥端的詞名之盛。宋人喻良能也有著很高的評價：「老眼看書成霧，介菴墨妙金篦。波底斜陽紅濕，絕勝彩筆新題。」〔註 20〕喻良能登紹興二十七年進士，爲趙彥端同時人。趙彥端詞名爲當世所推重，由此概可見出。

現存 158 首詞作是我們今天所見到的《介菴詞》的全部，集中有約三分之一爲其交往唱酬之作，或是祝壽，或是贈別。其餘近百首，則或爲詠物，或爲寫人，或爲詠寫節日，各有數十首。《四庫全書總目》稱趙彥端詞「多婉約纖穠，不愧作者」。〔註 21〕用「婉約」來評

淵閣四庫全書》第 1165 冊，頁 340。

〔註 17〕同上，頁 341。

〔註 18〕〔宋〕楊萬里《詩酒懷趙德莊》，《誠齋集》卷四十一。詩後有注曰：「趙德莊每對客，不淪茗，必傳觴半杯。笑謂客曰：某名趙半杯，君知否？余老病不能飲半杯，故云。」

〔註 19〕〔宋〕張端義《貴耳集》卷上，《文淵閣四庫全書》第 865 冊，頁 422。按，趙德莊《謁金門》詞原句爲「波底斜陽紅濕」，張端義引誤。

〔註 20〕〔宋〕喻良能《書趙德莊詞後》，《香山集》卷十二，《文淵閣四庫全書》第 1151 冊，頁 719。

〔註 21〕〔清〕永瑢等《四庫全書總目》卷一九八，頁 1816。

價趙彥端的詞作，或許還算恰當，若以「纖穠」論之，則未必盡然。總體看去，趙彥端的大多數詞作「纖」而不「穠」，清而不豔，在詞風上呈現出一種清雅之美，並無過分穠豔之作。即便是那首爲孝宗皇帝所稱許的《謁金門》也是以清新見長：

> 休相憶。明夜遠如今日。樓外綠煙村冪冪。花飛如許急。
> 　柳岸晚來船集。波底斜陽紅濕。送盡去雲成獨立。酒醒愁又入。

這是一首題扇詞，詞的主旨是寫別後的相思。淡淡的愁絲猶如畫樓外裊裊的炊煙和依稀的村莊，隱約可見。沒有華麗的辭藻，有的衹是淺淺的別後的相思。同以往花間式的閨怨春愁相比，這首詞可謂清新婉雅，即使是那句爲孝宗皇帝稱頌的「波底斜陽紅濕」句，也並無豔麗之感，陳鵠謂：「趙德莊詞云：『波底夕陽紅濕。』『紅濕』二字以爲新奇，不知蓋用李後主『細雨濕流光』，與《花間集》『一庭疏雨濕春愁』之『濕』。」〔註22〕

這種清新雅致的筆調是趙彥端詞的主導性風格。150 餘首詞作中，不論是贈別友人，還是爲親朋祝壽，不論是詠物、寫人，還是體物寫志，趙彥端都是在以一種清婉的筆調去進行詞的創作。看這首詠物詞《風入松・杏花》：「傳聞天上有星榆。歷歷誰居。淡煙暮擁紅雲暖，春寒乍有還無。作態似深又淺，多情要密還疏。　移尊環坐足相娛。醉影憑扶。江南歸到雖憐晚，猶勝不見踟躇。儘拚綠陰青子，憑肩攜手如初。」一向以俗豔著稱的杏花，在趙彥端的筆下，亦顯得清新淡雅，婉而有致，而不似常人所吟詠的充滿了濃豔的風味。再來看一首祝壽詞：「淦水定何許，樓外滿晴嵐。落霞蜚鳥無際，新酒爲誰甘。聞道居鄰玉笥，下有芝田琳苑，光景照江南。已轉丹砂九，應降素雲三。　憶疇昔，翻舞袖，縱劇談。玉壺傾倒，香霧黃菊釀紅柑。好在當時明月，只有爐薰一縷，緘寄可同參。腰肯南遊不，蓬海試窮

〔註22〕〔宋〕陳鵠《西塘集耆舊續聞》（北京：中華書局，1985年）卷二，頁7。

探。」這首詞題爲《水調歌頭・爲壽》，所祝何人，已無從考證。雖爲祝壽之詞，卻無諛頌之嫌。更爲主要的是，此詞並沒有富麗堂皇的詞藻，相反，「落霞蜚鳥」、「樓外晴嵐」等自然清新景致的鋪寫卻給人一種置身塵外的美感，體現出了趙彥端詞作清新別致的主要特徵。

趙彥端詞的清新別致還體現在詞的字面上，一個十分搶眼的字眼便是「清」。凡 158 詞中，「清」字出現了 60 次，比之蘇軾 366 首詞出現了 99 次，〔註 23〕趙彥端的詞作中「清」字出現的比率還要爲高。從構詞上有「清佳、清淑、清馥、清絕、清明、清閒、清芬、清白、清淨、清逸、清寒、清瘦、清潤、清露、清風、清陰、清夢、清光、清水、清肌、清曉、清晝、清夜、清恨、清歡、清徽、清秋、清歌、清音、清愁、清池、清波、清眠、清淮、清彈」等，由此可以見出趙彥端對「清」的偏嗜。如此數量的「清」的使用，正使得介菴詞在風格上體現出一種清雅之氣。

以題材而論，趙彥端 158 首詞作亦有不少寫妓女，寫閨情的詞，如上文一再提及的那首《謁金門》詞，更爲人所注目的是十首詠妓詞《鷓鴣天》。《四庫全書總目》稱：「集末《鷓鴣天》十闋，乃爲京口角妓蕭秀、蕭瑩、歐懿、劉雅、歐倩、文秀、王婉、楊蘭、吳玉九人而作。詞格凡猥，皆無可取。且連名入之集中，殆於北里之志，殊乖雅音。蓋唐宋以來士大夫不禁狹斜之遊。彥端是作，蓋亦移於習俗，存而不論可矣。」〔註 24〕從題材上看，這十首詠妓詞，頗有點北宋詠妓女的餘燼這樣的意味，這是對宋詞傳統題材的延續。早在北宋前期的柳永即在詞中以相當的數量詠寫妓女，如《木蘭花》四首分別詠寫心娘、佳娘、蟲娘、酥娘等四位妓女，即是類似於趙彥端的這 10 首詠妓詞。然而不同的是，柳永的大部分詠妓詞都難以擺脫對妓女的體態的描寫，這種描寫多是俗豔，甚而是有色情意味的。如這首《合歡帶》：「身材兒、早是妖嬈。算風措、實難描。一箇肌膚渾似玉，更都來、

〔註 23〕此處蘇軾詞中「清」字統計據臺灣元智大學唐宋詞全文檢索系統。
〔註 24〕〔清〕永瑢等《四庫全書總目》卷一九八，頁 1816。

占了千嬌。妍歌豔舞，鶯慚巧舌，柳妒纖腰。自相逢，便覺韓娥價減，飛燕聲消。　　桃花零落，溪水潺湲，重尋仙徑非遙。莫道千金酬一笑，便明珠、萬斛須邀。檀郎幸有，凌雲詞賦，擲果風標。況當年，便好相攜，鳳樓深處吹簫。」而趙彥端十首詠妓詞所詠寫的 9 位妓女，每一位都是當成是超凡脫俗的仙女來寫的，在詞語的選擇上也無俗氣、濃豔之修飾。不妨舉出其中一首來看：「綽約嬌波二八春。幾時飄謫下紅塵。桃源寂寂啼春鳥，蓬島沈沈鎖暮雲。　　丹臉嫩，黛眉新。肯將朱粉汙天眞。楊妃不似才卿貌，也得君王寵愛勤。」（《鷓鴣天・文秀》）將妓女文秀比作是天上的謫仙下凡，對其外貌的誇讚也僅止於「丹臉嫩，黛眉新」這樣一句，迥然不同於柳永的「肌膚渾似玉」之類的描寫。10 首詞的最後一首《鷓鴣天・總詠》寫道：「一簇神仙會見奇。誓誇蘇小與西施。憐輕鏤月為歌扇，喜薄裁雲作舞衣。　　牙板脆，玉音齊。落霞天外雁行低。看看各得風流侶，回首乘鸞舊路歸。」把 9 位妓女比作是一簇下凡的仙女，不但沒有了柳永詞中的俗豔意味，而「鏤月」「裁雲」、「落霞天外」之謂，相反倒有一種蕭疏淡遠之致了。由此我們可以得到的結論是，《四庫全書總目》所評的「詞格凡猥，皆無可取。且連名入之集中，殆於北里之志，殊乖雅音」，並不甚恰切，四庫館臣之所以得出如此之結論，蓋出於題材上的一種考量。

趙長卿，也是宗室文人，是乾淳詞壇存詞較多的作者之一，數量僅次於辛棄疾，列於第二。關於趙長卿的身世，所能夠知道的僅是，他是南豐人，宗室子，甚至連他的名字都待考。從其交遊詞中可以看出，其所與往來交遊者也多是名不見經傳者。詞中所與交往唱酬者如張希舜、胡彥直、趙德遠等，許多人名字故里都無從考證。稍微有些可以考證的如周德遠，也只知道，他與當時的名流王十朋友善，曾有詩詞酬唱，樓鑰有《周德遠挽詞》；再有如蔡柟，《宋詩紀事》稱「柟字堅老，南城人。嘗為宜春別駕，宣和以前人，歿於乾道庚寅（1170）。曾公卷、呂居仁輩皆與倡和，有《雲壑隱居集》、

《浩歌集》。」〔註 25〕由此可見，趙長卿並無與名公巨卿交往的經歷，從詞集中所見的，往來較多的是其故里南豐的縣丞及其他小官吏等，如詞題中多有「上董倅」「上馬宰」「上祝丞」「上魏安撫」等，並沒有與達官顯貴交往的詩詞。毛晉《惜香樂府跋》中稱：「長卿自號仙源居士，蓋南豐宗室也。不棲志紛華，獨安心風雅，每遇花間鶯外，輒觴詠自娛。鄉貢進士劉澤集其樂府，以春景、夏景、秋景、冬景及總詞、賀生辰、補遺類編，釐爲十卷。」「不棲志紛華，獨安心風雅，每遇花間鶯外，輒觴詠自娛」，從《惜香樂府》中的交往詞即可以證明這一點。從其所存的詞作中亦可以看出趙長卿的個性。《驀山溪・遣懷》詞云：「無非無是。好個閒居士。衣食不求人，又識得、三文兩字。不貪不僞，一味樂天眞，三徑裏。四時花，隨分堪遊戲。　學些沓拖，也似沒意志。詩酒度流年，熟諳得、無爭三昧。風波岐路，成敗霎時間，你富貴。你榮華，我自關門睡。」另一首《水調歌頭・遣懷》詞亦云：「貪癡無了日，人事沒休期。白駒過隙，百歲能得幾多時。自古腰金結綬，著意經營辛苦，回首不勝悲。名未能安穩，身已致傾危。　空剜刻，休巧詐，莫心欺。須知天定，只見高塚與新碑。我已從頭識破，贏得當歌臨酒，歡笑且隨宜。較甚榮和辱，爭甚是和非。」《水龍吟・自遣》詞與這兩首遣懷詞有著相同的思想表達：「曏曾著意斟量過，天下事、無窮盡。貪榮貪富，朝思夕計，空勞方寸。躡足封王，功名蓋世，誰如韓信。更堆金積玉，石崇豪侈，當時望、傾西晉。　長樂宮中一歎，又何須纍纍懸印。墜樓效死，輕車東市，頭膏血刃。尤物虛名，於身何補，一齊休問。遇當歌臨酒，舒眉展眼，且隨緣分。」不以榮華富貴、成敗榮辱爲懷，趙長卿一生祇是詩酒自樂，過得瀟灑自得。他曾參加過漕試，但沒有做過什麼官，所與交往者最多也不過是郡守。因此詞作中並沒有有關官場失意的表達，集中

〔註 25〕〔清〕厲鶚《宋詩紀事》（上海：上海古籍出版社，1983 年）卷四十一，頁 1044。

所言最多的是對閒適生活的隨意吟詠，春夏秋冬一年四季之景，春花秋草、春愁秋思，都在詞人的筆下成爲吟詠的主要內容。

以詞的藝術創作力而論，由於主題的相對單一，趙長卿《惜香樂府》可以言說的東西或許並不太多，這也是造成迄今爲止研究者無幾的一個主要原因。但是，如若從另外一個思路去考慮，以300餘闋如此大規模的數量去詠寫閒適的生活，並且十分狹窄地集中春夏秋冬一年四季之景上，以之自娛，在詞史上，趙長卿是第一人。這就是我們所發現的趙長卿《惜香樂府》詞史上的重要意義。從詞產生之日起，詞的功能一直被局限在侑觴娛賓的從屬性地位上，所謂「娛賓而遣興」者也。也就是說，詞的生成從最初開始一直被定位爲一種他適性的行爲，詞的主要功能更多的是娛人而不是自娛，詞的寫作主要是爲發揮一種社會性的功能，而不是一種自適性的功能，許多情況下不是一種個人化的寫作。這種情形隨著文人參與的逐步深入而有所改變，即個人化的寫作趨向逐漸加強，北宋前期的柳永就是一個顯見的例子。所謂「羈旅窮愁之詞」、「閨門淫媟之語」之類的批評，是從題材的狹窄和語言的卑俗這樣的角度來對柳永所做的判斷，若從詞的發展歷程來看，「羈旅窮愁之詞」式的寫作不能不說一種個人化寫作的開創。蘇軾更是將革新的精神帶進了詞的創作中，「無意不可入，無事不可言」的寫作境界，〔註26〕是蘇軾的首創，但是在北宋的後期後繼乏人，並沒有得到很好的繼承，詞壇彌漫著俗豔的氣息，詞的創作更多的是要發揮一種社會性的應歌佐歡的實際功用，而不是一種對個人性情的抒寫，不是一種個人化的寫作。從一定程度上講，趙長卿300多首閒情詞的創作，是對詞的創作的他適性功能的一種反撥，是使詞眞正發揮作爲文學的功能的一種創作方式，因而值得予以肯定。

《惜香樂府》總共十卷，《四庫全書總目》稱：「是集分類編次。凡春景三卷、夏景一卷、冬景一卷、總詞三卷、拾遺一卷。據毛晉跋語，

〔註26〕〔清〕劉熙載《詞概》，唐圭璋編《詞話叢編》，頁3690。

乃當時鄉貢進士劉澤所定，其體例殊屬無謂。且夏景中如《減字木蘭花》詠柳一闋，《畫堂春》輦下游西湖一闋，宜屬之春；冬景中《永遇樂》一闋，宜屬之秋，是分隸亦未盡愜也。」〔註 27〕分類編次雖然有不足之處，但其功勞卻不可抹煞。這當中寫四季景色、風物者占了近《惜香樂府》詞作總數的 2/3 還要多，其中，春景就有 107 首，夏、秋、冬景各爲 40 首。詠春詞占了趙長卿全部詞作的近 1/3，詠春詞從類別上劃分，則有兩大類，一類是詞題直接爲寫景詠春的，有初春、早春、小春、深春、暮春、殘春，有春早、春半、春深、春濃、春暮、春晚、春殘、春寒，有春景、春雨、春思、春詞，有詠春、送春、尋春，其中暮春之景（如暮春、殘春、春晚）等占了絕大部分；還有一類是直接詠寫春日風物的，有詠寫梅、荼蘼、海棠、杏花、楊花、芍藥，有草詞、柳詞、雨詞，有詠燕子、鶯，有詠寫元日、上元、社日的，這其中以詠梅爲最多，有 24 首。從數量上看，趙長卿的 200 多首寫景詠物詞無疑是其最具代表性的創作組成，而從其創作成就上講，這無疑也是趙長卿極具代表性的方面。《四庫全書總目》稱：「長卿恬於仕進，觴詠自娛，隨意成吟，多得淡遠、蕭疏之致。」〔註 28〕這種詞風的形成，其實是源於其蕭疏淡遠的人格特徵。趙長卿一生與世無爭，不以功名富貴爲懷，這種澹泊名利的思想也始終伴隨著寫景詠物詞的寫作。

托物言志、借景抒情，是文學表達的常用手法。最初的源頭可以在《詩經》的賦比興的表現手法中找到。清人蔣敦復說：「詞原於詩，即小小詠物，亦貴得風人比興之旨，唐、五代、北宋人詞不甚詠物，南渡諸公有之，皆有寄託。」〔註 29〕「皆有寄託」的斷語未免有點太過武斷，但是說趙長卿的詞寫景詠物之中有所寓托，應該是合乎情理的一種說法。在題材的選取上，趙長卿寫景詠物詞表現出了一定的取捨，如寫春，繁花似錦的絢爛春日在趙長卿的筆下並不多見，爲詞人

〔註 27〕〔清〕永瑢等《四庫全書總目》卷一九九，頁 1819～1820。
〔註 28〕同上，頁 1820。
〔註 29〕〔清〕蔣敦復《芬陀利室詞話》卷三，唐圭璋編《詞話叢編》，頁 3675。

所寫最多的是暮春之景，這種景致的描寫往往是爲了配合其離別情思的抒發，如《青玉案·春暮》：「天涯目斷江南路。見芳草、迷風絮。綠暗花梢春幾許。小桃寂寞，海棠零亂，飛盡胭脂雨。　　子規聲裏山城暮。月掛西南夢回處。滿抱離愁推不去。雙眉百皺，寸腸千縷，若事憑鱗羽。」芳草萋萋、飛紅如雨、子規聲聲，春歸人不歸，所有這些，勾引起的正是行人對江南故鄉的無限嚮往和思念。借暮春之景芳草、子規等的象喻性內涵，抒發詞人的懷歸之思，這是趙長卿不少寫暮春之景詞作的共同性特徵。《青玉案·殘春》也有著相似的表達：「梅黃又見纖纖雨。客裏情懷兩眉聚。何處煙村啼杜宇。勸人歸去，早思家轉，聽得聲聲苦。　　利名縈絆何時住。惱亂愁腸成萬縷。滿眼興亡知幾許。不如尋個，老松石畔，作個柴門戶。」而對春日風物的詠寫，也體現出了詞人表現心志的需要。春天裏百花競放、萬木爭榮，可以詠寫的景物不計其數，但是詞人卻衹是選取了梅花、芍藥、海棠等極少數的景物加以詠寫，其中又以梅花爲最多，總共有 24 首，占其中的大部分。〔註 30〕趙長卿之所以如此飽含激情地詠歎梅花，正是從梅花身上，折射出了詞人高自標置的人格；從梅花身上，詞人看到自己那顆孤高自許的心。來看他的一首詠梅詞《江神子·梅》：「年年長見傲寒林。壓群英。有餘清。曾被芳心，紅日惱詩情。玉質暗香無限意，偏婉娩，儘輕盈。　　今年瀟灑照岐亭。更芳馨。也崢嶸。無奈多情，終是惜飄零。誰與東君收拾取，怕風雨，挫瑤瓊。」再如《水龍吟·梅詞》：「煙姿玉骨塵埃外，看自有神仙格。花中越樣風流，曾是名標清客。月夜香魂，雪天孤豔，可堪憐惜。向枝間且作，東風第一，和羹事、期他日。　　聞道春歸未識。問伊家、卻知消息。當時惱殺林逋，空遶團欒千百。橫管輕吹處，餘香散、阿誰偏得。壽陽宮、應有佳人，待與點、新妝額。」梅花的冰清玉潔，梅花的孤芳自賞，其實不正是詞人蕭散孤高心境的外化嗎？

〔註 30〕這只是《惜香樂府》一至三卷「春景」中的寫梅詞的數量的統計，整個《惜香樂府》中詠梅詞則更多，約在 50 首左右。

趙師俠亦是以寫詞見長的宗室文人。《四庫全書總目》中又稱為趙師使，並有按語曰：「案陳振孫《書錄解題》載《坦菴長短句》一卷，稱趙師俠撰，陳景沂《全芳備祖》載梅花五言一絕，亦稱師俠，與此本互異，未詳孰是。蓋二字點畫相近，猶田肎田宵，史傳亦姑兩存耳。毛晉刊本謂師使一名師俠，則似其人本有兩名，非事實也。」〔註31〕案，「師使」為「師俠」之誤，當為毛晉刊本所誤。陳振孫為南宋後期人，寶慶二年（1226）曾任興化軍通判，其後一直任職各地，直到淳祐九年（1249）退職。陳振孫在世的時候，趙師俠可能剛剛去世。《直齋書錄解題》的「趙師俠」之稱應該是可信的。又，《郡齋讀書志》附志「《夢華錄》一卷」中稱「右夢想東都之錄也，宋敏求《京城記》載坊門公府宮寺第宅為甚詳，而不及巷陌店肆、節物時好。孟元老記錄舊所經歷，而為此書，坦菴趙師俠識其後。」附志為趙希弁於淳祐己酉（1249）所編，其時去趙師俠去世不過40餘年，「坦菴趙師俠」之稱，當為信言。《四庫全書總目》又稱「集中有和葉夢得、徐俯二詞，蓋南宋初人也」，其後又稱「師使嘗舉進士，其宦遊所及，繫以甲子，見於各詞注中者，尚可指數。大約始於丁亥（1167），而終於丁巳（1197）。」誤，且其言前後牴牾。葉夢得卒於紹興十八年（1148），徐俯卒於紹興十一年（1141），趙師俠則為淳熙二年乙未（1175）詹騤榜進士，在葉、徐卒時，趙師俠尚幼或者還沒有出世，因此不可能與他們有交往。所和之詞詞題目均為和其韻，當為追和，不必是有交往，所以應為南宋乾淳時人，而不是「南宋初人」。又據其往來唱酬者亦可證此。其中彭龜年者，與之交誼最深，曾作《送趙介之赴舂陵十首》，其中有「二老不忍別，相期尚百年。正當愛日時，剩種北堂萱」一首，〔註32〕可知，兩人年歲大致相仿；又作《祭趙介之參議文》以祭之。祭文謂：「嗟嗟介之兮，委世如遺。去不復返兮，去將安之。茫茫宇宙兮，浩無津涯。顧塵世雖若

〔註31〕〔清〕永瑢等《四庫全書總目》卷一九八，頁1813。
〔註32〕〔宋〕彭龜年《止堂集》卷十八，《文淵閣四庫全書》第1155冊，頁926。

可厭兮，彼汗漫亦難期。嗟嗟介之兮，云胡不歸。公朝而出兮娭娭；暮而入兮怡怡。心如春風兮，無物不宜。一日不見兮，人誰不思。人方思公兮，云胡不歸。梅的皪兮何萎；橘累累兮若觭。昔焉芽蘖兮，倏已離離；往培植之不足兮，今已勝雨練而風披。君亦懷此兮，云胡不歸。嗚呼，余之與公兮，不啻塤箎。忽舍我以去兮，我誰與比。景豈不猶昔兮，人焉已非。觸景以望公之歸兮，云胡不歸。余豈不出兮，人誰我知。人奚不我顧兮，疇如公夷。九原不可作兮，若之何。其酌此酒以永訣兮，齎咨涕洟。」〔註 33〕彭龜年，《宋史》有傳，乾道五年（1169）進士，開禧二年（1206）卒。

趙師俠在年輕時即表現出了過人的才藝。彭龜年《送趙介之赴春陵十首》其一謂：「少年擢兩科，才氣拚公行。恨無東坡翁，爲君賦《秋陽》。」在少年時即連擢兩科，藝壓群芳，顯示了過人的才氣。其門人尹覺爲其詞所作的序文中亦稱：「坦菴先生金閨之彥，性天夷曠，吐而爲文，如泉出不擇地。連收兩科，如俯拾芥，詞章乃其餘事。人見其模寫風景，體狀物態，俱極精巧。初不知得之之易，以至得趣忘憂，樂天知命，茲又情性之自然也。因爲編次，俾鋟諸木，觀者當自識其胸次云。」〔註 34〕精巧地「模寫風景、體狀物態」是宗室文人如趙彥端、趙長卿、趙師俠等共同的創作特徵。其中又以趙長卿、趙師俠爲勝，清人馮煦謂：「坦菴、介菴、惜香皆宋氏宗室，所作並亦清雅可誦。高宗於彥端西湖詞有『我家里人也會作此等語』之稱。其實，介菴所造，比諸坦菴、惜香，似尚未逮。」〔註 35〕毛晉所作的《坦菴詞跋》稱：「介之，汴人，一名師俠，生於金閨，捷於科第，故其詞亦多富貴氣。或病其能作淺淡語，不能作綺麗語。余正謂諸家頌酒賡色，已極濫觴，存一淡妝，以愧濃抹，

〔註 33〕〔宋〕彭龜年《止堂集》卷十五，《文淵閣四庫全書》第 1155 冊，頁 905。

〔註 34〕〔宋〕尹覺《題坦庵詞》，施蟄存主編《詞籍序跋萃編》，頁 166。

〔註 35〕〔清〕馮煦《蒿庵論詞》，唐圭璋編《詞話叢編》，頁 3589。按，高宗當爲孝宗之誤。

亦初集中放翁一流也。」〔註 36〕毛晉跋語的前後矛盾，在馮煦那裡得到了糾正：「毛氏既許坦菴爲放翁一流，又謂其多富貴氣，不亦自相矛盾耶？」〔註 37〕

在題材的選取上，趙師俠同以前的許多詞人一樣，也有著對詩酒風流生活的描寫，《本事詞》卷下載：「趙師俠坦菴，爲南宗之雋，工詞章，亦多贈妓之作。其贈妙惠《鷓鴣天》云：『妙曲清聲壓楚城。蕙心蘭態見柔情。疊波穩稱金蓮步，蘸甲從教玉筍斟。　歌緩緩，笑吟吟。向人眞處可憐生。仙源幸有藏春處，何事乘風逐世塵。』又於滕王閣上贈段雲輕《浣溪沙》云：『落日沈沈墮翠微，斷雲輕逐晚風歸。西山南浦畫屏圍。　一瞥波光明欲溜，兩眉山色翠常低。須知人與景相宜。』又同曾無玷觀尤賽娘弈棋，《點絳唇》云：『裊裊娉娉，可人尤賽娘風韻。花嬌玉潤。一捻春期近。　占路藏機，已向棋中進。都休問。酒旗花陣。早晚爭先勝。』三闋皆暗藏小字云。」〔註 38〕這類贈妓詞的創作體現了趙師俠等對傳統題材的一種繼承，但誠如《四庫全書總目》的評價中所言：「今觀其集，蕭疏淡遠，不肯爲剪紅刻翠之文，洵詞中之高格。但微傷率易，是其所偏。」〔註 39〕即使是贈妓詞，趙師俠的詞作也沒有以往詞人的那種「剪紅刻翠」的俗豔之氣，這同趙師俠總體詞風的趨向是一致的。

在總的詞風趨向上，趙師俠以蕭疏淡遠爲旨歸，同其他宗室文人趙彥端等的風格有著一種相似性，這一點上，可以從一個數字見出：趙師俠詞曾有 36 首誤入趙彥端《介菴琴趣外篇》中；趙彥端也有一首《踏莎行》曾誤入趙師俠詞集中。這一數字和現象足以表明兩人在創作風格上的趨同性。趙師俠、趙彥端、趙長卿幾人在詞風上的趨同性還可以從意象的使用上得到具體的反映。趙長卿《惜香樂府》寫春

〔註 36〕〔明〕毛晉《坦庵詞跋》，施蟄存主編《詞籍序跋萃編》，頁 166。
〔註 37〕〔清〕馮煦《蒿庵論詞》，唐圭璋編《詞話叢編》，頁 3589。
〔註 38〕〔清〕葉申薌《本事詞》，唐圭璋編《詞話叢編》，頁 2357。
〔註 39〕〔清〕永瑢等《四庫全書總目》卷一九八，頁 1813。

景的詞共 107 首，占了存詞總數的近 1/3，這種以「模寫風景、體狀物態」見長的創作狀況在趙師俠和趙彥端的詞作中都同樣存在著，茲選取幾位詞人使用比較多的意象，即可見出這一特徵來：

意象／詞人（存詞數）	風	春	花	雨	山	江	水	愁	月	柳	閑	秋	燕	梅
趙師俠（154）	119	102	73	66	51	50	45	38	26	26	25	24	19	18
趙彥端（158）	114	96	104	58	49	48	41	21	65	25	25	36	10	40
趙長卿（339）	241	174	222	131	82	105	95	104	112	61	54	63	25	68

從以上所列各種意象的使用頻率，即可見出幾位詞人對「模寫風景、體狀物態」的偏嗜。摹寫春花秋月，書寫閒適生活，這是宗室文人趙師俠等人共同的創作主脈。在詞的創作中沒有深廣的社會內容，有的衹是文人雅致的閒適抒發，在詞風上表現出蕭疏淡遠的風致，在這一點上，趙師俠同趙彥端、趙長卿等其他宗室詞人也有著一致性。反映在詞的題材上，一個直觀的顯現便是詠物詞在趙師俠《坦菴詞》中所占的舉足輕重的地位。

詠物之盛是趙師俠詞的一個特色，其中又以詠花詞爲最多。154 首詞中，僅見於詞題標示的就有 30 多首。與趙長卿詠花詞偏愛梅花所不同的是，趙師俠的寫花詞詠寫的範圍比較廣，幾乎達到了無花不詠的程度，舉凡桃花、茉莉、牡丹、芙蓉、梅花、菊花、海棠、荼蘼、蓮花、丹桂、月季、迎春花、櫻桃花、杏花等，在趙師俠的筆下都有專詞詠寫，且寫得有聲有色，頗有風致。試看這首《酹江月・信豐賦茉莉》：「化工何意，向天涯海嶠，有花清絕。縞袂綠裳無俗韻，不畏炎荒煩熱。玉骨無塵，冰姿有豔，雅淡天然別。真香冶態，未饒紅紫春色。　底事□落江南，水仙兄弟，端自難優劣。瘴雨蠻煙魂夢遠，寧識溪橋霜雪。薝蔔同芳，素馨爲伴，百和清芬爇。淒然風露，夜涼香泛明月。」茉莉的自然脫俗，冰玉之姿，是趙師俠所捕捉到的茉莉的獨特之處。這同趙彥端與趙長卿詠物詞的清新淡雅比較起來，是非常相似的。

趙師俠蕭散淡雅的詠物詞的創作，是其蕭散心境的一種自然體現。不以世俗之虛名為懷，一生衹以閒適自在的生活為追求的目標：「彈指光陰如電速。富貴功名，本自無心逐。糲食粗衣隨分足。此身安健他何欲。」（《蝶戀花・戊申秋夜》）趙師俠的這種閒適淡雅的心境不但十分明顯地體現在他的詠物詞中，而且也十分突出地體現在他的記遊詞當中。記遊詞是《坦菴詞》中詠物之外的又一大品類。《風入松・戊申沿檄衡永，舟泛瀟湘》詞云：「溪山佳處是湘中。今古言同。平林遠岫渾如畫，更漁村、返照斜紅。兩岸荻風策策，一江秋水溶溶。　蒼崖石壁景尤雄。人自西東。利名汩沒黃塵裏，又那知、清勝無窮。何日輕舠蓑笠，持竿獨釣西風。」這首詞作於淳熙十五年詞人泛舟瀟湘時，詞的上片寫景，下片抒情言志，漁村、斜照、荻風、秋水，一幅蕭散的秋日瀟湘風光，在趙師俠的筆下被寫得韻味十足，與之暗和的是詞人蕭散的心境，詞人醉心於這恬淡的山水勝景之中，無盡的秋意塡滿了胸中，於是名利便成了一種多餘。《柳梢青・富陽江亭》與這首詞也有著相似的創作路數：「煙斂雲收。夕陽斜照，暮色遲留。天接波光，水涵山影，都在扁舟。　虛名白盡人頭。問來往、何時是休。潮落潮生，吳山越嶺，依舊臨流。」以景寓志，借景抒情，在登山臨水中抒寫心志，表達對自然的熱愛，這是趙師俠記游詞寫作中的一種特色，也是其《坦菴詞》中的勝景，有時寫景與抒情融為一體，時而寫景，時而抒情，情景交融，像這首《酹江月・萬載龍江眼界》詞就是一首情與景並不截然分開的詞作：「平生奇觀，愛登高臨遠，尋幽選勝。欲上層巔窮望眼，一半崎嶇危徑。萬瓦鱗鱗，四山簇簇，咫尺疏林映。山川城郭，恍然多少清興。　殘照斜斂餘紅，橫陳平遠，一抹輕煙暝。何處飛來雙白鷺，點破遙空澄瑩。鶴嶺雲平，龍江波渺，不羨瀟湘詠。襟懷舒曠，曲欄倚了還凭。」記游詞不是記錄遊蹤，而是狀寫途中之山光水色，抒寫個人之閒情逸致，這是趙師俠與以往記遊詞的不同之處。

第三節　隱士詞人的高蹈情懷

毛幵在乾淳年間即以文詞聞名，〔註 40〕韓淲將其與趙彥端並稱：「乾道、淳熙以來，明經張栻、呂祖謙；直言胡銓、王龜齡；吏治王佐、方滋、張杓；典章洪邁、周必大；討論李燾；文詞趙彥端、毛幵；辯博陳亮、葉適；書法張孝祥、范成大；道學陸子靜、朱熹。」〔註41〕對於毛幵的爲人，韓淲曾有這樣的評價：「毛幵，字平仲，柯山人，尙書友龍之子也。負氣不群，詩文清快，與尤袤延之相厚。自宛陵罷官歸，號樵隱居士。有集。臨死作手書抵延之，語如神仙。先公在婺，平仲以詩文一帙來贈，雖數數通問，亦一再賡和，竟與先公不相識。」〔註 42〕儘管未能與韓元吉謀面，但是韓元吉對毛幵的才華還是頗爲贊許的，他有兩首挽詞寫道：「奧學窮千古，奇文擅兩都。功名一盃酒，身世五車書。未奏揚雄賦，長懷仲舉輿。溪塘岩下水，豈羨石爲渠。」「早歲聞嘉譽，論交鬢已絲。長言雖面隔，千里但心期。故壘生芻奠，塵編幼婦辭。倚天長劍在，欲掛漫興悲。」〔註43〕

毛幵的詞名也出在當世。王木叔《題樵隱詞》稱：「或病其詩文

〔註40〕毛幵，字平仲，信安人。正史無傳。周必大稱：「平仲學士隱居鄉閭，而雋聲震於四方，竭來陪京，衣冠傾慕焉。僕之大父，與先尙書同爲庚辰進士。平仲幵於僕，又有十年之長。」（周必大《文忠集》卷一）周必大生於欽宗靖康元年（1126），則由「十年之長」可知，毛幵生於宋徽宗政和六年（1116）。又據其詞《滿庭芳》「五十年來，追思疇曩」句可知，毛幵至少年至五十方卒；又據王木叔《題樵隱詞》云：「平仲爲人，傲世自高，與時多忤。獨與錫山尤遂初厚善。臨終以書別之，囑以志墓。遂初既爲墓誌銘，又序其集。」此序作於「乾道柔兆閹茂陽月」，即乾道二年（1166）10 月，此時毛幵已卒，而此年毛幵正五十歲。據以上可知，毛幵生於 1116，卒於 1166。

〔註41〕〔宋〕韓淲《澗泉日記》卷中，《文淵閣四庫全書》第 864 冊，頁 785。

〔註42〕同上，頁 783。

〔註43〕〔宋〕韓元吉《毛平仲挽詞二首》，《南澗甲乙稿》卷三，《文淵閣四庫全書》第 1165 冊，頁 39。

視樂府不逮，其然，豈其然乎？」《四庫全書總目》也說：「幵他作不甚著，而小詞最工。卷首王木叔題詞有『或病其詩文視樂府頗不逮』之語，蓋當時已有定論矣。集中《滿江紅》『潑火初收』一闋，尤爲清麗芊眠，故楊愼《詞品》特爲激賞。」〔註 44〕然而郭麐《靈芬館詞話》謂：「毛幵《樵隱詞》，所傳無多，然亦是雅音。楊用修獨稱其『潑火初收』一闋，平熟無可取，用修未可爲知詞者也。其《醉落魄》詠梅云：『新愁悵望催華髮。雀啅江頭，一樹垂垂雪。』《玉樓春》云：『酒成憔悴花成怨。閒煞羽觴難會面。可堪春事已無多，新筍遮牆苔滿院。』皆遠過所稱。」〔註 45〕不論是爲楊愼所激賞的《滿江紅》「潑火初收」一詞，還是爲郭麐所稱賞的《醉落魄》、《玉樓春》二闋，都是以抒寫閒情爲主的婉約之作，此類閒情詞的創作，是對晚唐五代以來「閨怨」一體的繼承，內容多不離於春愁秋思、男傷女怨，祇是在風格上體現出「清麗芊眠」的特徵，與以往的閨怨詞有所不同。

從數量上看，閒情詞的創作僅爲 10 餘首，在《樵隱詞》中並不占多數，其餘 30 餘首，爲抒情言志詞的創作，則最能夠體現出毛幵詞的特色。《滿庭芳》三首是毛幵從宛陵易倅東陽時所寫的詞作，前兩首是留別同僚所作，後一首是東行途中所作。三首詞共同的主題是表達對人生世事漂泊無定狀況的厭倦，和對超然物外生活的嚮往，首闋言「世事難窮，人生無定，偶然蓬轉萍浮」，次闋言「五十年來，追思疇曩，佳時去若雲浮」，都是直抒其情，第三首說：「濩落難容，崎嶇堪笑，一年陸走川浮。又攜妻子，兩度過神州。紫蟹鱸魚正美，涼天氣、恰傍中秋。今宵意，無人伴我，快瀉玉雙舟。　　功名，聊爾耳，千金聘楚，萬戶封留。又爭如物外，閒曠優游。好在東阡北陌，相從有、諸老風流。家山近，歸休去也，不上望京樓。」這首詞亦是純爲議論、抒情，「功名，聊爾耳，千金聘楚，萬戶封留。又爭如物外，閑曠優游」，如此直白的表達，並不多見於以往的詞作中。毛幵

〔註 44〕〔清〕永瑢等《四庫全書總目》卷一九八，頁 1817。
〔註 45〕〔清〕郭麐《靈芬館詞話》卷二，唐圭璋編《詞話叢編》，頁 1531。

早年就有在家鄉過著隱居的生活，周必大作於戊寅（1158）十一月十四日的《送毛平仲》詩序曰：「平仲學士，隱居鄉閭，而雋聲震於四方，朅來陪京，衣冠傾慕焉。」後來出仕宦遊各地。儘管在以後的客居他鄉之時，毛幵一直念念不忘著自己的扁舟歸歟之志：「追念輞水斜川，有風流千載，淵明摩詰」（《念奴嬌・題曾氏溪堂》）、「追想扁舟去後，對汀洲、白萍風起。只今誰會，水光山色，依然西子」（《水龍吟・登吳江橋作》）、「可忍歸期無定據。天涯已聽邊鴻度」（《漁家傲・次丹陽憶故人》）、「天際歸舟，雲中行樹，鷺點汀洲雪。三山無際，眇然相望溟渤」（《念奴嬌・陪張子公登覽輝亭》），掛冠歸去的陶潛、輞川隱居的王維，甚而泛舟五湖的西子，都是毛幵追摹的對象，更甚而連扁舟、歸鴻也都成了詞人高蹈之志的代言。這首《滿江紅・懷家山作》更是詞人歸隱之思的直接表達：「回首吾廬，思歸去、石谿樵谷。臨甑有、門前流水，亂松疏竹。幽草春餘荒井逕，鳴禽日在窺牆屋。但等閒、凭幾看南山，雲相逐。　家釀美，招鄰曲。朝飯飽，隨耕牧。況東皋二頃，歲時都足。麟閣功名身外事，牆陰不駐流光促。更休論、一枕夢中驚，黃粱熟。」從詞意上講，這曲《滿江紅》田園之樂的描寫，幾乎可以和陶淵明的《歸園田居》諸作相媲美了。韓淲《澗泉日記》亦謂其「自宛陵罷官歸，號樵隱居士」，可見隱居之志在毛幵的心中一直佔據著思想的主流。在渡過了一段遊宦生活之後，毛幵最終又回到了他朝思暮想的家園。

同毛幵一樣，韓淲也是一位孤高自賞，不以世俗爲懷的高蹈之士。〔註46〕兩人不但有著相似的胸襟懷抱，且有著相似的家庭背景，兩人都是尚書之子，毛幵父毛友龍曾爲尚書，韓淲父韓元吉也曾作過吏部尚

〔註46〕韓淲（1159～1224），字仲止，上饒人。「南澗尚書之子，以蔭補京官，清苦自持。史相當國，羅致之不少屈一爲京局，終身不出，人但以韓判院稱」。（元不著撰人《東南紀聞》卷一）關於韓淲的名字，《四庫全書總目》《澗泉日記》提要中有專門的辨析。同其父親韓元吉一樣，韓淲在文學創作上也小有成就，在當時即有詩名，有《澗泉日記》和《澗泉集》傳世。

書。《四庫全書總目》稱其「詩稍不逮其父，而淵源家學，故非徒作。同時趙蕃號『章泉』，有詩名，與淲並稱曰『二泉』。李龏《端平詩雋序》所謂章澗二泉先生，方回詩所謂上饒有二泉者，即指蕃與淲也。然其集世罕傳本。《文獻通考》、《宋史・藝文志》皆不著錄。方回《瀛奎律髓》絕推重之，有『世言韓澗泉名下固無虛士』之語。尤稱其『人家寒食常晴日，野老春遊近午天』之句。而所錄淲作亦屬寥寥。又，戴復古《挽淲詩》，有『三篇遺稿在，當並史書傳』句。復古自注稱：『淲臨終作三詩。』近厲鶚輯《宋詩紀事》，采摭極博，乃僅載『所以商山人』、『所以桃源人』二首，而『所以鹿門人』一首佚焉。則淲之詩文湮沒已久。今檢《永樂大典》所載，凡得詩二千四百餘首，詞七十九首，編爲二十卷；又得制詞一首，銘二首，亦並附焉。而『所以鹿門人』一篇終不可見，知所佚者尚多。然較諸書所載僅得殘章斷句者，已可謂富有矣。觀淲所撰《澗泉日記》，於文章所得頗深。又制行清高，恬於榮利，一意以吟詠爲事。平生精力，具在於斯。故雖殘闕之餘，所存仍如是之夥也。」〔註47〕韓淲向來爲世所稱道，同時人戴復古在其詩作中不止一次地讚美韓淲高潔的志向和人格魅力：「何以澗泉號，取其清又清。天遊一丘壑，孩視幾公卿。杯舉實時酒，詩留後世名。黃花秋意足，東望憶淵明。」（《寄韓仲止》）「雅志不同俗，休官二十年。隱居溪上宅，清酌澗中泉。慷慨傷時事，淒涼絕筆篇。三篇遺稿在，當並史書傳。」（《哭澗泉韓仲止二首》之一）

現存《澗泉詩餘》196首，是我們今天所見到的韓淲詞的全部。儘管在數量上，其詞的創作遠遠超出其父韓元吉，但是如同他的詩歌一樣，其詞的成就亦是「不逮其父」，無論是在詞作所反映的社會生活的深度、廣度上，還是在詞的藝術成就上，都難以趕上其父韓元吉的詞的創作。但是，從將其詞放入詞的發展史中進行縱橫的比較，我們可以發現，《澗泉詩餘》仍然有可圈可點之處。首先，一個值得注

〔註47〕〔清〕永瑢等《四庫全書總目》卷一六三，頁1400～1401。

意的現象是，詞題的使用呈現出一種普泛化的傾向，196 首詞中僅有兩首詞沒有題序，這些題序或是交待詞的創作的因由，如詞集中的一些祝壽詞、和作等，或是點明該詞的主要內容，如送別詞、詠物詞等。即使是所詠寫的內容如花間一般，是抒寫閨中女子的離別相思、閨怨等，亦在詞的題序中標明，如《臨江仙・閨怨》一詞即是和花間詞十分相似的一首閨怨詞：「脆管繁絃無覓處，小樓空掩遙山。柳絲直下曲闌干。海棠紅欲褪，玉釧怯春衫。　　殢酒不成芳信斷，社寒新燕呢喃。雕盤慵整寶香殘。綺疏明薄暮，簾外雨潺潺。」在題旨上，此詞與花間詞中的閨怨詞並無二致，抒情方式上也一樣，是代言體。祇是，詞中沒有剪紅刻翠，沒有錯金鏤彩，這是韓淲區別於花間詞的地方。其次，從韓淲詩詞比較可以看出，2400 多首詩和 196 首詞僅有的區別就是數量上的多寡，其他特徵基本上趨於同一。不論是交遊唱和的對象，還是詩詞所涉及的題材，還是詩詞所體現出的風格特徵，都有著相似性。由此可以得出的結論是，在韓淲的詩詞創作中，詞在功能上已經和詩沒有什麼太多的區分，上升到了可以和詩擁有同樣地位的一種詩歌體裁。

「制行清高，恬於榮利，一意以吟詠爲事，平生精力，具在於斯。」這是《四庫全書總目》對韓淲一生所給予的總結。「我輩風流宜嘯詠，官曹塵冗從煎逼。且簿書、叢裏舉清觴，偷閒日」（《滿江紅・和趙公明》），「莫問功名，且尋詩酒，一棹西風」（《柳梢青》），不問世事，與二三友朋詩酒唱和，詠花寫草，醉心於山光水色，自得其樂，這些佔據了韓淲詞作的主要部分。這也決定了韓淲的詞在題材和內容上趨於狹窄，且乏有深度。翻檢韓淲 196 首詞作，我們可以發現，與二三友朋詩酒唱和的交遊詞佔據現存詞總數的一半還多，達 109 首之多。其中又以與趙蕃的交遊詞爲最多，有 35 首。這些交遊詞大都以抒寫自適的生活爲主要內容，或是描摹四季之景，或是抒發超然物外、悠然自適的心志。茲舉兩首與趙蕃的唱和詞即可見出這一點來：「梅雨快晴風，苔竹定翻新籜。相望得尋幽調，把陳言都略。　　大江東去更飛雲，心事共回薄。彷彿散菴佳處，一聲聲猿鶴。」（《好事近・次韻昌甫》）「殘春風雨繞簷聲。山空分外鳴。閑來落佩倒冠纓。尚餘親舊情。　人不見，句還成。又聽求友鶯。濯纓一曲可流行。何須觀我生。」（《醉桃源・昌甫有曲名之濯纓，因和》）趙蕃字昌甫，《宋史・文苑傳》有傳，稱其曾因恩補爲州文學，「調浮梁尉、連江主簿，皆不赴。爲太和主簿，受知於楊萬里」，後多次被召皆不赴。「年五十，猶問學於朱熹」，「賦性寬平，與人樂易而剛介不可奪」。〔註 48〕《兩宋名賢小集卷二百二十四》謂之曰：「少喜作詩，讀者以爲有靖節之風。江南文士赴都者多求其作，得其片言隻字，無不珍重。學者稱爲『章泉先生』。」〔註 49〕不以世俗爲念，衹是以山水田園之樂爲懷，在這一點上，韓淲與趙蕃可謂聲氣相通，這也是兩人交往密切的一個主要原因，是兩人唱和之作最多的一個原因。

詠物詞的創作也是韓淲詞的創作的一個大類，所詠有梅花、柳、海棠、木犀、菊、茉莉等，其中又以詠梅居多，196 首詞中，以梅爲題的就有 18 首，詞中出現「梅」字 59 次。這一數量和辛棄疾《稼軒詞》的數量旗鼓相當，而辛棄疾詞的數量則爲韓淲的三倍還要多。〔註 50〕韓淲詠梅花之多，還可以和詠物詞的一個大家，北宋的蘇軾作一下比較，蘇軾 360 餘首詞中，以梅爲題者有 6 首，「梅」字見於詞的正文者有 21 處。通過比較，不難見出韓淲對梅的偏愛。韓淲以梅爲友，如此鍾愛梅花，屢見於其詞中。「平生常爲梅花醉。數滴滴香沾袂。雪後月華明。膽瓶無限清。」（《菩薩蠻・野趣觀梅》）「紛紛桃李太妖嬈，相對夜闌燭。記取疏花橫影處，有暗香飄馥。」（《好事近・紅梅》）「十分孤靜，替伊愁絕，片月共徘徊。一陣暗香來。便覺得、詩情有涯。」（《太常引・臘前梅》）韓淲所愛者爲梅花的清幽與暗香，以及由此引發的無

〔註 48〕《宋史》卷四百四十五，列傳第二百四，頁 13146。

〔註 49〕〔宋〕陳思編、〔元〕陳世隆補《兩宋名賢小集》卷二百二十四，《文淵閣四庫全書》第 1363 冊，頁 753。

〔註 50〕《稼軒詞》中以梅爲題的亦有 15 首，詞中出現的「梅」字的次數有 62 首。

限的詩思，這也正是詞人孤高自賞品格的一種外化，是韓淲不以世俗爲懷心境的一種外在體現。在對自然清幽梅花的贊詠中葆有生命的本眞，尋求生命的自適與快意，這是韓淲的生命原則。

志行高潔清絕，不媚於世俗，這從韓淲詠梅詞的創作數量十分突出這一側面可以得到很好的明證。而在他的大多數詞中我們都能夠見到這種高潔人格的反映，其他如懷古詞、節氣詞、寫景詞、羈旅行役詞等，都是其心志的外現：「莫笑閒身老態多。避人避世欲如何。分明畫出山陰道，太息吟成寧戚歌。　　穿木石，泛煙波。從前魑魅喜人過。靈山西畔高溪上，一棹歸來舞短蓑。」（《鷓鴣天・沖雨小舟上南港》）儘管在題材上偏於狹窄，但是在詞的總體風格上，《澗泉詩餘》保持著清新的風格，這從其狹窄的詞的題材可以看出。儘管題材所涉及的面並不寬廣，但是，向來爲唐五代北宋以來詞人所津津樂道的妓女題材或是豔情詞這一類型在韓淲的詞中並不多見，今天我們所能見到的只有這首奉命所作的豔曲《浣溪沙》：「寶鴨香消酒未醒。錦衾春暖夢初驚。鬢雲撩亂玉釵橫。　　半怯夜寒褰繡幌，尙餘嬌困剔銀燈。粉痕微褪臉霞生。」詞的題序爲「仲明命作豔曲」。即使是奉命所作的豔曲，其實並不算太豔，其中並沒有如北宋末年徽宗詞壇的詞人所作俗詞那樣近乎露骨的描寫。

以上所述幾類群體的創作，代表了南宋乾淳詞壇詞的創作的一個層面，是我們考察乾淳詞壇不可缺失的一個重要部分，然而在以往的研究中，這個層面的創作因爲辛棄疾和姜夔等人的過於閃耀而失去光澤，爲人們所忽視。從更爲深廣的角度來考察以上幾類詞人群體，可以發現這樣一些特徵來：一是題材和創作規模的擴大。這種擴大不祇是體現在對某種題材的簡單涉入和淺嘗輒止，而是對這種題材的大規模創製，諸如曾覿、張掄的應制與抒懷詞，趙彥端、趙長卿、趙師俠等人的閒適吟詠，毛幵等人的詠懷詞等。二是詞的趨雅性特徵。俗詞在北宋末年大行其道，南渡初年對俗詞的大舉討伐，起到了撥正之功效。在此影響之下，乾淳詞壇的風向標始終指向雅化這一方向。這種雅化一方面表現爲對傳統閨情題材創作的逐漸減少，和對自身的更多的關注，從「他適」轉向「自適」。前已有述，即使是大詞人蘇東坡的現存的詞作中，也是瑕瑜互見，360 多首詞中有 180 首左右是與歌姬舞妓有關的詞，這是出於應歌的需要，是詞的發展過程的一種慣性力量，沒有必要爲尊者諱。以上所論幾類詞人的創作中，女性題材的比例大大減少，更多的詞是詞作者們在以眞實的筆調來寫自我，是對自我的關注。這也是突破於前人的地方；又一方面，即使是傳統題材的寫作，也擺脫了以往的刻意的描摹或是露骨的刻畫，在字面上呈現出清新、雅致的特徵來。

第五章　辛棄疾、姜夔的典範意義

在乾淳詞壇上，辛棄疾和姜夔無疑是頂峰上的頂峰。宋詞之所以能夠屹立於文學之林，兩位詞壇鉅子的貢獻功不可沒。而南宋詞範型的最終確立，更與兩位詞人有著密不可分的關係。可以這樣說，詞在辛棄疾和姜夔這裡迎來了它新的高潮，辛棄疾與姜夔等人爲詞的創作樹立了範型。然而高潮之時所要面臨的新的問題是，詞該如何出前人之新？這是每一位參與詞的創作的人都要考慮的問題。由此可以說，詞壇創作高潮的到來同時也意味著新變的開始，意味著詞的創作轉折之關捩的到來。夏承燾在爲鄧廣銘《稼軒詞編年箋注》一書所作的序文中稱：「李杜以降，詩之門戶盡闢矣，非縱橫排奡，不能開徑孤行爲昌黎也。詞至東坡，《花間》《蘭畹》夷爲九馗五劇矣，其突起爲深陵奧谷，爲高江急峽，若昌黎之爲詩者，稼軒也。二子者，遭際胸襟無一同，而同其文術轉跡之時會，乾、淳、嘉泰之詞，固猶詩之元和、長慶也。」〔註1〕將辛棄疾比作中唐的韓愈，將乾淳詞壇比作詩之元和，詞運之嬗遞、轉關的意義便十分明顯了。我想，夏承燾意思也即在此。因此，探討作爲南宋乾淳詞壇領軍人物的辛棄疾、姜夔承前啓後的創作及其意義，是本章將要論述的中心。

〔註1〕夏承燾《稼軒詞編年箋注序》，鄧廣銘《稼軒詞編年箋注》（增訂本）（上海：上海古籍出版社，1993年），頁21。

對辛棄疾和姜夔的個案研究迄今爲止已經比較充分，但是個案研究中有些問題並沒有被注意到，如將兩人作爲南宋詞的典範代表放在一起進行比較研究，並不多見；對兩人典範意義及其成因分析也不夠深入等等。本章擬從文學的本質這一角度出發，對辛棄疾、姜夔兩人所創立的範式作一深入性的剖析，以期得到其作爲乾淳詞壇代表乃至南宋詞壇的代表所具有的本質特徵。

第一節　英雄與雅士人格形象的眞實塑造

文學是人學，文學的功用最終要歸結到人這個根本上來。無論是抒寫性情，還是表達心志，文學最終所要回答的就是關於人的本身的問題。這裡面就有一個人格的塑造的問題。詞作爲一種文學形態，其最終所要解決的問題是對人的本身的關注。詞上升爲純文學的一種表達方式，其顯著的特徵也可以從這裡體現出來。《花間》以來所創立的固有模式，多將關注的目光放在秦樓楚館、歌兒舞女之上，風花雪月的題材佔據了唐五代乃至北宋詞的主體，而很少及於創作主體本身，更無論人格的塑造了。柳永第一次作爲「浪子詞人」的面目出現在北宋的詞壇上，爲詞的創作增添了新的生機，「羈旅窮愁之情」的深摯抒寫，是詞人對自身命運、前程的關注的反映。但是從總體上看，柳永詞的筆觸仍然沒有從歌場走出很遠，從詞的數量上看，柳永詞中所著力表現的仍是以「閨門淫媟之語」爲主。即使是對前程命運的悲歎，「羈旅窮愁之情」的抒發，仍然顯得有些單調，題材上也相對單一和狹窄，以至於爲後人所譏評。蘇軾以詞寫士大夫情懷，是詞的創作主體進行深入的開始。蘇軾將詞的視角多方面引向深入，深入到蘇軾作爲士大夫內心的更深處、更廣處。人生的得意與失意，快樂與憂愁，激進與曠達，蘇軾都一寓之於詞。「瓊樓玉宇，高處不勝寒」（《水調歌頭》）的空靈蘊藉，「錦帽貂裘，千騎卷平岡」（《江神子・獵詞》）的雄偉壯觀，「十年生死兩茫茫。不思量。自難忘」(《江神子・乙卯正月二十日夜記夢》)的悲慨沈痛，無論是抒發感慨，懷戀故舊，還是傷悼親人，酒酣耳熱之際的歌唱多是詞人眞情的抒寫，是詞人內心世界的外部顯現。這時，詞人其實也是在以詞來塑造自己的人格形象，於中，我們分明看到一位蕭散自然、飄逸出塵、極具性情的形象豐滿的士大夫蘇東坡。當然，這種詞中人格形象的塑造是得之於自然，是不期然而然，尚未進入到一種自覺的層面上來。

蘇軾詞的革新在南宋乾淳詞壇上得到眾多的響應，不但如此，對於創作主體本人人格形象的關注有了自覺的意識，這一點，乾淳詞壇的詞人們又有了更進一步的推進。可以舉陳亮作爲一個例子來加以簡略說明。陳亮的「平生經濟之懷略已陳矣」的表達，這是陳亮對自己詞的定位，也是對詞中自我形象的自我認可。在爲數並不太多的詞作中，陳亮一直在自覺地把自己定位爲一位救時濟世的的英雄：「不見南師久，謾說北群空。當場只手，畢竟還我萬夫雄」(《水調歌頭・送章德茂大卿使虜》)，既是對行將出使金國的章森的期許，也是詞人自我人格的期許；「據地一呼吾往矣，萬里搖肢動骨」(《賀新郎・酬辛幼安再用韻見寄》)，也是陳亮英雄形象的自我設計。値得注意的是，這種形象的形成，並不是得之於某一首或兩首詞，而是通過多首詞作共同聚合而成的總體特徵。這是乾淳詞壇詞家高出於前人的地方。不但如此，同唐五代北宋的大多數詞作人格和詞作割裂開來不同的是，此期詞壇的詞家在詞內和詞外形成了統一，詞中所反映的，詞人所極力塑造的也是生活中的本眞面目。毛幵、韓淲的隱士形象的自我設計，趙彥端等人風人雅士的自我認可，如此等等，我們於詞中所見到的也是詞人內心深處和社會生活中對自我形象的眞實期許。這種在詞中對自我形象的自覺的眞實的塑造，是南宋乾淳詞壇超出於前人的地方，於中，辛棄疾與姜夔更具有典範意義，兩人的詞人特徵更是代表了詞的創作中兩種範型，爲後世詞的創作確立了典範。

一、英雄情結和英雄的詞

辛棄疾與姜夔生當同時，詞風卻迥然有別，一蕭散恬淡，閒雲野鶴，不以世俗爲懷；一積極進取，對功名事業始終難以忘懷。一出，一入。一是風流雅士，一是豪邁英雄。兩位詞人代表了兩種性格層面，確立了以後兩類詞人的範型。劉熙載說：「白石才子之詞，稼軒豪傑之詞。才子豪傑，各從其類愛之，強論得失，皆偏辭也。」〔註2〕應該說，兩人詞的創作類別上的差異造就了兩種詞人範型，正是這才子與豪傑的詞爲後世的詞的創作提供了可以借鑒的範式，成爲影響後來一代代詞的創作的兩類主要模式。

靖康之難，給宋王朝帶來的是致命性的打擊，宋王朝從此淪爲半壁河山，辛棄疾的家鄉山東更是淪爲了金人的統治區。國恨家仇，給幼時的辛棄疾造成了深刻的影響，從童年時候開始，詞人心中就種下了英雄的種子，這顆種子，在詞人愛國愛家情懷的精心呵護下，逐漸生根發芽，直至長成枝葉茂密的大樹。於是，重整山河、志在恢復，「以氣節自負，以功業自許」，〔註3〕對自我的英雄的期許，成了詞人一生不懈的追求。英雄成了辛棄疾一生中難以釋懷和割捨的永遠的情結。從少年時便受祖父之命，隨計吏兩抵燕山察看地形以圖恢復，到二十一歲時便聚眾兩千，成爲山東一支義軍的首領，再到二十三歲時「赤手領五十騎，縛取（張安國）於五萬眾中」，〔註4〕辛棄疾年輕時候便聲名遠震，創下了不俗的英雄壯舉。這種英雄的經歷影響了詞人一生，並成爲詞人一生永恆的美好記憶，以至於到老賦閑在家時，都盈盈於懷，念念不忘：「壯歲旌旗擁萬夫。錦襜突騎渡江初。燕兵夜娖銀胡𩨀，漢箭朝飛金僕姑。　追往事，歎今吾。春風不染白髭鬚。卻將萬字平戎策，換得東家種樹書。」（《鷓鴣天・有客慨然談功名，

〔註2〕〔清〕劉熙載《詞概》，唐圭璋編《詞話叢編》，頁3693。
〔註3〕〔宋〕范開《稼軒詞序》，施蟄存主編《詞籍序跋萃編》，頁199。
〔註4〕洪邁《稼軒記》，《古今事文類聚》前集卷三十六，《文淵閣四庫全書》第925冊，頁601。

因追念少年時事，戲作》）

英雄情結伴隨了詞人一生，在詞中，詞人呼喚英雄，尋找英雄，「千古江山，英雄無覓，孫仲謀處」（《永遇樂・京口北固亭懷古》），「天下英雄誰敵手。曹劉。生子當如孫仲謀」（《南鄉子・登京口北固亭有懷》），「吳楚地，東南坼。英雄事，曹劉敵」（《滿江紅・江行和楊濟翁韻》），智勇雙全的孫權在辛棄疾這裡成了英雄的代名詞；「誰念英雄老矣，不道功名蕞爾，決策尙悠悠」（《水調歌頭・和馬叔度游月波樓》）「不念英雄江左老，用之可以尊中國」（《滿江紅》），「倩何人喚取盈盈翠袖，搵英雄淚」（《水龍吟・登建康賞心亭》），「都休問，英雄千古，荒草沒殘碑」（《滿庭芳・和洪丞相景伯韻》），至死不渝的英雄情結是詞人一生一世的追求。而在南歸之初，辛棄疾生當壯年之時，這種英雄意識尤爲強烈。即便是一首祝壽詞，也寫得筆走龍蛇、氣勢如虹，充滿了英雄的壯志豪情。看這首辛棄疾爲趙彥端祝壽的壽詞《水調歌頭・壽趙漕介菴》：

> 千里渥洼種，名動帝王家。金鑾當日奏草，落筆萬龍蛇。帶得無邊春下，等待江山都老，教看鬢方鴉。莫管錢流地，且擬醉黃花。　　喚雙成，歌弄玉，舞綠華。一觴爲飲千歲，江海吸流霞。聞道清都帝所，要挽銀河仙浪，西北洗胡沙。回首日邊去，雲裏認飛車。

這首詞作於乾道四年（1168），是時，辛棄疾通判建康。孝宗皇帝即位之初，尙思有一番作爲。儘管隆興初年符離之役的慘敗給了他當頭一擊，嚴重地挫傷了他恢復中原的信心和決心，但是依然不忘恢復之志，在以後的一段時間內，內修外治，經濟上和政治上都採取了十分積極的政策，使得南宋的國力出現了前所未有的發展勢頭，南宋的社會出現了前所未有的景象。當朝皇帝的積極的進取之心，點燃起了辛棄疾的報國豪情和英雄情結，而生當壯年，正値仕宦之初的辛棄疾更是對自己的前程充滿了憧憬，以至於在這首祝壽詞中，都充滿了意氣風發的豪情。詞中「千里渥洼種」、「要挽銀河仙浪，西北洗胡沙」之謂，便是這種英雄意識的最明顯體現。與這首詞相先後的，也是作於建康任上的三首呈當時留守史正志（字致道）的詞作中，同樣是對英雄的期待洋溢著火一般的熱情，在幾首詞中，無論是說翼垂雲天的大鵬，補天西北的女媧，還是說千古風流的東晉宰相謝安，辛棄疾都是在尋找英雄的蹤影，在以英雄的形象期許著其所投贈的對象，更是在期許著自己。試舉其中一首《千秋歲・金陵壽史帥致道，時有版築役》觀之：

塞垣秋草。又報平安好。尊俎上，英雄表。金湯生氣象，珠玉霏談笑。春近也，梅花得似人難老。　莫惜金尊倒。鳳詔看看到。留不住，江東小。從容帷幄去，整頓乾坤了。千百歲，從今盡是中書考。

雖然儘是誇讚之詞，卻是以功名相期，以功業相許，「從容帷幄」「整頓乾坤」，這是辛棄疾英雄情結的最直接表達。

英雄情結直接連接著的是詞人強烈的功名意識、封侯意識。頗不同於前人的是，辛棄疾絕不諱直言自己對功名的渴望，對封侯列相的殷切期待。貫穿於詞人一生的都是這種對功名的汲汲追求，這不是基於對肥馬輕裘富貴生活的貪欲，而是作為生當民族危亡之際，一個胸懷家國之仇的士大夫對社會所肩負的責任感、使命感的強烈表達。辛棄疾則是用詞說出了自己心中的最強音，「功名」、「封侯」二詞，在《稼軒詞》中成為最為閃亮的字眼。通過檢索可以得到一個不小的數字，辛棄疾 600 餘首詞中，「功名」一詞出現了 32 次，「封侯」一詞也出現了 8 次。與之相比，300 多首東坡詞中卻不見「功名」「封侯」二詞，沒有一個意象的出現。儘管其中不少的表達都是以憤激之情出之，但是仍能讓我們看到辛棄疾對功名、封侯之事的汲汲於懷：「平戎萬里，功名本是，真儒事」（《水龍吟・為韓南澗尚書甲辰歲壽》），「把功名、收拾付群侯，如椽筆」（《滿江紅・送李正之提刑入蜀》），「唱徹陽關淚未乾。功名餘事且加餐」（《鷓鴣天・送人》），「平生袖手，故應休矣，功名良苦」（《水龍吟》），「此身長健。還卻功名願」（《清平樂・壽道夫》），「功名事、欲使誰知。都休問，英雄千古，荒草沒殘碑」（《滿庭芳・和洪丞相景伯韻》），「千古風流今在此，萬里功名莫放休。君王三百州」（《破陣子》），「功名事，身未老，幾時休。詩書萬卷，致身須到古伊周。莫學班超投筆，縱得封侯萬里，憔悴老邊州」（《水調歌頭》）。

英雄情結在詞中表現爲詞人的恢復之志、補天意識。神州陸離之痛，家國破碎飄零之傷，是縈繞南宋整個一個時代士大夫的共同的痛楚，儘管不少人醉生夢死，力圖通過歌酒的享樂去消弭它，忘卻它，但是這種痛苦始終存在著。辛棄疾一生志在恢復，英雄之志也便顯現爲對恢復中原的渴望，和詞人所懷有的強烈的補天意識。女媧補天是一個人們熟知的典故，司馬貞《補史記・三皇本紀》載：「當其（女媧）末年也，諸侯有共工氏，任智刑以強，霸而不王，以水乘木，乃與祝融戰，不勝而怒，乃頭觸不周山崩，天柱折，地維缺。女媧乃煉五色石以補天，斷鰲足以立四極，聚蘆灰以止滔水，以濟冀州。於是地平天成，不改舊物。」《淮南子・天文訓》也載：「昔者共工與顓頊爭爲帝，怒而觸不周之山，天柱折，地維絕。天傾西北，故日月星移焉，地不滿東南，故水潦塵埃歸焉。」古時天傾西北，地不滿東南的故事正好與南宋王朝神州陸離、偏安杭州、北方淪爲金人統治區的情形形成了一種契合，於是女媧補天的神話原型便成了引以自期的英雄的代稱：「我笑共工緣底怒。觸斷峨峨天一柱。補天又笑女媧忙，卻將此石投閑處」（《歸朝歡・題晉臣敷文積翠岩》），「袖裏珍奇光五色，他年要補天西北」（《滿江紅・建康史致道留守席上賦》），「男兒到死心如鐵。看試手，補天裂」（《賀新郎・同父見和，再用前韻》），補天西北的女媧，是神話中的英雄，辛棄疾寓之於詞，其心、其情可謂昭昭也。

與補天西北這一意象相關聯的，還有一些意象的使用，也顯示了詞人對神州陸離不能忘懷的拳拳之心，和欲拯救國家於破碎飄零的英雄情懷。這些意象爲「西北」、「神州」、「長安」等，這些詞於辛詞中頻頻出現，如：「憑欄望，有東南佳氣，西北神州」（《聲聲慢・滁州旅次登樓作和李清宇韻》），「賤子親再拜，西北有神州」（《水調歌頭》），「長劍倚天誰問，夷甫諸人堪笑，西北有神州」（《水調歌頭・送楊民瞻》），「長安正在天西北。便鳳凰、飛詔下天來，催歸急」（《滿江紅・送信守鄭舜舉郎中赴召》），「西北望長安。可憐無數山」（《菩薩蠻・書江西造口壁》）。靖康之難，宋都被迫南遷，原來的都城汴梁淪爲金人統治，於是，詞人便以長安代汴梁，藉以表達對故國的思念和對山河破碎的痛悼。

英雄意識同時伴隨著苦悶與孤獨，歸正人的特殊身份，使得辛棄疾很難爲朝廷所重用，一次次熱望之後的失望，以及理想不能實現的殘酷現實使得詞人心中充滿了苦悶，而高志不被別人理解的情狀，又讓詞人心中充滿了孤獨。

詞人的英雄意識、對自己角色的定位，既是詞人對自己的期待和認可，也是社會對他的一致的認可。與辛棄疾交往頗深的朱熹曾經說，辛棄疾「卓犖奇材，疏通遠識。經綸事業，有股肱王室之心」。〔註5〕辛派詞人的主要成員對辛棄疾更是推崇備至，劉過以詞的形式表達了自己對辛棄疾的崇仰之情，其中的定位就是詞人所攜帶的強烈的英雄意識，試讀其《沁園春・寄辛稼軒》即可知曉。在這首詞作中，劉過將辛棄疾和古代的名士陶侃、常袞等人作一比較，並認爲辛棄疾雖然沒有完成恢復中原的偉業，但是仍然不失爲一個「男兒」，依然是一位卓犖不群的英雄，言語之中對辛棄疾寄予了整頓乾坤的厚望，但同時也能感到英雄失路的悲涼。陳亮對辛棄疾的推崇也到了無以復加的地步，讚歎其雄豪，稱其爲「眞虎」：「眼光有稜，足以照映一世之豪；背胛有負，足以荷載四國之重。出其毫末，翻然震動，不知鬚鬢之既斑，庶幾膽力之無恐。呼而來，麾而去，無所逃天地之間；撓弗濁，澄弗清，豈自爲將相之種？故曰：眞鼠枉用，眞虎可以不用，而用也者，所以爲天寵也。」〔註6〕

〔註5〕〔宋〕朱熹《答辛幼安啓》，《晦庵集》卷八十五，《文淵閣四庫全書》第1146冊，頁21。

〔註6〕〔宋〕陳亮《陳亮集》卷十，頁111。

辛棄疾是一個悲劇性的人物，壯志無法實現的悲憤、慨歎與無奈是詞人後半生中無法抹去的傷痛，詞人一生都在夢想成爲一位力挽乾坤的英雄，但是在老之將至之時，英雄漸漸成爲一個夢，一個永遠無法實現的夢，但這個夢永遠都揮之不去，時刻縈繞在詞人的腦海之中。但是，英雄的形象存在於英雄的詞中，存在於後人不盡的崇仰與懷戀之中，在他的詞中，他是一個頂天立地的英雄。

二、雅士情懷與姜夔的詞

同辛棄疾對社會現實的強烈觀照的英雄情懷，在詞中努力把自己塑造成一個整頓乾坤的英雄相比，姜夔對自己社會角色與文化人格的自我認可則走向了相反的方面。在白石詞中，姜夔對自己的形象所作的定位則是騷人雅士，他所努力塑造的也正是這一類雅士形象。而宋遺民詞人張炎的「不惟清空，又且騷雅」之論，更是成了數百年來的定論。「清空」與「騷雅」之謂者，是張炎基於詞品所作的總結，其實也是姜夔人格精神的外化。

「花間範式」的軟媚、流麗與甜熟在北宋末年徽宗詞壇達到了高潮，俗詞於此時的大行其道和集大成意味的詞家周邦彥的出現，是此時高潮的顯性特徵。然而，「言情之作，易流於穢」，〔註7〕「言情者或失之俚，使事者或失之伉」，〔註8〕詞壇上的俚俗之風在南宋前期得到了一些糾正。而「鄱陽姜夔出，句琢字煉，歸於醇雅」，〔註9〕以雅救俗，以高韻妙筆糾花間軟媚華靡之偏，最終在創作實踐中完成了對花間詞風的改造，並在詞壇上別立一宗，宗之者蔚然成風，成爲後世詞的創作的又一主流範式。白石之「雅」是後世公認的一種評價結果。儘管表述內容各有側重，有謂之騷雅、醇雅者，有謂之清雅、古雅者，但都一歸之於雅，雅是核質。於姜夔而言，「雅」字是核心，是詞品

〔註7〕〔清〕朱彝尊《發凡》，《詞綜》（上海：上海古籍出版社，1978年），頁14。

〔註8〕〔清〕汪森《詞綜序》，《詞綜》，頁1。

〔註9〕〔清〕汪森《詞綜序》，《詞綜》，頁1。

也是人品。而詞品是人品的外部顯現，其最終要歸結到人格精神的塑造上來。姜夔詞的創作過程實則是詞人自我人格形象的塑造過程。

自詞產生以來，「詩莊詞媚」的傳統觀念在詞壇佔據了相當長的時間，在許多人的觀念中，抒情言志向來是詩的主要功能，這在先秦的儒家經典中好像已經被固定下來。《書・舜典》中說：「詩言志，歌永言。」後來漢代的衛宏在《毛詩序》中也說：「詩者，志之所之也，在心爲志，發言爲詩。情動於中，而形於言；言之不足，故嗟歎之；嗟歎之不足，故永歌之；永歌之不足，不知手之舞之，足之蹈之。」而與詞並無太多關涉。詞的功能則更多地被局限於言情的小圈子裏，所以溫庭筠留下了 71 首詞，卻被劉熙載以兩個字「綺怨」概括了出來：「溫飛卿詞精妙絕人，然類不出乎綺怨。」〔註 10〕南唐後主李煜以其獨特的遭遇，用詞抒寫國破家亡之感，表達身世流離之悲，是詞第一次大規模地用於言志的開始。北宋前期，柳永抒寫羈旅窮愁之情，其中也是自己眞實情志的抒發，可以說是以詞言志的繼承。直到北宋後期蘇軾「以詩爲詞」，用詞抒寫自己的人生感慨、愛恨情愁，最終詩詞在功能上走上了同一，衹是在北宋末年並沒有得到多少繼承。以周邦彥爲代表的大晟詞人群體的創作更多的是對「花間」範式的繼承與發展。其中間或有眞情的抒發，也多或涉綺豔，或涉俚俗，屏蔽了詞人的眞實情志。姜白石在南宋復雅風尚的影響下，對周邦彥的軟媚詞風進行了改造，不但於詞中抒情言志，而且出之以雅，最終成一代詞宗。柴望《涼州鼓吹自序》謂：「詞起於唐而盛於宋，宋作尤莫盛於宣、靖間，美成、伯可各自堂奧，俱號稱作者。近世姜白石一洗而更之，《暗香》、《疏影》等，當別家數也。……白石登高瞻遠，概然感今悼往之趣，悠然托物寄興之思，殆與古《西河》、《桂枝香》同風致，視《青樓歌》、《紅窗曲》萬萬矣。」

同周邦彥極爲相似的是，姜白石詞中涉及男女情事的詞作也不在

〔註 10〕〔清〕劉熙載《詞概》，唐圭璋編《詞話叢編》，頁 3689。

少數，姜夔的合肥戀情是詞人一生之中都難以忘懷的記憶。然而不同的是，兩人事關情事的寫法卻有不同。姜夔的男女戀情出之於眞，出之於雅。而周邦彥則依然沒有擺脫「花間」範式。同樣是回憶往昔的歡會，在周邦彥的詞中是：「記愁橫淺黛，淚洗紅鉛，門掩秋宵。墜葉驚離思，聽寒螿夜泣，亂雨瀟瀟。鳳釵半脫雲鬢，窗影燭光搖。漸暗竹敲涼，疏螢照晚，兩地魂銷。　　迢迢。問音信，道徑底花陰，時認鳴鑣。也擬臨朱戶，歎因郎顦顇，羞見郎招。舊巢更有新燕，楊柳拂河橋。但滿目京塵，東風竟日吹露桃。」（《憶舊遊》）給人的感覺是，脂粉氣味頗濃。而在姜夔的筆下卻是：「燕燕輕盈，鶯鶯嬌軟。分明又向華胥見。夜長爭得薄情知，春初早被相思染。　　別後書辭，別時針線。離魂暗逐郎行遠。淮南皓月冷千山，冥冥歸去無人管。」（《踏莎行・自沔東來，丁未元日至金陵，江上感夢而作》）可以說是刪削靡曼，脫去脂粉，尤其是最後兩句，更得後世詞評家之激賞，王國維《人間詞話》謂：「白石之詞，余所最愛者，亦僅二語，曰：『淮南皓月冷千山，冥冥歸去無人管。』」相比之下，周詞帶有歌場應制的典型性特徵，很少具有個性化的特點；而姜詞則是情眞、景眞，是獨特的「這一個」。不但如此，周邦彥的戀情詞的創作中更有涉於豔情的作品，有墮入惡趣者，如這首《浣沙溪》：「薄薄紗廚望似空。簟紋如水浸芙蓉。起來嬌眼未惺忪。　　強整羅衣抬皓腕，更將紈扇掩酥胸。羞郎何事面微紅。」分明已經有了點色情的意味。而姜詞最甚者也不過是「信馬青樓去，重簾下，娉婷人妙飛燕。翠尊共款。聽豔歌、郎意先感。便攜手、月地雲階裏，愛良夜微暖」（《眉嫵・戲張仲遠》），雖是豔情題材，卻是適可而止，並無露骨的描寫。而且還是一首戲作之詞，並非當眞。

南宋後期陳郁《藏一話腴》曰：「白石道人姜堯章氣貌若不勝衣，而筆力足以抗百斛之鼎，家無立錐而一飯未嘗無食客，圖史翰墨之藏充棟汗牛，襟期灑落如晉宋間人，意到語工，不期於高遠而自高遠。」姜夔自己也說：「參政范公以爲翰墨人品，皆似晉、宋之雅士。」〔註 11〕自此之後便有了「晉宋人物」的定評，然而，就具體的姜夔與「晉宋人物」的關係問題，解釋卻不盡相同，學術界對此也出現了關於姜夔爲「晉宋人物」的論辯，〔註 12〕這裡無意於做出第三種解釋，祇是覺得，若論姜夔和「晉宋人物」之相似處，寄情山水，對山水的酷愛、吟詠是或許是其中的契合點。在對山水的詠寫與賞愛中，姜夔更得晉宋人物之風神。姜白石屢屢以詞寫景、記遊、遣興，抒寫清曠之志，在詞中塑造一位不染風塵的風流雅士。這種雅士形象所依照的標準就是晉宋人物。所謂晉宋雅士者，一個十分明顯的特徵就是寄情山水。晉宋之際，山水方滋，聲色大開，文人雅士醉情山水，釋放心性，而姜夔也是這樣自期的。明張羽《白石道人傳》稱：「（姜）性孤僻，常遇溪山清絕處，縱情深詣，人莫知其所入；或夜深星月滿垂，朗吟獨步，每寒濤朔吹，凜凜迫人，夷猶自若也。」對山水景色的摯愛，以至於達到了忘乎所以的地步，眞可以說是將之視作了比生命更爲重要的東西，這或許就是人格的追求。其稱號「白石道人」的名稱就是緣起於吳興卜居之所旁邊有白石洞天。

白石道人一生足跡遍及江南，從湖北到湖南，再到江淮、兩浙、湘贛等地，在爲衣食奔競不止的同時，姜白石依然沒有忘記對山水的賞愛。最爲讓詞人一生銘記的是他的早年的山水之遊。童年時隨宦漢陽，後依姊漢川，那裡的勝景在他的詞中屢屢成爲美好的回憶，即使是在客居他鄉時仍能時時記起：「予久居古沔，蒼浪之煙雨，鸚鵡之草樹，頭陀、黃鶴之偉觀，郎官、大別之幽處，無一日不在心目間。勝友二三，極意吟賞。揭來湘浦，歲晚淒然，步繞園梅，摛筆以賦」（《清波引》序）同「勝友二三，極意吟賞」，眞可謂人生之一大幸事

〔註 11〕〔宋〕周密《齊東野語》（北京：中華書局，1983）卷十二，頁 211。

〔註 12〕《文學遺產》1999 年第 2 期發表了孫維城《「晉宋人物」與姜夔其人其詞》一文，2000 年第 3 期又刊載了趙曉嵐女士的《也談「晉宋人物」、「文化人格」與姜夔》的商榷文章。

也。《湘月》便是一首縱情山水的賞心悅目之作：

長溪楊聲伯典長沙楫櫂，居瀕湘江。窗間所見，如燕公郭熙畫圖，臥起幽適。丙午七月既望，聲伯約予與趙景魯、景望、蕭和父、裕父、時父、恭父，大舟浮湘，放乎中流。山水空寒，煙月交映，淒然其爲秋也。坐客皆小冠綀服，或彈琴、或浩歌、或自酌、或援筆搜句。予度此曲，即《念奴嬌》之鬲指聲也，於雙調中吹之。鬲指亦謂之過腔，見晁無咎集。凡能吹竹者，便能過腔也

五湖舊約，問經年底事，長負清景。暝入西山，漸喚我、一葉夷猶乘興。倦網都收，歸禽時度，月上汀洲冷。中流容與，畫橈不點清鏡。　　誰解喚起湘靈，煙鬟霧鬢，理哀弦鴻陣。玉麈談玄，歎坐客、多少風流名勝。暗柳蕭蕭，飛星冉冉，夜久知秋信。鱸魚應好，舊家樂事誰省。

不惟詞本身，詞前的小序分明已經是一篇美侖美奐的山水小品文了。而詞相較於序文來說則更加優美動人：清幽的西山暝色，煙霧迷蒙的瀟湘山水，寵辱不驚的坐客風流，形而上的談玄說理，人事與自然山水的完美結合，這不正是晉宋風雅的再現嗎？

姜夔所到之處，都以山水爲懷，儘管一生漂泊，依人度日，但是始終泯滅不了的是他的玩山賞水的雅志。《念奴嬌》題序中記錄了客居武陵時的勝遊：「予客武陵，湖北憲治在焉。古城野水，喬木參天，予與二三友日蕩舟其間，薄荷花而飲。意象悠閒，不類人境。秋水且涸，荷葉出地尋丈，因列坐其下。上不見日，清風徐來，綠雲自動。間於疏處窺見遊人畫船，亦一樂也。揭來吳興，數得相羊荷花中。又夜泛西湖，光景奇絕。」越中的山水之勝自古聞名，《徵招》序中稱：「越中山水幽遠。予數上下西興、錢清間，襟抱清曠。越人善爲舟，卷篷方底，舟師行歌，徐徐曳之，如偃臥榻上，無動搖突兀勢，以故得盡情騁望。予欲家焉而未得，作《徵招》以寄興。」詞曰：

潮回卻過西陵浦，扁舟僅容居士。去得幾何時，黍離離如此。客途今倦矣。漫贏得、一襟詩思。記憶江南，落帆沙

際，此行還是。　　池邐。剡中山，重相見、依依故人情味。似怨不來遊，擁愁鬟十二。一丘聊復爾。也孤負、幼輿高志。水葓晚，漠漠搖煙，奈未成歸計。

山水的幽遠，與襟抱的清曠自然扺和，於是山水成了詞人寄託高志的所在，而於清幽山水的狀寫中，詞人意欲標置的是自己清高自賞、胸懷高情雅志的雅士人格。稱賞姜夔的人大都盛讚其詠物之作，實則就體寫心志而言，對山水勝景的吟詠無疑更契合姜夔「晉宋雅士」的本眞面貌。

題材和主題的多樣化，反映了對社會生活的映射的深入，也反映了詞的文學功能的擴大，是詞向詩、向文逐漸接近的表現之一。北宋末年的周邦彥在字法、句法的琢磨鍛煉上實現了集大成，但是就其題材而言，仍然沒有走出柳永的「羈旅」與「閨門」二路太遠，題材還是相對的單一和狹窄。南渡以後，這種狀況得以改變，而到了南宋乾淳時期，達到了高潮，這個高潮可以從許多作家的雅化創作中得到反映，更以辛棄疾和姜夔的詞的創作成就爲典型代表。姜夔雖然終生未仕，生活的圈子也相對十分狹小，但是在詞的題材和內容上，卻要比其前輩周邦彥等充實和豐富得多。舉凡寫景記遊、體物寫志、懷古傷時等都在白石詞中佔據一定的比例。其中詠物與傷時兩類作品，也是姜夔雅士風範的外在反映，是姜夔雅志的重要體現。尤其是詠物詞，86 首詞中有 17 首寫梅，以梅品喻人品，借冰清玉潔、孤高自賞的梅花以象徵自己高自標置的人格和幽獨情懷，時人於此已經論述較多，這裡無須再拾人餘唾。而感時傷世之作的成就，自從宋末張炎的「騷雅」之論一出之後，其餘波衍流不止，最終形成了最後的比興寄託之論。清人宋翔鳳曰：「詞家之有姜石帚，猶詩家之有杜少陵，繼往開來，文中關鍵。其流落江湖，不忘君國，皆借托比興，於長短句寄之。如《齊天樂》，傷二帝北狩也。《揚州慢》，惜無意恢復也。《暗香》、《疏影》，恨偏安也。蓋意愈切，則辭愈微，屈、宋之心，誰能見之。乃長短句中，復有白石道人也。」〔註 13〕《雙硯齋詞話》也說：「詞家

〔註 13〕〔清〕宋翔鳳《樂府餘論》，唐圭璋編《詞話叢編》，頁 2503。

之有白石，猶書家之有逸少，詩家之有浣花。蓋緣識趣既高，興象自別。其時臨安半壁，相率恬熙。白石來往江淮，緣情觸緒，百端交集，托意哀絲。故舞席歌場，時有擊碎唾壺之意。如《揚州慢》之『自胡馬窺江去後，廢池喬木，猶厭言兵。漸黃昏清角吹寒，都在空城』，《齊天樂》之『候館吟秋，離宮弔月，別有傷心無數。豳詩漫與。笑籬落呼鐙，世間兒女』，《淒涼犯》之『馬嘶漸遠，人歸甚處，戍樓吹角。情懷正惡。更衰草寒煙淡薄。似當時將軍部曲，迤邐度沙漠』，《惜紅衣》之『維舟試望，故國渺天北』，則周京離黍之感也。《疏影》前闋之『昭君不慣胡沙遠，但暗憶江南江北。想佩環月下歸來，化作此花幽獨』，後闋之『還教一片隨波去，又卻怨玉龍哀曲』，《長亭怨慢》之『第一是早早歸來，怕紅萼無人爲主』，乃爲北庭後宮言之，則《衛風・燕燕》之旨也。讀者以意逆志，是爲得之。」〔註 14〕以姜夔比詩家之老杜，比之屈、宋，允當與否，是否有過譽之嫌，自當辨別，然而對白石詞中黍離之悲的認識還是到位的。今人將其解釋爲愛國情懷，論述也已頗爲詳備。

姜夔的這種自我人格形象的塑造也得到了社會的一致認可，社會對姜夔的認可和期許也是將姜夔定位一個風流的雅士，蕭德藻、楊萬里、范成大等人對姜夔的獎掖和讚美，如前面所引姜夔自述中的「參政范公以爲翰墨人品，皆似晉宋之雅士」的轉述，即是對姜夔這種人格類型的肯定。

綜而言之，辛棄疾和姜夔的創作都是在以詞寫志，以詞寫人，在詞中各自塑造自己的獨特人格，他們爲後世樹立了兩類詞人範型，一是英雄詞人，一是雅士詞人，此後，這兩種模式成爲詞的文人創作的兩種主流形態，寫失路之悲、理想難以實現的便瓣香稼軒；表現超越世俗的風雅之趣者，則皈依白石。

〔註 14〕〔清〕鄧廷楨《雙硯齋詞話》，唐圭璋編《詞話叢編》，頁 2530～2531。

第二節　詞的氣格和創作範式

一、辛詞的雄豪之氣與姜詞的清虛之格

詞格與人格的重合是辛棄疾和姜夔詞的創作中所顯示出來的顯性特徵。以英雄情結爲基底的稼軒詞，雄深健雅，攜一身英雄之氣；以晉宋人物爲追摹對象的白石則是，「以清虛爲體，而時有陰冷處」。〔註15〕清人謝章鋌謂：「溫、李，正始之音也；晏、秦，當行之技也；稼軒出，始用氣；白石出，始立格。」〔註16〕又說：「詞家講琢句而不講養氣，養氣至南宋善矣。白石和永，稼軒豪雅。然稼軒易見，而白石難知。」〔註17〕以「氣格」爲著眼點來比較南北宋詞之差異，確實是點到了關鍵之處。然則何謂「氣格」，這是一個首先要解釋的概念。氣格一詞屬美學範疇，所謂「氣」者，在《「以文爲詞」》一節中已經有所涉及，在人應爲人的精神氣質，而在詞，則是指作品所表現的氣韻等。而「格」的含義則是指品格、格調，既可以用來指人，也可以用來指作品。氣格合在一起用來評詞，則是指作品的氣韻風神格調等。

稼軒以氣盛，白石以格高，是自南宋後期以來詞評家的共同認識。清人沈謙說：「學周、柳，不得見其用情處。學蘇、辛，不得見其用氣處。當以離處爲合。」〔註18〕謝章鋌也說：「學稼軒者，胸中須先有一段眞氣、奇氣，否則雖紙上奔騰，其中俄空焉，亦蕭蕭索索如牖下風耳。」〔註19〕近人陳洵謂：「嘗論詞有眞氣，有盛氣。眞氣內充，盛氣外著，此稼軒也。學稼軒者無其眞氣，而欲襲其盛氣，鮮有不敗者矣。能者則眞氣內含，盛氣外斂。」〔註20〕白石的格高也是歷來詞評者的共識，即使是推北宋而貶南宋的王國維也不得不承認白

〔註15〕〔清〕陳廷焯《白雨齋詞話》卷二，唐圭璋《詞話叢編》，頁3797。

〔註16〕〔清〕謝章鋌《葉辰溪我聞室詞敘》，劉揚忠編著《晏殊詞新釋輯評》（北京：中國書店，2003年），頁205。

〔註17〕〔清〕謝章鋌《賭棋山莊詞話》卷十二，唐圭璋《詞話叢編》，頁3470。

〔註18〕〔清〕沈謙《填詞雜說》，唐圭璋編《詞話叢編》，頁635。

〔註19〕〔清〕謝章鋌《賭棋山莊詞話》卷一，唐圭璋編《詞話叢編》，頁3330。

〔註20〕陳洵《海綃說詞》，唐圭璋《詞話叢編》，頁4859～4860。

石之格高：「詠物之詞，自以東坡《水龍吟》爲最工，邦卿《雙雙燕》次之。白石《暗香》、《疏影》，格調雖高，然無一語道著，視古人『江邊一樹垂垂發』等句何如耶？」又說：「白石寫景之作，如『二十四橋仍在，波心蕩、冷月無聲』、『數峰清苦，商略黃昏雨』、『高樹晚蟬，說西風消息』，雖格韻高絕，然如霧裏看花，終隔一層。梅溪、夢窗諸家寫景之病，皆在一『隔』字。北宋風流，渡江遂絕，抑眞有運會存乎其間耶。」又曰：「古今詞人格調之高，無如白石。惜不於意境上用力，故覺無言外之味，絃外之響。終不能與于第一流之作者也。」〔註21〕儘管對白石詞頗有微詞，甚至不認爲白石是第一流作者，卻不得不承認白石是古今詞人中格調最高者。

詞格連接著人品，個人氣貌的不同又決定了辛棄疾和姜夔兩人詞格的不同，並最終形成兩種代表性詞作範型：一虛一實，一出一入，一冷一熱，一蕭散疏宕一沈鬱頓挫。由此空靈與質實、柔婉與剛烈、清曠與雄豪，構成了辛棄疾和姜夔具有鮮明對照特徵的詞的氣格，兩人一以氣盛，一以格高，共同構成了南宋乾淳詞壇的中堅。

周濟《宋四家詞選目錄序論》說：「白石脫胎稼軒，變雄健爲清剛，變馳驟爲疏宕：蓋二公皆極熱中，故氣味吻合。辛寬姜窄：寬，故容薉；窄，故鬥硬。」「雄健」與「清剛」、「馳驟」與「疏宕」之謂，對兩人詞格區別的比較。張炎說：「詞要清空，不要質實；清空則古雅峭拔，質實則凝澀晦昧。姜白石詞如野雲孤飛，去留無際；……此清空、質實之說。」實則是，清空與質實未可強分軒輊，衹是審美趣味的不同。

《詞概》稱：「張玉田盛稱白石，而不甚許稼軒，耳食者遂於兩家有軒輊意。不知稼軒之體，白石嘗傚之矣，集中如《永遇樂》、《漢宮春》諸闋，均次稼軒韻。其吐屬氣味，皆若秘響相通，何後人過分門戶耶。」首先需要承認的是，白石次韻稼軒表明了姜夔在詞的創作上對辛棄疾的自覺認同；但是也讓我們不得不承認的是，雖是次韻，

〔註21〕王國維《人間詞話》，唐圭璋《詞話叢編》，頁4248，4249。

但是在風味上卻判然有別，在詞的韻致上，稼軒自是稼軒，白石自是白石，二人卻並沒有太多的「秘響相通」處，有的衹是題材和內容上的相近。不妨逐字逐句地比較兩人的《永遇樂》：

永遇樂・京口北固亭懷古

辛棄疾

千古江山，英雄無覓，孫仲謀處。舞榭歌臺，風流總被，雨打風吹去。斜陽草樹，尋常巷陌，人道寄奴曾住。想當年，金戈鐵馬，氣吞萬里如虎。　　元嘉草草，封狼居胥，贏得倉皇北顧。四十三年，望中猶記，烽火揚州路。可堪回首，佛狸祠下，一片神鴉社鼓。憑誰問，廉頗老矣，尚能飯否。

永遇樂・次稼軒北固樓詞韻

姜夔

雲隔迷樓，苔封很石，人向何處。數騎秋煙，一篙寒汐，千古空來去。使君心在，蒼崖綠嶂，苦被北門留住。有尊中酒差可飲，大旗盡繡熊虎。　　前身諸葛，來遊此地，數語便酬三顧。樓外冥冥，江皋隱隱，認得征西路。中原生聚，神京耆老，南望長淮金鼓。問當時、依依種柳，至今在否。

細讀兩詞可以發現，辛詞基本上是句句坐實；而姜夔的次韻之作，則更多一種清虛縹緲的意味，更多一種空靈和迴響。首三句，都是訪古，但是，手法卻迥乎不同，辛棄疾直接點出英雄孫權；姜夔則不然，雖然同是訪古，姜夔卻總是給人一種霧裏看花的朦朧與虛幻，透過雲霧繚繞的迷樓，端詳千年苔封的很石，詞人尋找久遠時代的英雄，然而英雄爲誰，謝安？孫權？劉備？抑或是別的人？詞人衹是以「人向何處」一句出之，或許在姜夔的心中，都難以給出具體的人。再看以下三句，同樣是表現歷史的久遠，辛詞曰「舞榭歌臺」「雨打風吹」，是那樣的質實可感；而姜詞卻是「數騎秋煙，一篙寒汐」，秋煙的繚繞和江水的清寒，總讓人感到一種縹縹緲緲、如幻如夢、難以具體把握的意味。通過比較，可以見出兩人之間的差異：稼軒質實，白石清虛，風味絕然不一、迥然不同。

這種迥然不同的風味還可以從兩詞的用典上體現出來。辛棄疾「以文爲詞」，用典、使事是一個重要的顯性特徵，這首《永遇樂》更是其中的代表。然而長處也是短處，辛棄疾屢屢爲後人詬病的一個原因也在於此。即使是其當時後輩，亦不免有些微詞。岳珂的《桯史》便有一段關於稼軒用典批評的記載：

> 辛稼軒守南徐，已多病謝客。……稼軒以詞名，每燕必命侍妓歌其所作。特好歌《賀新郎》一詞，自誦其警句曰：「我見青山多嫵媚，料青山見我應如是。」又曰：「不恨古人吾不見，恨古人不見吾狂耳。」每至此，輒拊髀自笑，顧問坐客何如，皆歎譽如出一口。既而又作一《永遇樂》，序北府事。首章曰：「千古江山，英雄無覓孫仲謀處。」又曰：「尋常巷陌，人道寄奴曾住。」其寓感槩者，則曰：「不堪回首，佛狸祠下，一片神鴉社鼓。憑誰問：廉頗老矣，尚能飯否？」特置酒召數客，使妓迭歌，益自擊節。徧問客，必使摘其疵，孫謝不可。客或措一二辭，不契其意，又弗答，然揮羽四視不止。余時年少，勇於言，偶坐於席側，稼軒因誦啓語，顧問再四。余率然對曰：「待制詞句，脫去今古軫轍，每見集中有『解道此句，眞宰上訴，天應嗔耳』之序，嘗以爲其言不誣。童子何知，而敢有議？然必欲如范文正以千金求《嚴陵祠記》一字之易，則晚進尚竊有疑也。」稼軒喜，促膝亟使畢其說。余曰：「前篇豪視一世，獨首尾兩腔，警語差相似；新作微覺用事多耳。」於是大喜，酌酒而謂坐中曰：「夫君實中予痼。」乃味改其語，日數十易，累月猶未竟。其刻意如此。余既以一語之合，益加厚，頗取視其骫骳，欲以家世薦之朝，會其去，未果。〔註22〕

此中固然有岳珂借名人以自我誇示的意味，但是對辛棄疾詞用典、使事過多的指出，還是頗有見地的。需要指出的是，典事的使用雖然有過多之嫌，但就這首懷古詞而言，對增加詞的歷史凝重感，對稼軒沈鬱頓挫詞風、對稼軒詞氣格的形成，是有所裨益的。這也正是稼軒詞

〔註22〕〔宋〕岳珂《桯史》卷三，頁38～39。

的特色所在。陳廷焯對岳珂的批評也不以爲然，認爲：「稼軒拉雜使事，而以浩氣行之。有如五都市中，百寶雜陳；又如淮陰將兵，多多益善。風雨紛飛，直能百變，天地奇觀也。岳倦翁譏其用事多，謬矣。」〔註23〕相對於辛棄疾用典多落在實處，姜夔用典則不顯露痕跡，不太坐實，且能夠化實爲虛，爲己所用。從用典的數量上看，和辛棄疾的原詞相比，姜夔的和詞中亦不在少數，至少有5處。如迷樓、很石、諸葛、三顧、征西路及種柳等，皆有史可本，有典事可依。然而，在姜夔的筆下，典事的使用卻不以實語道出，每個典故的使用都衹是以三二字吐出，其餘則多是虛語，這就給典事蒙上了一層朦朧的面紗，使得詞別具一種風韻。如「征西路」一詞，用的是東晉時大將軍桓溫的典故。桓溫征蜀成功後，封征西大將軍，姜夔這裡用這個典故來比況辛棄疾，希望辛棄疾能夠像桓溫一樣旗開得勝、馬到成功，完成收復河山的英偉之事業。如此喑嗚叱咤之壯舉，姜夔卻以「樓外冥冥，江皋隱隱」，八字緯之，撲朔迷離，別得一番韻致。再如「種柳」一典，亦是語本桓溫，《世說新語・言語》載：「桓公北征，經金城，見前爲琅玡時種柳，皆已十圍，慨然曰：『木猶如此，人何以堪！』攀枝折柳，泫然流涕。」一個讓人悲愴傷感的典故，在姜夔用了「依依」二字修飾之後，變得淒柔無比。這個典故是個熟典，爲詞家所常用。在辛棄疾的筆下便成了這樣的情形，如「可惜流年，憂愁風雨，樹猶如此」（《水龍吟・登建康賞心亭》）、「休說舊愁新恨，長亭樹、今如此」等（《霜天曉角・旅興》），相比之下，白石此典的使用則更多一些空靈和迷離之致。

稼軒詞的雄深健雅，源於質實可感的意象的使用。不論是表現內心的情感，還是眞實地描摹實實在在的景物，辛棄疾都是出之於實景，出之於易見的眼前景，甚至是觸手可及的景物，這樣使得詞作在整體給人一種親和力，即給人不隔之感。如那首向來爲後世的解詞者

〔註23〕〔清〕陳廷焯《放歌集》卷一，《詞則》（上海：上海古籍出版社，1984年），頁322～323。

認爲是「詞意殊怨」，有風人之旨的詞作《摸魚兒》：

> 更能消、幾番風雨。匆匆春又歸去。惜春長恨花開早，何況落紅無數。春且住。見説道、天涯芳草迷歸路。怨春不語。算只有殷勤，畫簷蛛網，盡日惹飛絮。　　長門事，準擬佳期又誤。蛾眉曾有人妬。千金縱買相如賦，脈脈此情誰訴。君莫舞。君不見、玉環飛燕皆塵土。閒愁最苦。休去倚危樓，斜陽正在，煙柳斷腸處。

詞作寫留春、惜春之意，本來表達的是把捉不到的情緒，但是卻是語語道著實景，如詞中風雨、落紅、天涯芳草、畫簷蛛網、飛絮、危樓、斜陽、煙柳等等，都是眼前景，是那麼的質實可感。由此，詞中的傷春之情亦讓人感到是那麼的具體可感了。白石則不然，即使具體描寫眼前所見之景，身臨其境之境，姜夔所用的意象，所選的景物，也多出之於縹緲，出之於虛幻，所以總給人隔的感覺。譬如那首著名的《暗香》：

> 舊時月色。算幾番照我，梅邊吹笛。喚起玉人，不管清寒與攀摘。何遜而今漸老，都忘卻、春風詞筆。但怪得、竹外疏花，香冷入瑤席。　　江國。正寂寂。歎寄與路遙，夜雪初積。翠尊易泣。紅萼無言耿相憶。長記曾攜手處，千樹壓、西湖寒碧。又片片、吹盡也，幾時見得。

詞本是寫尋常人都能看到的梅花，本應出之於實語，實則不然。起句便覺空靈，月色之繚繞，只在恍惚之間，又是「舊時」之月色，便愈加凄迷了；梅邊吹笛本是具體可感的動作，但是以梅的清韻，配笛聲的悠揚，縹緲之致便顯現了出來。再往下，「冷香入瑤席」，香之幽韻，只能以鼻嗅之，不可見，不可摸，本已經縹縹緲緲，更飾之以「冷」字，愈見其縹緲清虛之感。再如下面寫人人盡知的西湖，以「寒碧」一詞來修飾，可意會不可言傳，使得西湖頓生迷離之致。王國維對詞的「隔」與「不隔」有著詳細的闡述：「問『隔』與『不隔』之別，曰：陶謝之詩不隔，延年則稍隔矣。東坡之詩不隔，山谷則稍隔矣。『池塘生春草』、『空梁落燕泥』等二句，妙處唯在不隔，詞亦如是。即以一人一詞論，如歐陽公《少年游》詠春草上半闋云：『闌干十二獨憑春，晴碧遠連雲。二月，千里萬里，三月，行色苦愁人。』語語都在目前，便是不隔。至云：『謝家池上，江淹浦畔』，則隔矣。白石《翠樓吟》：『此地。宜有詞仙，擁素雲黃鶴，與君遊戲。玉梯凝望久，歎芳草、萋萋千里。』便是不隔。至『酒祓清愁，花消英氣』，則隔矣。然南宋詞雖不隔處，比之前人，自有淺深厚薄之別。」〔註24〕在王國維看來，道眼前實景便是「不隔」，而寫摸不著、看不見的意緒便是「隔」了。王國維還進一步說，「不隔」便是詞藝高妙，便是深厚；而「隔」便是淺薄。這就未免有些個人主觀審美趣味的因素在裏面了。

意象的選取，還因兩人人格特徵的不同而有所差異，並因此使詞呈現出不同的氣格。辛棄疾是以英雄自期，因而最有特色的也是與英雄相搭配的一些意象，如「馬」、「劍」、「印」、「弓」、「刀」等最能體現英雄特徵的意象頻頻出現在詞人的作品中。〔註25〕這些也是構成辛詞剛健雄豪型主導氣貌的一個主要原因。如：

渡江天馬南來，幾人眞是經綸手。（《水龍吟・為韓南澗尚書甲辰歲壽》）

把詩書馬上，笑驅鋒鏑。金印明年如斗大，貂蟬卻自兜鍪出。（《滿江紅・賀王帥宣子平湖南寇》）

季子正年少，匹馬黑貂裘。（《水調歌頭・舟次揚州和人韻》）

長喜劉郎馬上，肯聽詩書說。誰對叔子風流，直把曹劉壓。（《六幺令・用陸氏事，送玉山令陸德隆侍親東歸吳中》）

揮羽扇，整綸巾。少年鞍馬塵。（《阮郎歸・耒陽道中》）

看取弓刀，陌上車馬如流。（《聲聲慢・滁州旅次登樓作和李清宇韻》）

短檠燈，長劍鋏，欲生苔。雕弓掛無用，照影落清杯。（《水調歌頭・嚴子文同傅安道和盟鷗韻，和以謝之》）

〔註24〕〔清〕王國維《人間詞話》，唐圭璋《詞話叢編》，頁4248。

〔註25〕幾個字的出現頻率分別爲86、18、12、9、6次。

> 舉頭西北浮雲，倚天萬里須長劍。（《水龍吟・過南劍雙溪樓》）
>
> 長劍倚天誰問，夷甫諸人堪笑，西北有神州。（《水調歌頭・送楊民瞻》）
>
> 千丈擎天手。萬卷懸河口。黃金腰下印，大如斗。更千騎弓刀，揮霍遮前後。（《一枝花・醉中戲作》）
>
> 莫說弓刀事業，依然詩酒功名。（《破陣子・硤石道中有懷吳子似縣尉》）
>
> ……

這種質實可感的意象的使用在辛詞中比比皆是，不勝枚舉。正是這些意象的選取塑造一位叱咤風雲的英雄形象，也造就了稼軒詞非同凡響的詞格。最爲著名的這首《破陣子・爲陳同甫賦壯語以寄》更是一首質實意象非常稠密的代表性詞作：

> 醉裏挑燈看劍，夢回吹角連營。八百里分麾下炙，五十絃翻塞外聲。沙場秋點兵。　　馬作的盧飛快，弓如霹靂弦驚。了卻君王天下事，贏得生前身後名。可憐白髮生。

此詞約作於辛棄疾和好友陳亮鵝湖之會（1189 年）前後。詞人生當弱冠即參加義軍，年輕時便創下了英雄的壯舉，因而對軍中的生活有著深刻而真實的記憶；而河山淪喪，又使得辛棄疾對家國之痛一直念念不忘。即使在南歸 20 餘年後，詞人依然懷有著整頓乾坤的英雄壯志；即使是賦閑在家，詞人依然對殺敵報國的英雄壯舉充滿了熱望。這便是賦閑在家時的一首想像之詞。耀眼的長劍，連天的號角，雄壯的軍樂，飛快的戰馬，震耳欲聾的弓弦聲，一組質實剛健的軍旅意象，組成了一幅秋日點兵圖，同時也使得辛棄疾英雄詞的雄健詞格凸現了出來。

頗不同於辛棄疾的是，姜夔詞意象的選取則偏於柔婉、清空，姜夔喜歡寫一些以柔美、空靈爲特徵的意象，如梅、柳、月、煙等。86 首詞中，寫梅的有 17 首之多，而詞中直接出現「梅」字的有 21 處，此外詞中出現「月」的有 32 處，幾乎達到每二三首詞中就要出現一次。梅、柳與眾不同的品質與月、煙縹緲清虛的風神，共同構成了白石詞的清格雅韻，這些意象的選取使得詞呈現爲一種別具一格的美學形態，呈現爲一種清幽高雅的氣格。其中又以梅尤爲姜夔所鍾愛。梅花的秀骨清神，梅花的冰清玉潔，梅花的幽香冷韻，歷來是文人雅客詠寫的重點所在，人們所看重的就是梅花非同凡俗的氣格。范成大說：「梅以韻勝，以格高。」〔註 26〕自古以來文人騷客借梅抒懷，借梅言志，以梅花比擬自己孤高自賞的品格。姜夔由於特殊的生活經歷，對梅花尤見用情。如前所言，凡 86 首詞中 17 首專門寫梅，可見其用心之良苦。其中最爲人稱道的是《暗香》、《疏影》二首。張炎謂：「詩之賦梅，惟和靖一聯而已。世非無詩，不能與之齊驅耳。詞之賦梅，惟姜白石《暗香》、《疏影》二曲，前無古人，後無來者，自立新意，眞爲絕唱。」〔註 27〕白石之《暗香》、《疏影》二曲誠爲詠梅詞之高調，與此詞不相高下的詠梅詞在姜夔的詞中亦不在少數。

詞的氣格的差異也是源於色調設著的不同。稼軒詞的設色多及於景物的本原，如前面所舉的那首著名的《摸魚兒》，其中的意象有「風雨」、「花」、「落紅」、「天涯芳草」、「畫簷蛛網」、「飛絮」、「危樓」、「斜陽」、「煙柳」等，然而，每個意象都是實實在在的所在，說斜陽便是斜陽，說煙柳便是煙柳，衹是出之於所寫景物的原色調，並不附著自己主觀的修飾成分。姜白石的詞作在字面的使用、景物色調的渲染上多出之於生新瘦冷，取意偏重幽冷，且喜歡附加上帶有自己主觀感受的修飾語，這種修飾語多是具有擬人意味的，如「燕雁無心，太湖西畔隨雲去。數峰清苦。商略黃昏雨」（《點絳唇》），大雁、山峰本自然之物，然而卻被詞人添加上主觀的人的情志。這裡的「心」字應當解作「情意」，以之言雁，彷彿大雁也通有了人的靈性；而「清苦」二字，也本是寫人的，意謂人的品行志趣之高潔，性情之寂寞寥落，這裡也被用來寫山峰。再如「漸黃昏，清角吹寒。都在空城」（《揚州慢》），

〔註 26〕〔宋〕范成大《後序》，《范村梅譜》，《文淵閣四庫全書》第 845 冊，頁 35。

〔註 27〕〔宋〕張炎《詞源》卷下，唐圭璋編《詞話叢編》，頁 266。

寫黃昏時分的揚州城，三句中連用了「清」、「寒」、「空」三個字，幽冷、淒涼之意頓顯。辛棄疾詞中也有不少描寫黃昏之景的，但是在取景設色上卻與此迥然不同，如：「但傷心，冷落黃昏，數聲畫角」（《瑞鶴仙・賦梅》），雖然也言傷心、冷落，但是「數聲畫角」給人的感覺卻不如「清角吹寒。都在空城」來得強烈。清冷、幽寂的色調代表了姜白石詞的主導色調，詞中出現頻率較高的一些詞有冷、寒、清等，幾個字的出現頻率分別爲：寒 27 次、空 19 次、幽 15 次、冷 12 次、清 12 次、苦 10 次。白石詞的清虛之格即源於這種非同凡俗的色調的採用，如：

更灑菰蒲雨。嫣然搖動，冷香飛上詩句。（《念奴嬌》）

冷雲迷浦。倩誰喚、玉妃起舞。（《清波引》）

握平生幽恨，化作沙邊煙雨。（《法曲獻仙音》）

波心蕩、冷月無聲。（《揚州慢》）

但怪得、竹外疏花，香冷入瑤席。（《暗香》）

月冷龍沙，塵清虎落，今年漢酺初賜。（《翠樓吟》）

倦網都收，歸禽時度，月上汀洲冷。（《湘月》）

十畝梅花作雪飛。冷香下、攜手多時。（《鶯聲繞紅樓》）

幽禽自語。啄香心、度牆去。（《月下笛》）

衰草愁煙，亂鴉送日，風沙迴旋平野。（《探春慢》）

空城曉角。吹入垂楊陌。（《淡黃柳》）

古簾空，墜月皎。坐久西窗人悄。（《秋宵吟》）

兩地暗縈繞。搖落江楓早。嫩約無憑，幽夢又杳。（同上）

空徑晚煙平，古寺春寒惡。（《卜算子》）

幽寂。亂蛩吟壁。動庾信、清愁似織。（《霓裳中序第一》）

梅風吹溽，此君直恁清苦。（《念奴嬌》）

抱幽恨難語。何時共漁艇，莫負滄浪煙雨。況有清夜啼猿，怨人良苦。（《清波引》）

……

如此多的冷、幽、寒、空、清、苦嵌入詞句中，使得白石詞呈現出一種清冷幽寒之致。劉熙載說：「姜白石詞幽韻冷香，令人挹之無盡，擬諸形容，在樂則琴，在花則梅也。」又說：「詞家稱白石曰白石老仙，或問畢竟與何仙相似，曰：『藐姑冰雪，蓋爲近之。』」〔註28〕大凡這種幽韻冷香、冰清玉潔便是來自於白石幽冷色彩的使用。更爲值得注意的是這些詞的使用上頗具特色，姜夔在以這些詞對景物作修飾的時候，多用我們現在所常說的擬人或是通感的手法，如「冷香飛上詩句」，「香」本屬嗅覺範疇，「冷」是觸覺感覺的結果，將兩者放在一起，便具有了一種清幽之致；且言「飛上詩句」，又多了一種靈動的美感。再如「冷雲迷浦」（《清波引》），雲亦本無冷熱可言，這裡卻說是冷。從這裡看，這裡所有的感受都是詞人自身感受的轉移，是移情於景。因此從這個意義上說，白石詞中所用的冷、幽、寒、空、清、苦等等，其實都是詞人主觀感受的外化，景物所呈現給人的感受其實是經過姜夔主觀化了的一種呈現，是與其自我的人格特徵相聯繫的。

氣盛格高，是辛棄疾和姜夔創作的重要區別點，也是南宋詞寫作的一個總的趨向，是詞的創作雅化趨向的一個體現，也是詞的寫作文人化傾向的一個重要特徵。晚唐五代以來「花間」體所體現的氣格卑弱，歷來爲人們所譏彈。宋人葉夢得《避暑錄話》即記錄了一條以氣格論詞的詞話：「蘇子瞻於四學士中最善少游，故他文未嘗不極口稱善，豈特樂府。然猶以氣格爲病，故常戲云：『山抹微雲秦學士，露花倒影柳屯田。』『露花倒影』，柳永《破陣子》語也。」〔註29〕在詞的創作中，以辛、姜爲代表的乾淳詞人講究氣格，爲詞注入了生氣和活力，將詞從花間一派的軟媚中解放了出來，增加了詞的骨力和風神，使得詞朝著成熟的純文學邁出了堅實的一步。

〔註28〕〔清〕劉熙載《詞概》，唐圭璋編《詞話叢編》，頁3694。

〔註29〕〔宋〕葉夢得《避暑錄話》（上海：上海書店，1990年）卷三，頁93。

二、豪氣詞和雅詞的寫作範式

清人張其錦說：「詞者詩之餘也。昉於唐，沿於五代，具於北宋，盛於南宋，衰於元，亡於明。以詩譬之，……南渡爲盛唐，白石如少陵，奄有諸家。高、史則中允、東川……塡詞之道，須取法南宋，然其中亦有兩派焉。一派爲白石，以清空爲主，高、史輔之。前則有夢窗、竹山、西麓、虛齋、蒲江，後則有玉田、聖與、公謹、商隱諸人，掃除野狐，獨標正諦，猶禪之南宗也。一派爲稼軒，以豪邁爲主，繼之者龍洲、放翁、後村，猶禪之北宗也。」〔註 30〕塡詞一藝，在南宋有了具體可法的範式，這是辛棄疾和姜夔的功勞。周濟也說：「白石以詩法入詞，門徑淺狹，如孫過庭書，但便後人模倣。」〔註 31〕又說：「蘇、辛並稱。東坡天趣獨到處，殆成絕詣。而苦不經意，完璧甚少。稼軒則沈著痛快，有轍可循。南宋諸公，無不傳其衣缽，固未可同年而語也。稼軒由北開南；夢窗由南追北，是詞家轉境。」〔註 32〕不管對兩人詞藝高下的評說是否恰當，但是認爲兩人在寫作方法上爲後人提供了可以具體學習的規律，還是把握住了兩人詞的創作的特徵。辛棄疾、姜夔所創立的詞的寫作範式，爲詞的創作提供一種有跡可尋的具體的創作方法，使得詞的創作成爲一種有法式可尋、有脈絡可依的文學創作，使得詞的創作具有了一種可以摸得著、看得見、可以取法的創作規範和套路。

詞的發展從晚唐五代一直到南宋前期，詞風相近、聲氣相通的作家或是詞的創作較多，於此，人們多習慣以派係之。劉揚忠先生《唐宋詞流派史》從晚唐五代的「花間」派，到宋末元初的江西詞派，細密縷析了唐宋詞流派的遞承與發展的狀貌，堪稱現今唐宋詞流派研究較爲完備的一部理論著作。在詞派紛呈的唐宋詞壇上，最具有影響力的當屬花

〔註 30〕〔清〕張其錦《梅邊吹笛譜跋》，《賭棋山莊詞話》續編三，唐圭璋《詞話叢編》，頁 3510。
〔註 31〕〔清〕周濟《介存齋論詞雜著》，唐圭璋《詞話叢編》，頁 1634。
〔註 32〕〔清〕周濟《宋四家詞選目錄序論》，唐圭璋《詞話叢編》，頁 1643～1644。

間、蘇辛和姜張三大派別。〔註 33〕「花間」派的形成因爲後蜀趙崇祚所編的《花間集》而得名，並因其詞史上的開創意義而備受後世的關注，但是所選 18 家作品衹是從時人的創作中抽繹出來的詞作，就創作主體而言，彼此之間並沒有聲氣相通或是交遊唱和，更多的衹是一種詞風的相近，因此從嚴格的意義上講，並不是眞正的文學創作派別。辛派和姜張詞派則不然，在以辛棄疾和姜夔所引領的兩派詞人群體中，不但有著較爲明顯的共同的創作傾向，且有著很明顯的彼此追摹的痕跡。這種有著共同的創作傾向的流派的形成，並且在詞史上形成了巨大的影響，其中一個重要的原因就是，他們詞的創作上有了一套可以具體把握的作詞法式，正是這種法式爲後來者詞的創作提供了可以具體依照的范式，周濟說：「北宋主樂章，故情景但取當前，無窮高極深之趣。南宋則文人弄筆，彼此爭名，故變化益多，取材益富。然南宋有門逕，有門逕，故似深而轉淺。北宋無門逕，無門逕，故似易而實難。初學琢得五七字成句，便思高揖晏、周，殆不然也。北宋含蓄之妙，逼近溫、韋；非點水成冰時，安能脫口即是。」〔註 34〕周濟這裡推揖北宋，貶低南宋，恰當與否，已有前人評騭，這裡不再去說；「門逕」之說卻是眞知灼見。作爲南宋之典範和代表的辛棄疾和姜夔正是在門徑上對前人形成了突破，進而確立南宋不同於北宋的詞的特徵。王國維也說：「南宋詞人，白石有格而無情，劍南有氣而乏韻。其堪與北宋人頡頏者，唯一幼安耳。近人祖南宋而祧北宋，以南宋之詞可學，北宋不可學也。學南宋者，不祖白石，則祖夢窗，以白石、夢窗可學，幼安不可學也。學幼安者率祖其粗獷滑稽，以其粗獷滑稽處可學，佳處不可學也。幼安之佳處，在有性情，有境界。即以氣象論，亦有『傍素波、干青雲』之概，寧後世齷齪小生所可擬耶。」〔註 35〕可見南宋詞之可學應是一個公認的話題。那

〔註 33〕對於辛棄疾及其所引領的詞派，自古稱法不一，或是將其和蘇軾並舉，稱爲「蘇辛詞派」，或是以其人其號命名，稱爲「稼軒詞派」或「辛派」。

〔註 34〕〔清〕周濟《宋四家詞選目錄序論》，唐圭璋《詞話叢編》，頁 1645。

〔註 35〕〔清〕王國維《人間詞話》，唐圭璋《詞話叢編》，頁 4249。

麼這裡所說的「門徑」到底體現在哪些方面，也就是說，辛棄疾、姜夔到底爲後世詞的創作提供什麼樣可以具體學習的作詞的方法？這是我們今天研究辛棄疾、姜夔以及他們所代表的南宋詞所要思考的一個問題。我們以爲，這種門徑核心的問題仍然是在氣、在格，在於表現這些氣格所採用的具體的創作方法。王國維所批評的「白石有格而無情，劍南有氣而乏韻」雖然是否定了姜夔的「情」和陸游的「韻」，但是肯定了他們的氣格。

儘管把蘇軾、辛棄疾所形成的共同的詞風目爲豪放這一觀點在今天仍然沒有得到全部的認同，儘管對辛棄疾及其後來者所共同擁有的詞的創作特徵在今天仍然毀譽並存，但是，人們不得不承認的是，豪放仍然是蘇辛詞派或是辛派詞人群體創作中搶眼、突出的特徵，是蘇辛詞派或是辛派詞人得以立派的一個鮮明特徵，這是一個不爭的事實。但是，兩人之間的差異還是存在著的，辛棄疾在蘇軾的基礎之上將其豪放的風格發揚光大，並且形成了一個具有影響力的創作流派，清人周濟說：「稼軒不平之鳴，隨處輒發，有英雄語，無學問語，故往往鋒穎太露。然其才情富豔，思力果銳，南北兩朝，實無其匹，無怪流傳之廣且久也。世以蘇、辛並稱，蘇之自在處，辛偶能到；辛之當行處，蘇必不能到：二公之詞，不可同日語也。後人以粗豪學稼軒，非徒無其才，並無其情。稼軒固是才大，然情至處，後人萬不能及。」〔註36〕周濟肯定辛棄疾才情之大是其詞超軼兩朝的關鍵，實則以才情爲詞，亦是肇啓於蘇軾。清人鄧廷楨說：「東坡以龍驤不羈之才，樹松檜特立之操，故其詞清剛雋上，囊括群英。」〔註37〕張祥齡也說：「坡公才大，詞多豪放，不肯翦裁就範，故其不協律處甚多，然又何傷其爲佳葉。」〔註38〕蘇東坡才高情深，古有定論，以才情入詞，是其首創，而辛棄疾將這種傳統加以深化，清人馮煦說：「稼軒負高世

〔註36〕〔清〕周濟《介存齋論詞雜著》，唐圭璋《詞話叢編》，頁1633～1634。
〔註37〕〔清〕鄧廷楨《雙硯齋詞話》，唐圭璋《詞話叢編》，頁2529。
〔註38〕〔清〕錢裴仲《雨華盦詞話》，唐圭璋《詞話叢編》，頁3013。

之才，不可覊勒，能於唐宋諸大家外，別樹一幟。自茲以降，詞遂有門戶、主奴之見。而才氣橫軼者，群樂其豪縱而傚之。乃至里俗浮囂之子，亦靡不推波助瀾，自托辛、劉，以屏蔽其陋；則非稼軒之咎，而不善學者之咎也。即如集中所載《水調歌頭》『長恨復長恨』一闋，《水龍吟》『昔時曾有佳人』一闋，連綴古語，渾然天成，既非東家所能效顰，而《摸魚兒》、《西河》、《祝英臺近》諸作，摧剛爲柔，纏綿悱惻，尤與粗獷一派，判若秦越。」〔註 39〕「稼軒鬱勃故情深，白石放曠故情淺。稼軒縱橫故才大，白石局促故才小。」〔註 40〕不管才情之深淺，以才情入詞是此時詞的創作的一個具體把握的寫作範式。

以才情爲詞在稼軒詞派中表現得最爲明顯。宋人劉辰翁說：「詞至東坡，傾蕩磊落，如詩如文，如天地奇觀，豈與群兒雌聲學語較工拙；然猶未至用經用史，牽《雅》《頌》入《鄭》《衛》也。自稼軒前，用一語如此者，必且掩口，及稼軒橫豎爛熳，乃如禪宗棒喝，頭頭皆是；又如悲笳萬鼓，平生不平事併巵酒，但覺賓主酣暢，談不暇顧。詞至此亦足矣。……稼軒胸中今古，止用資爲詞，非不能詩，不事此耳。」〔註 41〕辛棄疾等人「以文爲詞」，用經史、引《雅》《頌》，是其「才情富豔」的很好體現，在特徵上很大程度上體現爲以才情爲詞。最爲明顯的一首詞竟然全是集經句而成：「進退存亡，行藏用舍。小人請學樊須稼。衡門之下可棲遲，日之夕矣牛羊下。　去衛靈公，遭桓司馬。東西南北之人也。長沮桀溺耦而耕，丘何爲是棲棲者。」（《踏莎行・賦稼軒，集經句》）藝術成就上的高下，且不去說，詞中的字句全部來自《易》、《論語》、《詩經》等，分明可見其逞才使氣之甚。上引劉辰翁所說的「用經用史」、「橫豎爛熳」的作詞之法，其實就是以才情爲詞的體現。

以才情爲詞，還表現爲詞的藝術上的精心構思、琢磨，這是南宋

〔註 39〕〔清〕馮煦《蒿庵論詞》，唐圭璋《詞話叢編》，頁 3592。
〔註 40〕〔清〕周濟《介存齋論詞雜著》，唐圭璋《詞話叢編》，頁 1634。
〔註 41〕〔宋〕劉辰翁《辛稼軒詞序》，施蟄存主編《詞籍序跋萃編》，頁 201。

詞區別於北宋詞的一個明顯特徵。詞的創作少卻了唐五代北宋詞的那種過多的率性而爲，而是多了些推敲和文字的打磨處理，這使得詞的人工的成分固然增加了不少，缺少了作品的渾化無跡的那種自然天成之感，張炎《詞源》謂：「美成詞只當看他渾成處，於軟媚中有氣魄。采唐詩融化如自己者，乃其所長。惜乎意趣卻不高遠，所以出奇之語，以白石騷雅句法潤色之，眞天機雲錦也。」〔註 42〕周邦彥詞的長處在於詞的天然渾成，固然是其長處，這也是唐五代北宋詞的一個共同的特徵，但是，缺點是難以尋找到可以具體學習的作詞之法。而詞藝上的精心推敲、構思所帶來的是詞的創作上字法、句法、章法的的可以具體把握性，詞的創作不再像唐五代北宋那樣多是一種率意而爲的創作，而是在藝術上多了一份斟酌。上文所引岳珂《桯史》中辛棄疾「味改其語，日數十易，累月猶未竟」的辛苦修改詞的記載，就是一個顯見的例子。辛棄疾自己也在詞中如此表達：「花餘歌舞歡娛外，詩在經營慘淡中。」（《鷓鴣天》）劉將孫《蕭學中采詞序》也記錄了一條姜夔苦心經營此作、修改詞句的文字：「姜白石嘗試春寒，共數客垂虹賦詞，以被蒙頭，行吟未休，逐句塗改，一詞之就，其難如此。」〔註 43〕可見詞的創作已經進入一種詩意的錘煉的創作態勢。

在具體的寫作範式上，將比興寄託定型爲詞的寫作方式，也是南宋乾淳詞壇的一個重要貢獻，這一點，姜夔的功勞又尤其顯著。比興寄託是詩的重要抒情手段，《詩經》是它的源頭，援之以入詞，則是在蘇軾的時候。蘇軾的「以詩爲詞」不但是在題材內容上的開拓，還有表現手法的引入。「寄託說」是清代常州派的詞學的主要觀點之一。常州派的中堅周濟說：「初學詞求空，空則靈氣往來。既成格調求實，實則精力彌滿。初學詞求有寄託，有寄託則表裏相宜，斐然成章。既成格調，求無寄託。無寄託，則指事類情，仁者見仁，知者見知。北

〔註 42〕〔宋〕張炎《詞源》卷下，唐圭璋《詞話叢編》，頁 266。

〔註 43〕〔元〕劉將孫《養吾齋集》卷九，《文淵閣四庫全書》第 1199 冊，頁 85。

宋詞，下者在南宋下，以其不能空，且不知寄託也；高者在南宋上，以其能實，且能無寄託也。南宋則下不犯北宋拙率之病，高不到北宋渾涵之詣。」〔註 44〕需要指出的是，常州派在比興寄託上甚爲推許晚唐五代北宋詞，甚至認爲溫庭筠的詞「深美閎約」，頗見比興寄託之義，這是我們所不能認可的。再如在對歐陽修的《蝶戀花》一詞作解釋時更說：「『庭院深深』，閨中既以邃遠也。『樓高不見』，哲王又不悟也。章臺遊冶，小人之徑。『雨橫風狂』，政令暴急也。『亂紅飛去』斥逐者非一人而已。」〔註 45〕不免有牽強附會，求之過深之嫌。

從題材上看，詠物詞是體現寄託的最合適題材。清人蔣敦復說：「詞原於詩，即小小詠物，亦貴得風人比興之旨，唐五代、北宋人詞不甚詠物，南渡諸公有之，皆有寄託。」〔註 46〕「不甚詠物」並非不詠物，北宋的詠物詞也有不少名篇，比如周邦彥的《蘭陵王・柳》即是北宋詠物中的佳作，至今爲人所稱賞。祇是，周邦彥的《蘭陵王・柳》題目雖然是柳，但祇是借柳起興，內容還主要是寫離別，其中並無多少寄託之旨。相比之下，蘇軾的《水龍吟》寫楊花，倒多少有些寄託的味道。但是若說是詠物之中寄託手法的使用純熟，則在南宋，而南宋又以姜夔爲最工。姜夔的《暗香》、《疏影》二詞，是姜夔詠物中的最上乘，其中寄託之遙深，以至於對詞旨的解釋產生了多種說法，有說是懷念往昔情人的；有說是發「二帝之憤」的，〔註 47〕還有說是「恨偏安」的，〔註 48〕不一而足。解釋雖然不一，但是可以說明的一個問題是，其中寄託之旨意的確存在著。張炎說：「詞以意趣爲

〔註 44〕〔清〕周濟《介存齋論詞雜著》，唐圭璋《詞話叢編》，頁 1630。

〔註 45〕〔清〕張惠言《詞選》（北京：中華書局，1957 年），頁 33。

〔註 46〕〔清〕蔣敦復《芬陀利室詞話》卷三，唐圭璋編《詞話叢編》，頁 3675。

〔註 47〕〔清〕張惠言《詞選》，頁 64。

〔註 48〕〔清〕宋翔鳳《樂府餘論》謂：「（姜夔）流落江湖，不忘君國，皆借托比興，於長短句寄之。如……《暗香》、《疏影》，恨偏安也。蓋意愈切，則辭愈微，屈、宋之心，誰能見之？乃長短句中，復有白石道人也。」

主，要不蹈襲前人語意。如東坡中秋《水調歌》……姜白石《暗香》賦梅云（略），《疏影》云（略），此數詞皆清空中有意趣，無筆力者未易到。」〔註49〕《暗香》、《疏影》而外，姜夔還寫作不少詠物之作，從其手法看，亦是詠物而不滯於物，多是從詠物入，由寄託出。譬如這首詠蟋蟀的詞《齊天樂》：

> 丙辰歲，與張功父會飲張達可之堂，聞屋壁間蟋蟀有聲，功父約予同賦，以授歌者。功父先成，辭甚美。予裴回末利花間，仰見秋月，頓起幽思，尋亦得此。蟋蟀，中都呼爲促織，善鬥。好事者或以三二十萬錢致一枚，鏤象齒爲樓觀以貯之。
>
> 庾郎先自吟愁賦。淒淒更聞私語。露濕銅鋪，苔侵石井，都是曾聽伊處。哀音似訴。正思婦無眠，起尋機杼。曲曲屏山，夜涼獨自甚情緒。　　西窗又吹暗雨。爲誰頻斷續，相和砧杵。候館迎秋，離宮弔月，別有傷心無數。豳詩漫與。笑籬落呼燈，世間兒女。寫入琴絲，一聲聲更苦。（宣、政間，有士大夫製《蟋蟀吟》。）

這首詞前面的題序很清楚地交待了此詞的寫作背景。詞因聞蟋蟀之聲而起，卻不泥於單純的詠物，而是借物傷懷，抒寫自己的懷抱，寄託自己的幽思。詞的上片以寫景敘事爲主，同時典故的使用使得詞意變得幽曲婉轉而又深邃，其中深見作者寄託之意。庾信，南朝梁人，出使西魏，梁亡後被迫羈留北國，寫下了著名的《哀江南賦》、《傷心賦》、《愁賦》等，以表達自己對故國的哀思。姜夔此詞首先以庾信起句，家國之痛應該說是隱隱然其間。「露濕銅鋪」三句，既是實景描寫，也是有所喻指，暗寓久久無人問津之意。其下接著思婦懷遠，又見幽獨之情，思婦是中國古代詩歌中的典型意象，用在這裡，既可以說是正寫，也可以說是以思婦寓托自己的孤獨情懷。姜夔一生四處漂泊，無依無靠，這裡寫思婦懷念遠方的行人，未嘗

〔註49〕〔宋〕張炎《詞源》卷下，唐圭璋編《詞話叢編》，頁260～261。

不是一種對自己的觀照。接著上片末尾的思婦獨處，詞的下片寫蟋蟀聲和砧杵之聲相斷續，與上片詞尾意義相續，張炎說：「最是過片，不要斷了曲意，須要承上接下。……『西窗又吹暗雨』，此則曲之意脈不斷矣。」〔註 50〕詞的意脈的相承襲，是爲了延續詞人所要表達的中心意旨，「候館」三句便把這種意旨推向了高潮。其中尤見羈旅之傷心懷抱。這句既是傷己，也是傷國，宋王朝在女眞人的侵逼下，只能偷安江南，這又何嘗不是一種羈旅？最後五句便是由此所生發的感歎，自古以來蟋蟀就和詩發生了聯繫，可歎的是，那些天眞的孩童還在提著燈籠火把，嬉笑著到處捉蟋蟀，完全不理會詞人此時的憂愁。而蟋蟀所連接的這種憂愁被人們譜入琴曲中，聽起來又是那麼的淒婉。這種痛苦來自於詞人對自己幽獨情懷的表白，更來自於對國家命運的擔憂。詞的最後一句的注腳便是最好的解釋和說明：「宣、政間，有士大夫製《蟋蟀吟》。」宣、政間爲北宋末年，當時已經是山雨欲來風滿樓，國家已經危在旦夕，但是統治者仍沈浸在一片歌舞之中。這是爲詞人所最爲悲慨的。綜而言之，這首詞寄託遙深，字裏行間浸透著詞人深深的悲歎，這種悲歎既有對其自身的，也有對國家的，是一種深沈複雜感情的統一體。

就詠物和寄託而言，姜夔無疑是南宋詞的最傑出的代表。就實際的創作狀況來說，以寄託爲詞在乾淳詞壇已經成爲一種普遍的寫作方式，前引《齊天樂》的同時之作——張鎡的《滿庭芳·促織》，詞中亦時時流露悲涼之意，其中作者自我懷抱的眞實抒寫，亦十分明顯地包藏在詞中，也可以說是一首有寄託的詠物之作。而前章所論毛幵、趙長卿等諸詞人，亦在詞中多有比較成熟的詠物之作，而且詠物也不是單純的詠物，而是於詠物之中別有寄託，借詠物來抒發自己的心志，表達自己高潔的情懷。辛棄疾詞中詠物一類也不在少數，629 首詞中，有約 60 首爲詠物之作。同姜夔等人相似的是，詠物亦是不泥

〔註 50〕〔宋〕張炎《詞源》卷下，唐圭璋《詞話叢編》，頁 258。

於物，而是有所寄託。如這首《賀新郎・賦水仙》：

雲臥衣裳冷。看蕭然、風前月下，水邊幽影。羅襪塵生凌波去，湯沐煙江萬頃。愛一點、嬌黃成暈。不記相逢曾解佩，甚多情爲我香成陣。待和淚，收殘粉。　　靈均千古《懷沙》恨。記當時匆匆忘把，此仙題品。煙雨淒迷僝僽損，翠袂搖搖誰整。謾寫入、瑤琴幽憤。絃斷《招魂》無人賦，但金杯的皪銀臺潤。愁殢酒，又獨醒。

此題名爲賦水仙，實則亦是以物喻人，別有懷抱寓托其中。以水仙的高潔寄託自己的胸懷和不被人賞的愁苦，所謂傷心人別有懷抱。

總之，以辛棄疾、姜夔爲代表的乾淳詞人爲詞的寫作創立了一種範式，以才情爲詞和以寄託入詞，爲後世詞人的創作提供了可以具體把捉的路徑，詞在文人化的道路繼續邁進。

第三節　兩種範型的文化成因

在對辛棄疾和姜夔兩人所代表的典範意義的寫作加以呈現的同時，也出現了一個需要解決的問題，即，是什麼樣的原因促成了這兩種寫作範型的出現，這是一種歷史的必然，抑或是偶然？由此，很有必要從社會和個人等不同角度對辛棄疾和姜夔及其所代表的兩種創作範型加以成因上的剖析。

一、遠紹東坡：稼軒得其氣，白石得其神

蘇辛並論是詞學批評當中一個重要的概念，然而也有不以爲然者。此外，在對源頭的尋找上，古今不少人又把姜夔和東坡拉到了一起，認爲白石才是東坡詞衣缽的嫡傳。究竟何者爲是，自古至今莫衷一是。我們以爲，在詞的傳承上，一源二流，都得東坡之遺澤，不過是各得其不同之處。概而言之，兩人都遠紹東坡，稼軒得其氣，白石得其神。稼軒所得的是東坡的一以貫之的眞氣、豪氣，得其眞性情，得其入世之用心；而白石則是取其神，得東坡詞之清、之曠、之仙、

之超邁。

辛棄疾以氣爲詞，這在本書的《「以文爲詞」》一節中已經有所論述，而導其源者，當爲蘇軾。陳廷焯謂：「熟讀溫韋詞，則意境自厚。熟讀周秦詞，則韻味自深。熟讀蘇辛詞，則才氣自旺。」「稼軒求勝於東坡，豪壯或過之，而遜其清超，遜其忠厚。」〔註51〕清人沈謙說：「學周、柳，不得見其用情處。學蘇、辛，不得見其用氣處。當以離處爲合。」〔註52〕可見，兩人在「氣」上聲氣相通。而這也是奠定蘇辛詞派的重要基礎。後人多將蘇辛並論，將蘇軾和辛棄疾看作是於宋代別立一家的豪放派，兩人之間的「氣」的相似與傳承是一個重要的依據。

較早指出蘇軾以詞抒寫眞性情者，當推南宋前期的王灼。王灼在《碧雞漫志》中說：「長短句雖至本朝盛，而前人自立，與眞情衰矣。東坡先生非心醉於音律者，偶爾作歌，指出向上一路，新天下耳目，弄筆者始知自振。今少年妄謂東坡移詩律作長短句，十有八九，不學柳耆卿，則學曹元寵，雖可笑，亦勿用笑也。」〔註53〕對於眞性情的抒發，最早發蘇辛相承之論的是辛棄疾的門人范開，范開在《稼軒詞序》中說：

> 器大者聲必閎，志高者意必遠。知夫聲與意之本原，則知歌詞之所自出。是蓋不容有意於作爲，而其發越著見於聲音言意之表者，則亦隨其所蓄之淺深，有不能不爾者存焉耳。世言稼軒居士辛公之詞似東坡，非有意學坡也，自其發於所蓄者言之，則不能不坡若也。坡公嘗自言與其弟子由爲文□多而未嘗敢有作文之意，且以爲得於談笑之間，而非勉強之所爲。公之於詞亦然：苟不得之於嬉笑，則得之於行樂；不得之於行樂，則得之於醉墨淋漓之際。揮毫未竟而客爭存去。或閑中書石，興來寫地，亦或微吟而不錄，漫錄而焚稿，以故多散逸。是亦未嘗有作之之意，其

〔註51〕〔清〕陳廷焯《白雨齋詞話》卷八，唐圭璋《詞話叢編》，頁3969。
〔註52〕〔清〕沈謙《填詞雜説》，唐圭璋編《詞話叢編》，頁635。
〔註53〕〔宋〕王灼《碧雞漫志》卷二，唐圭璋《詞話叢編》，頁85。

於坡也，是以似之。〔註54〕

對於眞性情的自然吐露，是蘇軾和辛棄疾在詞的創作上共同的體驗，並不是刻意的雕琢，不是勉強所爲，也不是「爲賦新詞強說愁」，詞中所表達的就是生活的本然狀態，是生活的原生態，即「得之於嬉笑」，「得之於行樂」，「得之於醉墨淋漓之際」，詞的產生是不期然而然。范開的這一觀點得到了元好問的支持，元好問也標舉「情性」與自然而然的創作態勢，蘇辛並稱，在《新軒樂府引》中說：

> 唐歌詞多宮體，又皆極力爲之。自東坡一出，情性之外，不知有文字。眞有『一洗萬古凡馬空』氣象。雖時作宮體，亦豈可以宮體概之？人有言，樂府本不難作，從東坡放筆後便難作。此殆以工拙論，非知坡者。所以然者，詩三百所載小夫賤婦幽憂無聊賴之語，特猝爲外物感觸，滿心而發，肆口而成者爾。其初果欲被管絃，諧金石，經聖人手以與六經並傳乎？小夫賤婦且然，而謂東坡翰墨遊戲，乃求與前人角勝負，誤矣。自今觀之，東坡聖處，非有意於文字之爲工，不得不然之爲工也。坡以來，山谷、晁無咎、陳去非、辛幼安諸公，俱以歌詞取稱，吟詠性情，留連光景，清壯頓挫，能起人妙思。亦有語意拙直，不自緣飾，因病成妍者，皆自坡發之。〔註55〕

元好問高揚蘇軾，標舉「性情」，認爲蘇軾詞的創作是一種得之於自然而然的一種創作，開啓了詞的創作的新的方向，同時亦指出了這種「吟詠性情」、自然而然的詞的創作的源和流：東坡首開其端，繼之者則有黃庭堅等蘇門子弟，在南宋則是辛棄疾。不惟如此，元好問還指出了這種創作傾向的過猶不及的發展方向，所謂「語意拙直，不自緣飾，因病成妍者」，這也是東坡開啓了源頭，而在稼軒詞中常爲後人所譏評的一些墮入叫囂一類的詞作，其實也是從蘇東坡而來。

〔註54〕〔宋〕范開《稼軒詞序》，施蟄存主編《詞籍序跋萃編》，頁199。
〔註55〕〔金〕元好問《新軒樂府引》，《遺山集》卷三十六，《文淵閣四庫全書》第1191冊，頁425。

600 餘首稼軒詞可以使我們見到一個充滿了眞性情的詞人形象。前節所論辛棄疾的英雄情結，使得我們看到了一個充滿豪情的英雄形象，這是詞人豐滿形象的一個方面，也是辛棄疾形象的主導方面。但是豐富的生活經歷又使得辛棄疾的形象並不局限於這一方面。從 23 歲時渡江南歸，到開禧三年（1207）68 歲時含恨辭世，40 餘年的時間中有 20 年賦閑農村，這在詞人南渡以後的生活亦佔有相當大的比例。其間寫了大量的賦閑詞，這也是他眞性情的反映。「一松一竹眞朋友，山鳥山花好弟兄」（《鷓鴣天・博山寺作》），與松竹爲伴，與花鳥爲伍，在對自然景物的抒寫中，辛棄疾展示了對生活的眞摯熱愛，這也是詞人眞性情的一個方面，看這首《水調歌頭・盟鷗》：

> 帶湖吾甚愛，千丈翠奩開。先生杖屨無事，一日走千回。凡我同盟鷗鷺，今日既盟之後，來往莫相猜。白鶴在何處，嘗試與偕來。　　破青萍，排翠藻，立蒼苔。窺魚笑汝癡計，不解舉吾杯。廢沼荒丘疇昔。明月清風此夜，人世幾歡哀。東岸綠陰少，楊柳更須栽。

淳熙八年辛棄疾被劾罷官，42 歲的他離開了一心想要有所作爲的官場，開始了 10 年的閒居生活。這首詞即是作於罷官歸來的次年春天。被劾罷官的苦惱被大自然的美好沖淡了，一丘一壑，一池一沼都讓這位胸懷壯志的英雄感到非常的賞心悅目，然而，功名未成，使得詞人並不能夠眞的釋懷，「人世幾歡哀」，內心的苦悶或許只有詞人自己能夠深深地感覺到。這一點或許更像屢遭貶謫的蘇軾。

眞性情而外，爲稼軒所直接繼承的還有強烈的淑世精神和入世思想。不論窮達，不分貴賤，對國家命運的強烈關注，是深受儒家思想影響的古代封建士大夫所共有的思想傾向，這種銘刻於骨子之中的淑世精神和入世思想，體現出了儒家傳統思想薰陶下的士大夫所承擔的強烈的社會責任感。這種責任感在民族危亡的關頭表現得尤爲突出。蘇軾一生屢遭貶謫，即便是心灰意冷之際亦對國是不能忘懷於胸。《復雅歌詞》中有一段關於其《水調歌頭》的本事記載：「東坡居士以丙辰中秋歡飲達旦大醉，作《水調歌頭》，都下傳唱此詞。神宗問內侍外面新行小詞，內侍錄此呈進。讀至『又恐瓊樓玉宇，高處不勝寒』，上曰：『蘇軾終是愛君。』乃命量移汝州。」〔註 56〕儘管其中的故事爲後人所附會，未必屬實，但亦能見出後人洞見其心境之細微。正是因爲蘇軾於社會現實的強烈關注，才有了這種附會的生成。生當中興之世的辛棄疾繼承了蘇軾對社會現實難以忘懷的精神，亦在詞中體寫心志。許玉瑑即認爲：「詞之爲學，賦情各殊，按律有定。蘇、辛以忠愛之旨，寫憂樂之懷，固與姜、張諸家刻畫宮徵，判然異軌。」〔註 57〕劉熙載云：「蘇辛皆至情至性人，故其詞瀟灑卓犖，悉出於溫柔敦厚。或以粗獷托蘇辛，固宜有視蘇辛爲別調者哉。」〔註 58〕兩人的淑世精神是一脈相承的。在很多詞作中，辛棄疾都抒發了自己的愛國情懷，表達了自己對山河破碎的沈痛之情。即使是一首祝壽詞也寫得壯懷激烈，充滿了強烈的淑世精神。如這首《水龍吟・爲韓南澗尚書甲辰歲壽》爲韓元吉所作的壽詞即是如此：

> 渡江天馬南來，幾人眞是經綸手。長安父老，新亭風景，可憐依舊。夷甫諸人，神州沈陸，幾曾回首。算平戎萬里，功名本是，眞儒事、君知否。　　況有文章山斗。對桐陰、滿庭清晝。當年墮地，而今試看，風雲奔走。綠野風煙，平泉草木，東山歌酒。待他年，整頓乾坤事了，爲先生壽。

同他類題材頗爲不同的是，壽詞的創作更需要創作者高超的技巧和過人的才智，否則「盡言富貴則塵俗，盡言功名則諛佞，盡言神仙則迂闊荒誕」，〔註 59〕而這首詞「言功名而慨歎寫之壽詞中，合踞上座」。〔註 60〕韓元吉是辛棄疾的多年好友，同稼軒聲氣相通，平生亦是以功

〔註 56〕〔宋〕鮦陽居士《復雅歌詞》，《古今事文類聚》前集卷十一，《文淵閣四庫全書》第 925 冊，頁 176。

〔註 57〕許玉瑑《蘇辛詞合刻敘》，施蟄存主編《詞籍序跋萃編》，頁 67。

〔註 58〕〔清〕劉熙載《詞概》，唐圭璋編《詞話叢編》，頁 3693。

〔註 59〕〔宋〕張炎《詞源》卷下，唐圭璋編《詞話叢編》，頁 266。

〔註 60〕〔清〕黃氏《蓼園詞評》，唐圭璋編《詞話叢編》，頁 3081。

名爲重，以事業爲懷，恢復之志始終橫亙於胸。對於這樣志同道合的朋友，辛棄疾當然能夠盡情抒發自己的心志了。黃蓼園評此詞說：「幼安忠義之氣，由山東間道歸來，見有同心者，即鼓其義勇。辭似頌美，實句句是規勸，豈可以尋常壽詞例之？」〔註 61〕所見甚是。

稼軒詞中表現愛國熱情和淑世精神的作品十分多見。不管是詠物寫景還是紀事抒懷，辛棄疾都能於詞中借別人酒杯澆自己之塊壘，寓托自己憂國憂民的衷腸。看這首著名的記游詞《水龍吟・過南劍雙溪樓》：

> 舉頭西北浮雲，倚天萬里須長劍。人言此地，夜深長見，斗牛光焰。我覺山高，潭空水冷，月明星淡。待燃犀下看，憑欄卻怕，風雷怒，魚龍慘。　　峽束蒼江對起，過危樓、欲飛還斂。元龍老矣，不妨高臥，冰壺涼簟。千古興亡，百年悲笑，一時登覽。問何人又卸，片帆沙岸，係斜陽纜。

此詞確切作年無考，鄧廣銘稱「當在閩中按部時所作」。按紹熙三年（1192）到紹熙五年辛棄疾在福建任上，此首詞當作於這一時間內。而從詞中所表現出來的悲慨的情緒來看，當作於辛棄疾罷帥任之後，在其罷官歸來途中。詞中借景抒懷，寫景詠史相結合，借古人以自擬，抒發了自己壯志難酬的憤激之情，和強烈的憂國情懷。尤其是「千古」三句，尤見詞人懷古傷今之深情。

蘇、辛並稱是詞學批評史上一個重要的命題。辛棄疾在詞的創作上所得蘇軾者甚多。蘇、辛之高才雅量，蘇、辛之雄豪之氣，成就了詞史上的一個重要流派——豪放派，王士禎《倚聲集序》說：「詩餘者，古詩之苗裔也。語其正則南唐二主爲之祖，至漱玉、淮海而極盛，高、史其嗣響也；語其變則眉山導其源，至稼軒、放翁而盡變，陳、劉其餘波也。」儘管兩人之間也有著很大的差異，「稼軒不平之鳴，隨處輒發，有英雄語，無學問語，故往往鋒穎太露；然其才情富豔，思力果銳，南北兩朝，實無其匹，無怪流傳之廣且久也。世以蘇辛並

〔註 61〕〔清〕黃氏《蓼園詞評》，唐圭璋編《詞話叢編》，頁 3081。

稱，蘇之自在處，辛偶能到；辛之當行處，蘇必不能到：二公之詞，不可同日語也。後人以粗豪學稼軒，非徒無其才，並無其情。稼軒固是才大，然情至處，後人萬不能及」。〔註 62〕誠然如此，共同的特徵還是造就了蘇、辛一派，辛之於蘇，依然有著很大的繼承性，以至於後世有說辛棄疾爲東坡之少子者。

辛棄疾所得東坡者在氣，而白石所得東坡者，在其風神。關於東坡詞，除了豪放這一顯性特徵之外，最爲人們所稱道的是東坡詞中所表現出來的超脫凡俗之氣。世人多以「神品」和「仙品」來稱呼東坡的詞，甚至是以「坡仙」來稱呼蘇軾本人。早在宋代時，陸游即以神品稱東坡的詞，陸游的《跋東坡七夕詞後》中說：「昔人作七夕詩，率不免珠櫳綺疏惜別之意。惟東坡此篇，居然是星漢上語。歌之終覺天風海雨逼人，學詩者當以是求之。」〔註 63〕劉熙載說：「東坡詞具神仙出世之姿，方外白玉蟾諸家，惜未詣此。」〔註 64〕陳廷焯說：「和婉中見忠厚易，超曠中見忠厚難，此坡仙所以獨絕千古也。」〔註 65〕東坡詞中能夠被稱爲神品或是仙品的，除了上面那首爲陸游所大爲稱讚的《七夕詞》之外，還有《水調歌頭》（「明月幾時有」）及《卜算子》（「缺月掛疏桐」）等，黃庭堅在《跋東坡樂府》中稱：「東坡道人在黃州時作。語意高妙，似非吃煙火食人語。非胸中有萬卷書，筆下無一點塵俗氣，孰能至此？」〔註 66〕蘇軾以清新絕倫的語言，表達自己曠達超邁的情懷，無論是在神還是在貌，所顯現的特徵都是以清曠作爲最突出的特徵。這種清曠之格遺傳給了姜夔。鄧廷楨說：「東坡以龍驤不羈之才，樹松檜特立之操，故其詞清剛雋上，囊括群英。院吏所云：學士詞須關西大漢，銅琶鐵板，高唱『大江東去』。語雖近

〔註 62〕〔清〕周濟《介存齋論詞雜著》，唐圭璋《詞話叢編》，頁 1633～1634。
〔註 63〕金啓華等《唐宋詞集序跋彙編》，頁 30。
〔註 64〕〔清〕劉熙載《詞概》，唐圭璋《詞話叢編》，頁 3691。
〔註 65〕〔清〕陳廷焯《白雨齋詞話》卷六，唐圭璋《詞話叢編》，頁 3925。
〔註 66〕〔宋〕黃庭堅《跋東坡樂府》，金啓華等編《唐宋詞集序跋彙編》，頁 29。

詎，實爲知音。然如《卜算子》云：『缺月掛疏桐，漏斷人初定。時見幽人獨往來，縹緲孤鴻影。　驚起欲回頭，有恨無人省。揀盡寒枝不肯棲，寂寞沙洲冷。』則明漪絕底，薌澤不聞，宜涪翁稱之爲不食人間煙火。而造言者謂此詞爲惠州溫都監女作，又或謂爲黃州王氏女作。夫東坡何如人，而作牆東宋玉哉。至如《蝶戀花》之『枝上柳綿飛又少。天涯何處無芳草』，坡命朝雲歌之，輒泫然流涕，不能成聲。《永遇樂》之『古今如夢，何曾夢覺，但有新歡舊怨』，和章質夫楊花《水龍吟》之『曉來雨過，遺蹤何在，半池萍碎。春色三分，二分塵土，一分流水』，《洞仙歌》之『試問夜如何，夜已三更，金波澹、玉繩低轉』，皆能簸之揉之，高華沈痛，遂爲石帚導師矣。譬之慧能肇啓南宗，實傳黃梅衣矣。」〔註67〕

同稱東坡及其詞作十分相似的是，世人也多以「神」或是「仙」來看待姜夔和他的詞。劉熙載說：「詞家稱白石曰白石老仙，或問畢竟與何仙相似，曰：『藐姑冰雪，蓋爲近之。』」〔註68〕把姜白石視作是藐姑山冰雪之仙，超脫凡俗之氣，可以想見。如前所述，這種人格形象的得來，還是緣於其詞的美學特徵上的獨特的藝術建構。而如果追溯這種審美風格的藝術源頭，誠如鄧廷楨所說的，蘇軾當爲白石之「導師」。白石詞的蕭疏淡雅在神貌上都和東坡的不少詞作有相通之處。陳廷焯說：「白石仙品也。東坡神品也，亦仙品也。」〔註69〕所謂「仙品」「神品」在義理上其實有著太多的相同之處，未易軒輊，所以陳廷焯又加了一句：「神品也，亦仙品也。」可見兩人詞作在風神上的相近。所謂的「仙品」或「神品」其實指的是作品所體現的清曠、超妙之氣，清曠、超妙是兩人詞作的共同特徵，這種特徵可以從兩個方面加以解析。

首先，淡遠的筆墨、清新的意象，是兩人清曠之詞所體現出來

〔註67〕〔清〕鄧廷楨《雙硯齋詞話》，唐圭璋《詞話叢編》，頁2529。
〔註68〕〔清〕劉熙載《詞概》，唐圭璋《詞話叢編》，頁3694。
〔註69〕〔清〕陳廷焯《白雨齋詞話》卷八，唐圭璋《詞話叢編》，頁3961。

的最爲明顯的特徵，是白石得之於東坡的一個方面。運筆空靈，不雜塵滓，陸游所說的「天風海雨逼人」與黃庭堅所說的「非吃煙火食人語」即是指東坡詞筆墨之中不夾雜半點塵俗之氣。這種空靈筆致的形成來源於清新自然的意象的選擇，在東坡詞中，清風明月、山水扁舟是詞人注入深情最多的地方。於是清風皓月、山水扁舟便成了詞人寄託情懷的最好所在，「推枕惘然不見，但空江、月明千里。五湖聞道，扁舟歸去，仍攜西子」(《水龍吟》)，「明月如霜，好風如水，清景無限」(《永遇樂・夜宿燕子樓，夢盼盼，因作此詞》)，「閑倚胡床，庾公樓外峰千朵。與誰同坐。明月清風我」(《點絳唇》)，以山水爲知音，寓托情懷，這是東坡詞清曠的原因之一。白石詞中最爲常見的意象也是以清新自然見長，前文已有論及，姜白石詞中最爲喜歡選擇的意象有梅、柳、月、煙等，這些意象空靈而又有韻致，因此使得詞自然而然顯現出清新空靈的韻致了。不但如此，即使是描寫常人所認爲的富貴之花牡丹，筆墨之中也充滿了空靈，如這首《虞美人・賦牡丹》：

> 西園曾爲梅花醉。葉剪春雲細。玉笙涼夜隔簾吹。臥看花梢搖動、一枝枝。娉娉嫋嫋教誰惜。空壓紗巾側。沈香亭北又青苔。唯有當時蝴蝶、自飛來。

牡丹的風韻最爲大家所熟知，這裡卻出之以奇，首先選取了一個夜間看牡丹的獨特視角，把賞花置於涼夜時分，並且伴之以清幽的玉笙吹奏聲，一種清冷之感、迷離之致頓時凸現出來。不但如此，詞人一改人們所常常表現的牡丹的豐腴，而是將「娉娉嫋嫋」的花中之王牡丹無人欣賞、無人憐惜的孤寂的一面著重表現了出來，語意之中又多了一種淒清和悲涼。結尾更以一種超時空的表現手法，用青苔滿階、蝴蝶自飛襯托花落人亡、物換星移的淒涼。其中寄託的更是詞人悲涼淒清的心境。

其次，淡遠的心境、清曠的襟抱，是東坡與白石清曠之詞的內核，也是白石承襲東坡詞清曠之風神的一個重要表現。儘管蘇軾一生並沒有脫離官場，但是蘇軾甚爲推許晉宋時著名詩人陶淵明，對陶淵明的歸歟之志心嚮往之，認爲「只淵明，是前生」（《江神子》），並且對陶詩幾乎首首必和，可見對陶淵明人格的向慕之心。雖身在凡俗，未嘗一日不以高蹈歸去爲懷，以陶情於山水作爲人生最大的嚮往。姜夔則終生未仕，在對自己形象的設計上，向來以晉宋雅士作爲最高的模倣對象，以山水之樂作爲自己人生的最大樂趣。前面《英雄與雅士人格形象的眞實塑造》一節中已經對姜夔的雅士情懷作了一些分析，詞人游山賞水，體物寫志，從中可以見出其高潔的志向、淡遠的心境和清曠的懷抱。儘管這種懷抱也時常伴隨著人生的失意和不得志，摻雜著理想無法實現的愁苦，是一種複雜的思想存在，但是疏宕與清曠應當是其中的重要組成部分，這無可否認。

當然，在強調白石對東坡的繼承的同時，我們也應當注意到兩人之間還是有著一定的區別，王國維說：「東坡之曠在神，白石之曠在貌。」〔註70〕但是，不管是在神還是在貌，「曠」是一個共同的傾向，是白石之於東坡的一種歷史承傳。

二、成因的文化背景分析

辛棄疾和姜夔對東坡的繼承是一種詞藝上的承傳，而影響作家創作的成因是多方面的，作爲作家成長的文化背景也理應納入我們的研究視野，成爲我們研究乾淳詞壇的一個重要內容。

（一）地域文化的差異

文學與文化上的地域差異是文學研究或者文化研究中必須承認的一個事實，也理所應當得到足夠的重視。地域上的南北分野，是文化差異形成的一個主要原因。中國地理上的南北分野，造成了自然風貌的不同，南方氣候溫暖濕潤，山川秀美，物產豐富，地理風貌上多空靈清虛之氣；北方則不同，氣候寒冷，資源相對匱乏，地理風貌多重

〔註70〕〔清〕王國維《人間詞話·刪稿》，唐圭璋《詞話叢編》，頁4266。

拙之氣。南北地域的分野與差異，不僅造成了南北方之間物候的不同，所謂「橘生淮南則爲橘，生於淮北則爲枳，葉徒相似，其實味不同。所以然者何？水土異也」。〔註 71〕而且由此所導致的是民風上的不同，宋人莊綽說：「大抵人性類土風，西北多土，故其人重厚樸魯；荊揚多水，其人亦明慧文巧，而患在輕淺。」〔註 72〕劉師培也說：「大抵北方之地，土厚水深，民生其間，多尚實際；南方之地，水勢浩洋，多尚虛無。」〔註 73〕清越的自然山水和相對豐富的資源，給南方人提供了一個相對舒適而逸樂的自然的環境，使得南方人在氣質秉性上形成了一種以柔婉、清新和耽於享樂的個性特徵，而北方氣候的寒冷和資源的相對貧弱則給北方人以一種剛勁、質樸而務實的性格特徵。顏之推說：「南方水土和柔，其音清舉切詣，失在浮淺，其辭多鄙俗。北方山川深厚，其音重濁而鈋鈍。」〔註 74〕自然環境的不同對人文精神的影響由此可以見出。人文精神的不同直接導致南北文化上的審美愛好、風格趣尚的不同，這就是地域文化上的差異，於此，唐人有著比較清楚的解釋：「彼此好尚，互有異同。江左宮商發越，貴於清綺，河朔詞義貞剛，重乎氣質。氣質則理勝其詞，清綺則文過其意，理深者便於時用，文華者宜於詠歌，此其南北詞人得失之大較也。」〔註 75〕地域文化的差異也仿若一道天然的屏障，導致了南北方之間藝術上的彼此不同，文學是藝術的一個重要門類，其反映則更爲明顯和突出。清人謝坤《青草堂詩話》卷五：「北方剛勁，多雄豪跌宕之詞；南方柔弱，悉豔麗鍾情之作。」具體到我們所要討論的詞和作爲南宋乾淳詞壇之代表的辛棄疾與姜夔，這種地域文化的差異和特徵的影響也十分明顯

〔註 71〕《晏子春秋．內篇雜下》，《晏子春秋集釋》（北京：中華書局，1962），頁 392。

〔註 72〕〔宋〕莊綽《雞肋編》（北京：中華書局，1983 年）卷上，頁 11。

〔註 73〕劉師培《南北文學不同論》，王元化主編《劉師培學術論著》（杭州：浙江人民出版社，1998 年），頁 162。

〔註 74〕顏之推《顏氏家訓．音辭》（北京市：北京燕山出版社，1995），頁 212。

〔註 75〕〔唐〕魏徵《隋書．文學傳序》（北京：中華書局，1973 年），頁 1730。

地存在著。

周濟說：「稼軒由北開南；夢窗由南追北：是詞家轉境。」〔註76〕辛棄疾由北開南，作爲一個歸正人在南方定居下來，但是始終是一個北方人的性格，以一個北方人的心理特徵在進行著詞的創作。從出生到壯年，辛棄疾一生的前三分之一時間是在北方金人的統治區生活著的，直到23歲時才由北渡南，成爲一個由北而南的「歸正人」。青少年時期是人生的關鍵，一個人的審美習慣、氣質品格、思想等的成熟都與青少年時期的生活和成長經歷有著密切的關係。辛棄疾青少年時期一直生活在北方，北方的山水風物造就了辛棄疾的豪俠性格和不屈不撓的精神，造就了一個「北方式」的辛棄疾，使得他的骨子裏所濡染的都是北人的豪俠與剛健，北方人的質樸與醇厚，儘管後來的大半生都生活在江南，一直沒有北歸，但生活在南方的他「跌盪磊落，猶有中原豪傑之氣」。〔註77〕可以說，「中原豪傑之氣」伴隨了詞人一生，至死未渝，這是辛棄疾英雄情結形成的主要原因之一。不但如此，辛棄疾還將北方文化所特有的粗獷、質樸、凝重與崇高等美學特徵帶到了詞的創作中，在藝術手法上崇尚務實、直陳其事、不刻意藻飾，在美學風格上推揚沈雄壯美，於是形成了雄深雅健的一種新的美學風格，並由此形成自己詞作獨特的美學風貌——「稼軒體」或稱「稼軒風」，而且引領了詞的創作上的一個重要流派——稼軒詞派。

相比於稼軒詞的雄深雅健和質樸務實，姜夔詞的風格特徵則傾向於清虛、空靈，這是南方山水獨有的特徵所造成的。姜夔是江西鄱陽人，自幼便隨父往來荊楚大地，後來一直游歷於江南各地，南方秀美的山水和溫和的氣候造就了姜夔柔弱的性格，賦予了他對山水獨特的感知力，也使得他的作品中充滿了清虛與空靈，而在藝術表現手法上，姜夔的作品集中了南方文學所具有的崇尚崇清虛，更爲注重藝術

〔註76〕〔清〕周濟《宋四家詞選目錄序論》，唐圭璋《詞話叢編》，頁1644。

〔註77〕〔元〕趙文《吳山房樂府序》，《青山集》卷二，《文淵閣四庫全書》第1195冊，頁13。

技巧、多比興、象徵手法的一些特徵，在藝術上為詞的發展開闢了道路，奠定了一種詞的寫作方式，並與其後的追隨者張炎一起構成了詞史上重要的一個流派，「姜張詞派」，這個詞派以「清空騷雅」為大旗，在南宋後期形成蔚為壯觀之勢，是影響後世詞壇的一個重要流派。清人郭譽說：「姜、張諸子，一洗華靡，獨標清綺，如瘦石孤花，清笙幽磬，入其境者，疑有仙靈，聞其聲者，人人自遠。夢窗、竹屋，或揚或沿，皆有新雋，詞之能事備矣。」〔註 78〕

（二）不同的成長經歷

成長經歷的不同是兩個人性格不同的一個主要原因，更是形成兩個人詞風差異的一個主要原因。

辛棄疾在金人的佔領區生活了 23 年，耳濡目染了金人的殘暴統治，這對其青少年時期的心靈造成了極大的影響，更有其祖父的叮嚀與囑託，並曾兩次到金都，後來又入耿京的義軍，並在軍中作「掌書記」。南歸後，辛棄疾一直從事著與軍旅有關的工作，多次任方面之大員，掌握著地方軍政的事務，並曾在湖南創辦飛虎軍，可以說，辛棄疾的一生是與軍伍有著密切關係的一生，表現在詞中，一方面是軍旅題材的大幅度出現，一方面是詞的創作中硬朗風格的形成，如此等等，都是成就辛棄疾不同於他人的詞風的主要原因。辛棄疾始終要做救世的英雄，當這種救世之志得以展現之日，也即當其為朝廷所用之時，便意氣風發，充滿豪情。而當這種沖天之志不能得以伸發的時候，便滿腔憤懣，積而為沈鬱頓挫之詞。這就是英雄的辛棄疾。

姜夔的成長迥然不同於辛棄疾，姜夔一生漂泊不定，無所歸依，自始至終是一個江湖遊士、天涯孤客的身份，從幼年時候起便隨父宦游，往來漢陽二十來年，隨後在湖南遇見著名詩人蕭德藻，為其所賞，便隨其寓居湖州。其間又到過揚州、合肥等地，往來江淮之間，並在合肥留下了一生難忘的一段情事。其後又與范成大、楊萬里等相與往

〔註 78〕〔清〕郭麐《靈芬館詞話》卷一，唐圭璋《詞話叢編》，頁 1503。

來，為其所厚愛和賞識。姜夔的最後二十餘年是在杭州度過的，其中依居張鑒十年左右，其後便在窮困潦倒中度完了自己的餘生。其間又往來金陵、浙江等地，為衣食奔競不止。姜夔一生足跡遍及江淮，夏承燾《姜白石詞編年箋校》之《行實考》中於此已有備述，因此並不打算在這裡作重複性的復述，這裡所要注意的是，動盪不定的漂泊生活給詞人心理上所帶來的重壓，以及表現在詞中的孤客與遊士情懷，並由此對詞人詞的創作的深層影響。

總之，辛棄疾與姜夔詞的創作上所取得的成就是南宋乾淳詞壇的最高代表，是南宋乾淳詞壇的典範。

第六章　結語：乾淳詞的特質及其在詞史上的地位

一、文人化創作的成熟

胡適在《詞選自序》中把詞分為三種，即：「歌者的詞」、「詩人的詞」、「詞匠的詞」，並認為：「蘇東坡以前，是教坊樂工與娼家妓女歌唱的詞，東坡到稼軒、後村是詩人的詞；白石以後，直到宋末元初，是詞匠的詞。」還說：「到了十一世紀的晚年，蘇東坡一班人以絕頂的天才，採用這新起的詞體，來作他們的『新詩』。從此以後，詞便大變了。東坡作詞，並不希望拿給十五六歲的女郎在紅氍毹上嫋嫋婷婷地去歌唱。他衹是用一種新的詩體來作他的『新體詩』。詞體到了他手裏，可以詠古，可以悼亡，可以談禪，可以說理，可以發議論。同時的王荊公也這樣做；蘇門的詞人黃山谷，秦少游，晁補之，也都這樣做。山谷、少游都還常常給妓人作小詞；不失第一時代的風格。稍後起的大詞人周美成也能作絕妙的小詞。但風氣已開了，再關不住了；詞的用處推廣了，詞的內容複雜了，詞人的個性也更顯出了。到了朱希眞與辛稼軒，詞的應用的範圍，越推越廣大；詞人的個性的風格越發表現出來。無論什麼題目，無論何種內容，都可以入詞。悲壯，蒼涼，哀豔，閒逸，放浪，頹廢，譏彈，忠愛，遊戲，詼諧，……這種種風格都呈現在各人的詞裏。」〔註1〕胡適這段話中極力推舉蘇軾、朱敦儒和辛棄疾，其實也並不能稱作是新發現，早在南宋的時候就有人這樣說過，〔註2〕其分期也並不十分精確，但是，「歌者的詞」、「詩人的詞」和「詞匠的詞」這一提法的提出還是有一定的認識意義的。

胡適這裡所說的「詩人的詞」其實就是文人化的詞。文人化的進程是唐宋詞發展的一個客觀趨勢，中唐白居易劉禹錫等人的詞的創作，可以看作是詞的文人化進程的開始。上文所引胡適「歌者的詞」、「詩人的詞」、「詞匠的詞」以及「蘇東坡以前，是教坊樂工與娼家妓女歌唱的詞，東坡到稼軒後村是詩人的詞；白石以後，直到宋末元初，是詞匠的詞」的時段劃分，〔註3〕科學與否尚待商榷，但是卻指出了一個問題，即唐宋詞演進中的文人化的問題。

較之於唐五代北宋的詞，南宋詞的文人化程度應該說已經成熟。儘管詞自晚唐五代以來一直是文人參與創作，但是因詞的主要功能多是基於歌場酒樓的需要，並不能夠說就是文人化了的詞，這時候的不少詞從根本上說只能稱作是歌詞，還上升不到文學的意義和層面上來。詞的言志功能的擴大，是詞的文人化程度加深的重要特徵。從柳永抒寫天涯羈旅情懷，到蘇軾「以詩爲詞」，用詞去表達心中的志趣愁苦等，用詞外化自己的內心情志，詞的文學性特徵越來越顯著，詞的文人化特徵越來越顯著。而時至南宋乾淳詞壇，詞的文人化程度逐步趨於成熟。周濟說：「北宋主樂章，故情景但取當前，無窮高極深之趣。南宋則文人弄筆，彼此爭名，故變化益多，取材益富。」〔註4〕

〔註1〕胡適《胡適古典文學研究論集》（上海：上海古籍出版社，1988年），頁552～554。

〔註2〕南宋汪莘的《方壺詩餘自序》中有一段話說：「余於詞，所愛喜者三人焉。蓋至東坡而一變，其豪妙之氣，隱隱然流出言外，天然絕世，不假振作。二變而爲朱希真，多塵外之想，雖雜以微塵，而其清氣自不可沒。三變而爲辛稼軒，乃寫其胸中事，尤好稱淵明。此詞之三變也。」

〔註3〕胡適《詞選自序》，《胡適古典文學研究論集》，頁552。

〔註4〕〔清〕周濟《宋四家詞選目錄序論》，唐圭璋編《詞話叢編》，頁1645。

「文人弄筆」、「變化益多」、「取材益富」，是周濟對南宋詞文人化特徵的準確定位。「文人弄筆」指的是文人的參與程度越來越高；「變化益多」和「取材益富」則指的是詞的創作不再限於閨怨、詠物等少數題材，詞的創作取材範圍也從相對狹小的歌場走向了更爲廣闊的天地，詞的表現領域擴大了。

二、詞的文學性特徵的凸顯

首先，詞的文學性特徵的凸顯表現在創作主體的變化上。

這其中，創作主體規模的擴大是最爲明顯的一個特徵，在不到 30 年的時間裏，有 180 餘位作者參與到了詞的創作，這其中存詞 10 首以上的有 60 多人，占了整個宋代 300 年中的近四分之一，這個比例是十分突出的。再者，從「餘事作詞」到專門的詞人的出現，也從創作主體上表明了詞的文學性特徵的強化。此期詞壇出現了專門以詞名世的著名詞人，如辛棄疾、姜夔等，次者如趙長卿等。辛棄疾是以詞名世的大家，存詞 600 多首，而詩的創作流傳至今的卻並不多見，宋人陳模《懷古錄》中所載一段文字說：「蔡光工於詞，靖康間陷於虜中。辛幼安常以詩詞參請之。蔡曰：『子之詩則未也，他日當以詞名家。』」可見在南宋當時，辛棄疾就以詞聞名了。

其次，表現在詞的功能的進一步擴大上。

詞的產生的最初動因，是應歌，應該說，應歌是詞在產生之初最原始的也是最主要的功能。五代時《花間集序》所謂「遞葉葉之花箋，文抽麗錦；舉纖纖之玉指，拍按香檀；不無清絕之辭，用助妖嬈之態」，「庶使西園英哲，用資羽蓋之歡；南國嬋娟，休唱蓮舟之引」的佐歡功能，〔註 5〕宋人陳世修所謂的「爲樂府新詞，俾歌者倚絲竹而歌之，所以娛賓而遣興」的認識，〔註 6〕都是對詞應歌功能的定位。蘇軾所開創的「以詩爲詞」以及「無意不可入，無事不可言」拓展了詞的功

〔註 5〕〔五代〕歐陽炯《花間集序》，施蟄存主編《詞籍序跋萃編》，頁 631。
〔註 6〕〔宋〕陳世修《陽春錄序》，施蟄存主編《詞籍序跋萃編》，頁 15。

能和表現空間，使得詞在功能上和詩走上了同一。但是認定蘇軾的創作全爲「詩人的詞」，或許有些失當，因爲，360 餘首詞作中仍有 180 首左右帶有著很強的「歌者的詞」的成分。「詩人的詞」的實現是在乾淳之世。此時不論是著名的如辛棄疾、姜夔等大詞人，還是一些不爲後世所注意的一般的詞的創作者，他們的詞在表現功能上，都能夠突破詞爲「豔科」的樊籬，實現詞的功能的全面釋放。這種並不僅限於一兩位大家，而是一種總體性的特徵，詞人不論大小，詞作不論多寡，多能夠以詞這種文學形式來表情達意，體物寫志。譬如此時的著名理學家朱熹，存詞僅 20 首，但爲數不多的詞作，功能卻很豐富，20 首中有詠物，有祝壽，有唱和，有抒懷。這是乾淳詞壇區別於前代的重要特徵。

再次，詞人的人格形象的塑造也作爲詞的文學性特徵進入詞的創作。

應該說，每一篇作品中我們都能或多或少地看到創作主體的影子，但是，以一種一致的筆調，以作品的主體或者全部來共同完成一種人格形象的塑造，這在乾淳詞壇之前尚不多見，即使是被後世稱爲詞體改革之先鋒的蘇軾，360 餘首詞作中，眞正能夠反映蘇軾清曠、超邁之人格形象的，其實也不過是《念奴嬌》（「大江東去」）等數詞，同總的詞數相比，實在是微乎其微、屈指可數。乾淳詞壇的詞的創作則不然，這一時期的不少詞人的創作都能夠比較明晰地看到詞人的人格形象的塑造，這種塑造來自於詞人多數詞的共同作用，而不僅是幾篇作品。其中尤以辛棄疾英雄人格形象和姜夔雅士形象的塑造最爲突出。辛棄疾自不必多加解釋，姜夔 80 餘首詞，幾乎首首都能見出其文人雅趣，即使是關涉妓情的也未曾墮入俗趣，而是充滿了雅士的情味與韻致。

除以上所論幾點之外，「以文爲詞」以及雅化的創作傾向等，也是詞的文學性特徵趨於成熟的體現。詞的文學性特徵在「以文爲詞」中表現得最爲明顯。從詞的字法、句法、章法等一些外在形式上的「以文法為詞」的特徵上，譬如在話語體系上的以議論入詞、熔鑄經史語入詞以及長於用典等，我們可以清楚地看到乾淳詞壇詞的創作的文學性特徵，而在創作法式上的敘事性特徵和內在核質上的「以文氣為詞」，則更能彰顯詞的創作的文學性特徵。

文學性特徵還表現在雅化的傾向上。雅化是南宋詞的主導特徵，從反對北宋末年的俗詞創作開始，南宋詞人或是理論家就以雅化為大纛，極力標舉雅化。這在南宋前期的詞學理論中尤為顯見和突出。乾淳詞壇的詞學理論中對雅化的高舉自不待言，這一時期的許多詞序都明確以「雅正」為標準。詞的創作上的雅化傾向，更能從文本上得到直觀的體現，此時的詞的創作即使是表現歌姬題材，也多能夠歸於雅正，譬如前文中所論述的趙彥端的一些詞作。

三、詞壇多樣化創作局面的正式形成

南宋以前，詞壇的創作狀況基本上是呈現一邊倒的態勢，「花間」餘風流衍不止，婉約詞的創作佔據著詞的創作的主流。北宋中期蘇軾的橫放傑出，給詞壇帶來了無限生機，但是並沒有改變詞壇的創作的主風向。反而，在北宋末年，由於統治者的崇尚等原因，俗詞大行其道。南宋前期詞學批評中的復雅浪潮表明當時人們對淫俗之詞已經有了清醒的認識，但是在創作實踐中，俗詞的勢力仍然十分強大，當時的創作者仍然是「十有八九，不學柳耆卿，則學曹元寵」，〔註 7〕辛棄疾、姜夔一出，詞壇面貌為之一新。辛棄疾瓣香東坡，姜夔繼軌東坡和清眞，並自成一格，於婉約之外別立豪放和風雅二派，使詞壇呈現出多樣化的創作局面。至此婉約、豪放、風雅三派並立，宋詞迎來了新的高潮。清人張其錦說：「詞者，詩之餘也。昉於唐，沿於五代，具於北宋，盛於南宋，衰於元，亡於明。……塡詞之道，取法乎南宋。然其中亦有兩派焉：一派為白石，以清空為主，高、史輔之。前則有夢窗、竹山、西麓、虛齋、蒲江，後則有玉田、聖與、公謹、商隱諸

〔註 7〕〔宋〕王灼《碧雞漫志》卷二，唐圭璋《詞話叢編》，頁 85。

人，掃除野狐，獨標正諦，猶禪之南宗也；一派爲稼軒，以豪邁爲主，繼之者龍洲、放翁、後村，猶禪之北宗也。」除此而外，還有一些並不能夠以婉約、豪放或是風雅來歸類的詞人，如本書中要涉及到的曾覿、張掄、趙彥端、趙長卿、毛幵等人的創作。從存詞的數量上看，他們亦不在少數。

而從當時詞的實際的功用來看，詞的創作的多樣化，不僅僅體現在流派的紛呈上，即便是就單個的作家而言，其題材和風格上也不是單一的呈現，而是表現爲以一種風格爲主，多種風格並存的創作特徵。譬如曾覿的創作，在風格上便呈現爲一種多樣化的傾向，既有沈鬱頓挫、「感慨淒然，有黍離之悲」的作品如《憶秦娥》、《感皇恩》等，也有典雅的應制之作如《阮郎歸》、《柳梢青》等。彼此之間的風格差異還是比較明顯的。辛棄疾 600 多首詞的創作更是乾淳詞壇多樣化風格的代表與典範，在以雄深健雅、悲壯沈鬱的英雄詞風爲主導的稼軒詞中，亦不乏婉約流麗、清新飄逸之作，這就是豐滿的稼軒詞。

四、詞史之高峰

以實際的地位而言，首先可以判定的是，乾淳詞壇的詞的創作在南宋詞壇上是當之無愧的高峰，對此應當毫無疑問。從南渡到孝宗朝之前，詞的創作固然在北宋的基礎之上有所前進和發展，以朱敦儒、張元幹、葉夢得、陳與義等爲代表的南渡詞人，因家國之亂而在詞的內容和功能上較前輩詞人有所拓展，但這一時期尚處於詞的創作的調整期，就整體的成就而言，對前代詞所取得的成就超越不多。而在乾淳的身後，在其後的數十年時間中，南宋後期的詞壇上也有吳文英、張炎、蔣捷、劉克莊、劉辰翁等人，在詞的創作上也取得了一定的實績。但是，他們未能有超軼前賢之力，無論是總體的規模還是個體作家的成就，都沒有產生和辛棄疾與姜夔等人所代表的乾淳詞壇相抗衡的詞人和作品。因此在整個南宋詞壇上，由辛棄疾、姜夔等人所引領的乾淳詞壇代表了南宋詞的創作的最高成就。

那麼，將乾淳詞放在宋代詞史甚至是整個詞史上，其所佔據的位置應該是怎樣的呢？這是一個需要認眞辨析和思考的問題。陶爾夫、劉敬圻等認爲：「中國詞史，大體上經歷了興起期、高峰期、衰落期和復興期四個階段。縱觀此四個階段，南宋恰值高峰期。」〔註8〕南宋既爲中國詞史之高峰，南宋乾淳詞壇則爲高峰中的高峰。我們不能無視蘇軾在詞的革新中的首創之功，也不能無視周邦彥等人在詞藝上的日臻完善，兩人詞的創作是詞史上矗立的兩座高峰。但是，衡量一個時段的文學創作成就的高低，並不衹是依靠某一二位作家的創作成就，而是要看這個時段整體的創作規模與創作水平。就乾淳詞壇而言，群體的創作規模與創作水平是宋代詞壇上無可比擬的，其中尤以稼軒詞派的創作爲聲勢浩大，是詞史上鮮有可以匹敵的重要流派之一。而其他詞人的創作，就本書中所討論的一些重要詞人而言，在整體水平上也實現了對前人的突破，顯示了乾淳詞壇不同於前代的特徵。

〔註8〕陶爾夫、劉敬圻《南宋詞史》（哈爾濱：黑龍江人民出版社，1992年），頁522。

參考文獻

1. 〔元〕脫脫《宋史》，中華書局，1977年版。
2. 〔清〕畢沅《續資治通鑒》，中華書局，1957年校點本。
3. 〔宋〕李心傳《建炎以來繫年要錄》，中華書局，1956年版。
4. 〔明〕陳邦瞻《宋史紀事本末》，中華書局，1977年版。
5. 朱謙之校釋《老子校釋》，中華書局，1963年版。
6. 郭慶藩集釋《莊子集釋》，中華書局，1961年版。
7. 《孟子》，十三經注疏本。
8. 〔宋〕蘇軾《蘇軾文集》，中華書局，1986年版。
9. 〔宋〕陳師道《後山居士文集》，上海古籍出版社，1984年版。
10. 〔宋〕張孝祥《于湖居士文集》，上海古籍出版社，1980年版。
11. 宛敏灝箋校《張孝祥詞箋校》，黃山書社，1993年版。
12. 彭國忠校點《張孝祥詩文集補遺》，黃山書社，2001年版。
13. 〔宋〕陸游《陸游集》，中華書局，1976年版。
14. 〔宋〕韓元吉《南澗甲乙稿》，文淵閣四庫全書本。
15. 夏承燾《放翁詞編年箋注》，上海古籍出版社，1981年版。
16. 鄧廣銘《稼軒詞編年箋注》（增訂本），上海古籍出版社，1993年版。
17. 鄧廣銘《辛稼軒年譜》（增訂本），上海古籍出版社，1997年版。
18. 〔宋〕陳亮著，鄧廣銘點校《陳亮集》（增訂本），中華書局，1987年版。
19. 夏承燾校箋《龍川詞校箋》，上海古籍出版社，1982年版。

20. 〔宋〕劉過《龍洲集》，上海古籍出版社，1978 年版。
21. 夏承燾《姜白石詞編年箋校》，上海古籍出版社，1981 年版。
22. 〔宋〕韓淲《澗泉日記》，上海古籍出版社，1993 年版。
23. 〔宋〕黃昇《花菴詞選》，中華書局，1958 年版。
24. 〔清〕朱彝尊《詞綜》，中華書局，1975 年版。
25. 〔清〕張惠言《詞選》，中華書局，1957 年版。
26. 唐圭璋《全宋詞》，中華書局，1965 年版。
27. 龍榆生《唐宋名家詞選》，上海古籍出版社，1980 年版。
28. 唐圭璋《唐宋詞簡釋》，上海古籍出版社，1981 年版。
29. 孔凡禮《全宋詞補輯》，中華書局，1981 年版。
30. 唐圭璋《宋詞紀事》，上海古籍出版社，1982 年版。
31. 〔清〕張宗橚編，楊寶霖補正《詞林紀事 詞林紀事補正》，上海古籍出版社，1998 年版。
32. 〔宋〕陳思編、〔元〕陳世隆補《兩宋名賢小集》，文淵閣四庫全書本。
33. 〔清〕厲鶚《宋詩紀事》，上海古籍出版社，1983 年版。
34. 〔清〕永瑢等《四庫全書總目》，中華書局，1965 年版。
35. 〔宋〕葉夢得《避暑錄話》，上海書店，1990 年版。
36. 〔宋〕胡仔《苕溪漁隱叢話》，中華書局，1960 年版。
37. 〔宋〕魏泰《東軒筆錄》中華書局，1983 年版。
38. 〔宋〕莊綽《雞肋編》，中華書局，1983 年版。
39. 〔宋〕吳曾《能改齋漫錄》，上海古籍出版社，1979 年新 1 版。
40. 〔宋〕王明清《玉照新志》，上海古籍出版社，1991 年版。
41. 〔宋〕陸游《老學菴筆記》，中華書局，1979 年版。
42. 〔宋〕章定《名賢氏族言行類稿》，上海古籍出版社，1994 年版。
43. 〔宋〕陳鵠《西塘耆舊續聞》，上海古籍出版社，1993 年版。
44. 〔宋〕李心傳《建炎以來繫年朝野雜記》，中華書局，2000 年版。
45. 〔宋〕岳珂《桯史》，中華書局，1981 年版。
46. 〔宋〕葉紹翁《四朝聞見錄》，中華書局，1989 版。
47. 〔宋〕張端義《貴耳集》，文淵閣四庫全書本。
48. 〔宋〕祝穆《方輿勝覽》，中華書局，2003 年版。
49. 〔宋〕祝穆《古今事文類聚》，書目文獻出版社，1991 年版。

50. 〔宋〕羅大經《鶴林玉露》，中華書局，1983 年版。
51. 〔宋〕周密《武林舊事》，叢書集成初編本，中華書局，1991 年版。
52. 〔宋〕周密《齊東野語》，中華書局，1983 年版。
53. 〔宋〕周密《癸辛雜識》，中華書局，1988 年版。
54. 〔宋〕陳模《懷古錄》，中華書局，1993 年版。
55. 〔元〕蔣正子《山房隨筆》，中華書局，1991 年版。
56. 〔明〕張鳴鳳《桂故》，廣西人民出版社，1988 年版。
57. 〔宋〕王灼《碧雞漫志》，《詞話叢編》本。
58. 夏承燾校注《詞源注》，人民文學出版社，1963 年版。
59. 蔡嵩雲箋釋《樂府指迷箋釋》，人民文學出版社，1963 年版。
60. 〔明〕俞彥《爰園詞話》，《詞話叢編》本。
61. 〔清〕吳衡照《蓮子居詞話》，《詞話叢編》本。
62. 〔清〕劉體仁《七頌堂詞繹》，《詞話叢編》本。
63. 〔清〕沈謙《填詞雜說》，《詞話叢編》本。
64. 〔清〕郭麐《靈芬館詞話》，《詞話叢編》本。
65. 〔清〕周濟《介存齋論詞雜著》，人民文學出版社，1959 版。
66. 〔清〕葉申薌《本事詞》，《詞話叢編》本。
67. 〔清〕宋翔鳳《樂府餘論》，《詞話叢編》本。
68. 〔清〕鄧廷楨《雙硯齋詞話》，《詞話叢編》本。
69. 〔清〕謝章鋌《賭棋山莊詞話》，《詞話叢編》本。
70. 〔清〕馮煦《蒿菴論詞》，《詞話叢編》本。
71. 〔清〕劉熙載《詞概》，《詞話叢編》本。
72. 〔清〕蔣敦復《芬陀利室詞話》，《詞話叢編》本。
73. 〔清〕陳廷焯《白雨齋詞話》，《詞話叢編》本。
74. 〔清〕陳廷焯《詞壇叢話》，《詞話叢編》本。
75. 〔清〕陳廷焯《詞則》，上海古籍出版社，1984 年版。
76. 〔清〕張德瀛《詞徵》，《詞話叢編》本。
77. 〔清〕王國維《人間詞話》，人民文學出版社，1960 年版。
78. 況周頤著，王幼安校訂《蕙風詞話》，人民文學出版社，1960 年版。
79. 夏敬觀《吷菴詞評》，華東師範大學出版社，1986 年版。
80. 施蟄存主編《詞籍序跋萃編》，中國社會科學出版社，1994 年版。

81. 金啓華等《唐宋詞集序跋彙編》，江蘇教育出版社，1990 年版。
82. 唐圭璋《詞學論叢》，上海古籍出版社，1986 年版。
83. 吳熊和《唐宋詞通論》，浙江古籍出版社，1989 年版。
84. 陶爾夫、劉敬圻《南宋詞史》，黑龍江人民出版社，1992 年版。
85. 許總《宋詩史》，重慶出版社，1992 年版。
86. 方智範、鄧喬彬、周聖偉、高建中《中國詞學批評史》，中國社會科學出版社，1994 年版。
87. 張毅《兩宋文學思想史》，中華書局，1995 年版。
88. 青山宏著，程郁綴譯《唐宋詞研究》，北京大學出版社，1995 年版。
89. 王易《詞曲史》，東方出版社，1996 年版。
90. 王運熙、顧易生主編《中國文學批評通史——宋金元卷》，上海古籍出版社，1996 年版。
91. 《李清照辛棄疾研究論文集》，山東大學出版社，1997 年版。
92. 楊海明《唐宋詞史》，天津古籍出版社，1998 年版。
93. 劉揚忠《唐宋詞流派史》，福建人民出版社，1999 年版。
94. 袁行霈主編《中國文學史》，高等教育出版社，1999 年版。
95. 李劍亮《唐宋詞與唐宋歌妓制度》，浙江大學出版社，1999 年版。
96. 吳惠娟《唐宋詞審美觀照》，學林出版社，1999 年版。
97. 葉嘉瑩《迦陵論詞叢稿》，河北教育出版社，2000 年版。
98. 王兆鵬《唐宋詞史論》，人民文學出版社，2000 年版。
99. 諸葛憶兵《徽宗詞壇研究》，北京出版社，2001 年版。
100. 程繼紅《辛棄疾接受史研究》，吉林人民出版社，2001 年版。
101. 趙曉嵐《姜夔與南宋文化》，學苑出版社，2001 年版。
102. 彭國忠《元祐詞壇研究》，華東師範大學出版社，2002 年版。
103. 程郁綴《唐詩宋詞》，北京大學出版社，2002 年版。
104. 邱世友《詞論史論稿》，人民文學出版社，2002 年版。
105. 周保策、張玉奇編《辛棄疾國際學術研討會論文集》，〔香港〕天馬圖書有限公司 2003 年版。
106. 朱光潛《詩論》，生活・讀書・新知三聯書店，1984 年版。
107. 韋勒克、沃倫《文學理論》，生活・讀書・新知三聯書店，1984 年版。
108. 葉維廉《中國詩學》，生活・讀書・新知三聯書店，1984 年版。

109. 姚瀛艇主編《宋代文化史》，河南大學出版社，1992 年版。
110. 傅惠生《宋明之際的社會心理與小說》，東方出版社，1997 年版。
111. 劉師培《劉師培學術論著》，浙江人民出版社，1998 年版。
112. 胡適《胡適古典文學研究論集》，上海古籍出版社，1988 年版。
113. 伊永文《宋代市民生活》，中國社會科學出版社，1999 年版。
114. 何忠禮，徐吉軍《南宋史稿 政治・軍事・文化》，杭州大學出版社，1999 年版。
115. 李澤厚、劉綱紀《中國美學史》（先秦兩漢編），安徽文藝出版社，1999 年版。
116. 李春青《宋學與宋代文學觀念》，北京師範大學出版社，2001 年版。
117. 楊慶存《宋代散文研究》，人民文學出版社，2002 年版。

後　記

論文擱筆之日，卻沒有想像中的蟬蛻般的輕鬆與快慰，相反倒平添了幾許不安與焦慮。總是擔心擺在面前的這花費了三年時光的微薄之物，並不足以擔荷得起幾年來師友、親人的關愛與期許。於是，忐忑不安中，並不敢把它當作一個結束，而毋寧把它當作我學術道路開始的一個新的基底，或許只有這樣，我才能夠得到些許安心。

數年來，親人的期待是我前進道路上不變的動力。年屆耄耋的父母一輩子面朝黃土，背負蒼天，雖隻字不識，卻始終如一地給予我深情的理解和堅定的支持，這是我一生都感戴不盡的。愛妻的鞭策與鼓勵是我博士生活的直接動力，不曾想在工作了三年之後重入象牙之塔，也沒有想到在而立之年能夠有幸重溫做學生的美妙時光，這一切都源於她的鼎力相助。然而，年屆三十，當立而未立，心中總是糾纏著一些言說不清的無奈，身爲人子、爲人夫的責任與每個月微薄的助學金之間的矛盾時常使我陷入一種兩難的境地。所幸，我堅持了下來，這背後就是我年邁的父母與摯愛的妻子的無私的奉獻。

三年燕園的學習生活留下了一生彌足珍貴的印跡，留下了一生中都感念不盡的人和事的記憶。蒙導師程郁綴先生錯愛，我才有幸入北京大學這所著名的高等學府繼續深造；而先生三年來諄諄的教誨和無微不至的關懷，先生爲學與爲人的殷殷囑託與告誡，更是我幾年來至爲珍貴的收穫，是我以後安身立命取之不盡的源泉。置身燕園，聆聽名師的教誨，時常使我有如沐春風之感，三年的學習更是得益於師長的教誨與點撥。從第一學年的博士生資格考試，到第二學年的開題報告，再到後來的論文的撰寫、預答辯和最後形成等等，葛曉音先生、錢志熙先生、孟二冬先生、汪春泓先生、杜曉勤先生、張健先生、常森先生、吳相洲先生、孫明君先生、謝思煒先生等都給予了悉心的指導和熱情的幫助，這也是讓我一生銘記和受用不盡的，是「感謝」兩個字所表達不盡的。

三年的燕園生活中也結識了許多誠摯的朋友，留下了許多難忘的同學友誼。師門之誼自不待言，鄭園師姐及諸位師弟妹的幫助讓我永遠銘記；同學之誼亦是令人難忘，與李俊、許軍、曾祥波、王明輝、萬德凱、饒先來、陳均、劉復生、張宏、高永安、張雁、張和友諸君即將結束的朝夕相處，將是燕園 30 樓生活留給我的記憶中的最爲美好的部分。

踩著今天的腳步，迎接明天的到來；滿載著師恩與友情，我將踏上新的征程。在新的一天於子夜時分到來之際，我寫下以上感念的文字。

是爲記。

李　靜

記於北京大學 30 樓 126 室

2004 年 5 月 18 日